KB037410

한국 근대
문학 기행

서울 이야기

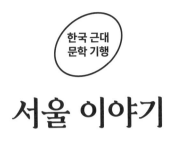

한국 근대
문학 기행

서울 이야기

김남일 지음

학고재

근대 문학의 '장소들'이 보여주는
지난날 우리가 꾸었던 꿈

외부로 빠져나가는 하늘길이 막혀 있다시피 한 동안, 그러니까 자영업자들과 소상공인들이 계속되는 사회적 거리두기에 진절머리를 치고, 방호복을 입은 의료진들의 노고에 보내던 격려의 박수마저 차츰 시들해지는 동안, 나는 하루의 꽤 많은 시간을 책을 읽으며 보냈다. 쉽게 엄두를 내지 못했던 숙제 때문이었다. 비대면의 세월이 외려 기회로 다가왔다.

문학을 통해 아시아의 근대를 읽어보자는 게 내 오랜 관심이었는데, 이번에는 특히 한국 근대 문학사의 '풍경'이 내 주제였다. 어떤 논리적 맥락에 따라 그 시대의 숨은 의미를 찾아낸다든지 하는 것은 처음부터 내 능력 밖의 일이었다. 나는 대체 우리 문학의 근대가 어떤 모습이었는지 한 폭의 그림을 그리고 싶었을 뿐이다. 당장은 말 그대로 풍경화였다. 영변의 약산 진달래꽃이 제일 먼저 떠오르고, 이어 죄인처럼 수그리고 코끼리처럼 말이 없던 이용악의 두만강이나 어느 날 소설가 구보 씨가 하루 종일 돌아다녔던 식민지 서울의 도처처럼 우리 문학의 무대로서 뚜렷한 아우라를 지닌 '장소들'이 떠오른 건 당연한 절차였다. 전략 같은 건 없었다. 있다면 오직 하나, 나는 마치 A부터 Z까지 도서관의 책들을 모조리 읽자고 달려든, 사르트르의 소설 『구토』에 나오는 독서광과 크게 다르지 않은 전략을 세웠다. 그러다 보니 때로 책은 읽지 않고 숫제 눈에 띄는 대로 지명에만 밑줄을 긋고 있는 나 자신을 발견하곤 헛웃음을 흘리기도 했다.

나는 물론 우리 문학의 근대를 꾸려온 선배 작가들이 실은 그 근대를 당혹으로 맞이했다는 사실을 알고 있었다. 결과적으로 그건 결코 행복한 경험이 아니었다. 나라를 빼앗긴 수모에 가공할 물리적 폭력과 상상조차 힘들 만큼 끔찍한 빈곤이 언제까지고 그들을 쫓아다녔다.

그럼에도, 고백하건대, 코로나 시대의 내 독서는 더없이 행복했다.

가령 이런 장면:

이태준은 1930년대 중반에 쓴 장편 『성모』에서 지금으로선 꽤 낯선 교실의 풍경을 그려낸다. 이제 막 중학생이 된 철진이가 엄마에게 자기네 반 이야기를 들려주는데, 아예 지리부도까지 펴놓고 침을 튀기는 것이었다.

"엄마? 우리 반에 글쎄 여기 이 제주도서 온 아이두 있구 또

나허구 같이 앉었는 아인 함경북도 온성서 온 아이야. 뭐 경상
남도 진주, 마산, 부산서도 오구 평안북도 신의주, 그리구 저
강계서 온 아이두 있는데 갠 글쎄 자동차루, 이틀이나 나와서
차를 탄대⋯. 퍽 멀지, 엄마?"

지도를 거침없이 짚어가는 그 손가락이 퍽 부러울 뿐이다.

한설야는 고향인 함흥을 떠나 서울에 유학을 왔다가 말 때
문에 멀미를 내고 만다. 서울 말씨를 쓰는 치들은 그렇다 치더
라도 제주도에서 유학을 온 동급생하고는 어떻게 말을 섞어야
할지 도무지 자신이 없었다. 한 걸음 더 나아가 이태준의 등단
작 「오몽녀」(1925)의 등장인물들은 마치 외국말과 다름없는
함경도 육진 방언을 친절한 각주 하나 없이 마구 토해낸다. 어
디 말만 그러한가. 눈은 또 어떠한가. 서울에 내리는 눈은 눈
도 아니었다. 한설야보다도 더 먼 함경북도 성진 출신의 김기
림은 서울에 와서는 제 고향에서처럼 틱 틱 틱 하늘을 가득
채우면서 아쉬움 없이 퍼붓던 주먹 덩이와 같은 눈송이를 본
적이 없노라 했다. 김남천이 벗들과 더불어 술을 마시다가 마
주친, 고향 평안남도 성천의 눈 내리던 어느 밤의 풍경은 이제
는 그때 그 자리를 함께했다는 어린 기생만큼이나 오직 아득
할 따름이다. 나는 그런 드물고 귀한 풍경들을 하나하나 주워
내서는 퍼즐처럼 무엇인가 커다란 그림을 짜 맞추는 내 작업
에 꽤 보람을 느꼈다.

당대의 많은 작가들에게 '장소'는 분명 문학적 상상력의 한 토대였다. 하지만 그것이 언제나 즐거운 회상만 뒤에 남기는 건 아니었다. 예를 들어 노상 〈평양성도〉 따위 병풍 그림으로나 보던 것을 1909년에야 겨우 기차를 타고 가 처음 눈에 담을 때 최남선의 가슴을 설레게 하던 '그 잘난 우리 님'으로서 평양이, 1931년 화교 배척 폭동 당시 김동인이 직접 목격한 참으로 황망하고 또 처참하기 짝이 없던 그의 고향 평양하고는 도무지 같은 도시일 리 없었다. 이광수는 자하문 밖 산자락에 집을 짓고 또 파는 과정에서 세상사 큰 이치를 깨달았다고 썼다. 그와 동시에 우리는 어려서 죽은 아들에 대한 추억까지 끌어내 조선인의 징병을 권장한 그가 보여준 쓸쓸한 뒷모습도 기억해야 한다.

> 나는 혼자서 북악을 거슬러가며 집으로 가는 길을 더듬었다. 전차도 훨씬 전에 끊겼으며, 큰길은 전선에 울리는 바람소리와 나 자신의 구두소리뿐이었다.
> 내 마음은 봉일의 추억으로 꽉 차 있었지만, 그게 꼭 슬픔만은 아니었다.
> "군인이 될 수 있다. 군인이 될 수 있다고."
> 나는 혼자서 중얼거리고 있는 것을 깨달았다. 나는 목소리를 높여, "군인이 될 수 있다"고 외쳐보았다.[1]

이광수의 그 군인이 대체 누구를 향해 총부리를 겨누게 될지 굳이 말할 필요는 없으리라.

이 책을 쓰게 된 내 최초의 관심이 우리 '땅'에 대한 것 이상으로 우리 '문학'에 대한 그것에서 비롯되었다는 사실만큼은 분명히 밝혀야 한다. '도쿄 편'이 이를 설명해준다. 도쿄─엄밀한 의미에서는 '동경'이라는 기표─는 싫든 좋든 우리 근대 문학의 자궁 같은 곳이었다. 사실 우리의 근대는 수신사를 파견하던 시절 이후 도쿄와 떼려야 뗄 수 없는 관계를 맺는다. 근대 문학사에 이름을 올리게 되는 거의 대부분의 주요 작가들 역시 도쿄를 통해 어떤 형태로든 문학과 인연을 맺게 된다. 가령 최남선이 처음 가서 보고 기겁한 도쿄는 서울에서 말 그대로 대롱으로만 보던 것하고는 전혀 딴판 세상이었다. 그런 충격과 경탄이 『소년』의 발간으로, 또 거기 실은 우리 문학사 최초의 신체시로 이어졌다는 건 주지의 사실이다. 아직 학생 신분을 벗어나지 못한 이광수 역시 『소년』과 그에 이은 『청춘』의 주요 필진이었다. 두 사람은 도쿄에서 처음 맺은 인연을 한 40년 좋이 이어간다. 그 인연의 절정 또한 도쿄를 빼고 말할 수 없다. 1944년 그들이 새삼 도쿄까지 건너가 나눈 대담의 기록이 실물로 남아 있기 때문이다.[2] 거기서 조선을 대표하는 두 지성인은 도쿄에서 공부하는 조선의 청년 학도들을 향해 "조선이란 점에 너무 집착하는 모습"을 벗어나 "대동아의 중심이자 중심인물이 된다는 기백"을 지닐 것을 요구한다. 그러면서도 같은 지면에서 그들은 처음 도쿄에 와 문학에 눈을 뜨던 시절부터 새삼 회상을 이어나가는 가운데, 몇십 년을 '국어(일본어)'로 글을 써오긴 했으나 '외국인'으로서 흉내내기가 가능할지 근본적으로 의문이라는 속내 또한 솔직히 드러낸다.

처음에는 서울과 도쿄에 북방 편을 보태 총 세 권을 써내자했다. 남한의 다른 지역들은 일찌감치 제외했다. 가령 삼남 지역이라면 기왕에 나온 책들이 적지 않은 데다, 내가 특별히 무엇을 보탤 재주와 능력도 없다고 판단했다. 반은 농담이지만, 그곳을 고향으로 둔 많은 동료 작가들이 보낼 지청구와 핀잔도 조금은 겁이 났다. 같은 이유에서, 적어도 서울에 대해서만큼은 내 나름의 이야기를 들려줄 필요가 있었다. 특히 도쿄에 대해서 쓰기로 작정한 이상 그 짝으로서도 반드시 잘 써야 한다고 다짐했다. 서울 대 도쿄, 우리 문학사라는 링에서 벌어지는 두 도시의 흥미진진한 대결을 나 스스로 고대했다. 나머지 하나는 당연히 휴전선 너머 금단의 땅이었다. 북한, 북녘, 북쪽, 북방 따위로 이름부터 골치가 아파도, 사실 그곳을 빼곤 처음부터 이 책을 쓰자고 덤벼들 이유조차 없었을 것이다. 일단 '북방'이라는 이름을 염두에 두고 시작했다. 하나, 작품들은 물론 여러 가지 관련 자료들을 두루 찾아내 읽는 동안 욕심은 점점 커졌다. 그곳 출신 작가들이 먼저 애를 태웠다. 문학사의 한 귀퉁이에 이름 석 자를 겨우 올린 작가들일수록 건 몸이 달아 내 소매를 세게 잡아끌었다. 놀랍게도 그들이 신문, 잡지에 쓴 원고지 몇 장짜리 수필 하나에서 전혀 뜻밖의 보물을 발견할 때가 많았다. 만주로 이민을 떠나는 동포들의 가긍한 처지를 기록한 이찬의 짧은 산문 한 편은, 시인에게는 미안한 말이겠지만, 그가 쓴 어떤 시 못지않게 깊은 울림을 전해주었다. 지금 우리가 쉽게 접하기 어려운 지역일수록 한두 사람의 작가가 남긴 드문 자취에 눈이 번쩍 뜨이곤 했다. 가령 이정호의 개마고원과 강계, 김만선의 신의주 따위가 그러했다. 고향이 그곳이든 아니면 어쩌다 한번 지나는 여행길이었대도 작가들은 이리 수군 저리 소곤 애타는 마음을 드러냈다. 결국 북방 편을 한 권에 담아내는 것은 무리라고 판단했다. 옮겨야 할 이야기도 많거니와 우리의 눈길을 벗어나 점점 더 아득히 사라지는 그 땅에 대해서 좀 더 넉넉히 지면을 나누는 것이 의무인 양 내 어깨를 눌렀다. 이제 누구든 쉽게 통일을 해서 뭘 하느냐고 말하는 게 대세가 되었다. 사실 통일은 사서 고생일지 모르고, 해도 당장 땅장사에 난개발이 크나큰 시름이리라. 남녘 땅 사람들의 이런 심리적 변화를 아는지 모르는지, 휴전선 너머는 21세기도 이렇게나 시간이 흘렀는데 여전히 철옹성이다. 진달래꽃이 피고 지던 소월의 그 영변이 이제는 끔찍하게도 핵으로만 기억된다. 이럴진대 100년 전 백석이 함흥 영생고보에서 무슨 생각을 하며 학생들을 가르쳤는지, 또 제 고향 평안도에 가서는 다시 이름도 생소한 팔원 땅에서 추운 겨울날 손등이 죄 터진 주재소장 집 가련한 애보개 소녀를 만났을 때 어떤 심정이었을지가 무슨 대수란 말인가.

하더라도 그게 미국도 중국도 일본도 아닌, 바로 우리 땅이고 우리 문학이었다. 나는, 쓸데없이 근심이 많아선지, 나마저 외면하면 그 땅과 그 문학이 어디론가 흔적도 없이 사라지기라도 할 것처럼 초조했다. 게다가 그 땅은, 어지간히 넓기도 해라! 나는 마침내 황해도를 포기하는 대신 평안도와 함경도를 따로 떼어내는 것으로 내 초조를 달랬다.

물론 근대 문학의 '장소들'은 내가 다룬 범위보다 훨씬 더 넓다. 예컨대 우리 문학사의 '북방'만 해도 비단 휴전선 이북에서 압록강, 두만강 두 강 이남까지로 제한되지 않는다. 산해관 너머 중국은 물론, 하얼빈이라든지 시베리아, 심지어 중앙아시아의 차디찬 초원에도 우리 작가들이 남긴 발자취가 생생하다. 오직 내 능력과 여건이 거기까지 미치지 못해 아쉬울 따름이다. 다음을 기할 수밖에.

돌이켜보면 버겁고 험한 여정이었지만, 내가 어떤 길잡이도 없이 무작정 길을 떠나온 건 아니었다. 내 머릿속 항로에는 꽤 오래전부터 한 권의 책이 등대처럼 빛을 던져주고 있었다. E. 사이덴스티커의 『도쿄 이야기』[3]. 저명한 일본학자로서 그는 『일본문학사』를 쓴 도널드 킨과 더불어 일본 문학을 세계에 알리는 데 크게 이바지했다. 흔히 가와바타 야스나리의 『설국』을 번역해 그가 일본인 최초로 노벨 문학상을 받는 데 결정적인 구실을 한 번역가로 알려졌지만, 내게는 『도쿄 이야기』의 저자로 각별한 인상을 남기고 있었다. 1923년 도쿄를 잿더미로 만든 관동 대지진으로부터 시작되는 그의 책을 읽으면서 나는, 그때는 아직 도쿄를 한 번도 가보지 못한 처지에서도, 도쿄가 어떤 도시인지 그 지리적·역사적 배경까지 넉넉히 짐작할 수 있었다. 게다가 그는 에도에서 도쿄로 환골탈태한 거대 도시의 이면을 읽어내기 위해 자신이 특히 좋아한 한 사람의 작가에게 많은 걸 기댔는데 그것 역시 탁월한 선택이었다. 나는 그때 나가이 가후가 누군지도 몰랐지만, 그 후 우리말로 번역되어 나온 그의 소설들과 산문집을 통해 새삼 그가 일본 근대 문학사에서 어떤 위치를 차지하는지 이해하게 되었다. 나가이 가후는 평생 박쥐우산을 들고 도쿄의 이 골목 저 골목을 누볐다. 하지만 산책자로서 그의 발길이 닿은 곳은 사실 도쿄가 아니었다. 그는 변화와 미래에는 눈길을 주지 않았다. 처음부터 끝까지 에도의 흔적만을 고집스럽게 찾아다녔을 뿐이다. 그의 그런 괴벽에 별로 관심이 없더라도, 가령 대지진이 휩쓸고 간 제국의 수도를 바라보면서 그 처참한 폐허가 실은 끝 모르고 내닫던 교만과 탐욕의 결과로서 자업자득의 천벌이라 그가 질타할 때, 그 목소리(1923년 10월 3일 일기)에는 충분히 귀를 기울일 만한 가치가 있다.

아쉽게도 나는 썩 마음에 드는 그런 식의 서울 이야기를 읽은 기억이 없었다. 호암 문일평이나 조풍연, 이규태 같은 이들의 노작勞作에 문학이 훨씬 큰 비중을 차지했더라면 하는 게 내 아쉬움이었다. 어쨌거나 일을 저질렀다. 소설가가 소설을 쓰지 않고 엉뚱한 짓을 한다는 눈총이 왜 아니 두렵겠는가. 하더라도 전문 연구자가 아니라 소설가라서 외려 용기를 낼 수 있었다. 집필 과정에서 스스로 배운 바가 적지 않다. 더러는 지난날 선배 작가들이 꾸었던 황홀한 꿈을 함께 꾸었고, 훨씬 많이는 그들이 시도 때도 없이 맞닥뜨렸던 간난신고에 더불어 눈물을 훔치고 더불어 한숨을 내쉬었다. 그러다가도 역사책에 남은 굵은 고딕체 사건들 사이로 빠져나간 장삼이사 갑남을녀들의 무수한 삶의 편린들이 그들의 펜 끝을 통해 훌륭하게 되살아나는 것을 보고 감개에 젖기도 했다. 알고 보니, 당연한 말이지만, 그들은 장소들이 아니라 '사람들'의 이야기를 썼던 것이다.

전체를 관통하는 제목을 감히 『한국 근대 문학 기행』이라 붙였다. 대상이 되는 시기를 한국 문학의 '근대'로 국한했음을 거듭 밝힌다. '고대'는 아예 내 능력 밖이고, '현대'에 대해서도 뭐라도 말하려면 아직 많은 시간이 필요하리라.

당장 가까운 벗들과 함께 서울을 여기저기 누비면서 '서울편', 즉 『한국 근대 문학 기행: 서울 이야기』에 대한 품평부터 듣고 싶다. 도쿄로 가는 하늘길이 열렸으니 내가 활자로만 더듬었던 지역도 두 발로 천천히 짚고 다닐 기회가 생길 것이다. 가령 동아시아 3국의 근대 문학을 대표하는 작가들, 이광수와 나쓰메 소세키와 루쉰이 짧게나마 한 도시 한 하늘 아래 지냈다는 건 어쨌든 의미 있는 문학적 '사변'이 아닐 수 없다. 그 사변의 뜻을 독자들과 더불어 새기고 싶다. 그래도 내 가장 큰 꿈은 따로 있으니, 휴전선 너머 동해를 오른쪽으로 끼고 내달리는 함경선 기차를 타고 북상하면 띄엄띄엄 정거장마다 나와 이제나저제나 하고 어리숭한 후배 작가를 기다리고 있을 한설야, 이북명, 안수길, 김기림, 최서해, 김광섭, 현경준, 최정희, 이용악 같은 선배 작가들을 만나고, 또 문산에서 끊어진 경의선 철도를 이어나가면 마침내 평양은 물론이고 성천, 개천, 정주, 삭주, 구성, 희천, 강계, 초산, 벽동, 의주 따위 이름조차 낯설고 그래서 더 아름다운 고장들을 두루 만나는 것!

그 꿈을 이루기 위해선, 지난날 우리가 꾸었던 꿈이 무엇이었는지 다시 살피고 묻는 것으로 시작하는 도리밖에 없다.

이래저래 '이야기'가 답이다.

내 무모한 용기에 대한 격려와 함께 교만과 무지에 대해서도 많은 질정을 부탁드린다.

2023년 봄
김포에서 김남일

차례

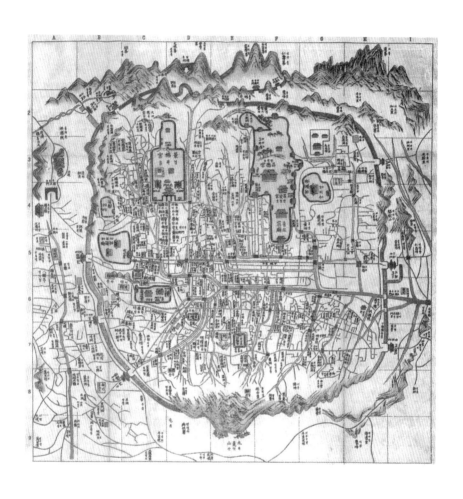

선교사 게일이 소개한 '한양' 지도(1902)

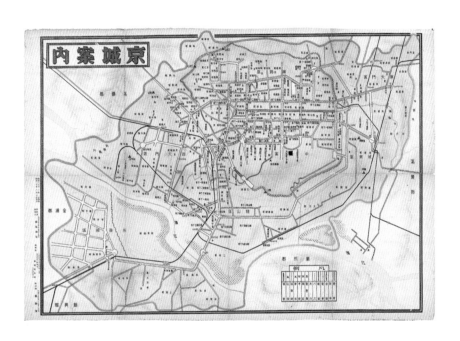

〈경성 안내〉(1945)

나는 이사벨 버드 비숍여사와 연애하고 있다 그녀는

1893년 조선을 처음 방문한 영국 왕립지학협회 회원이다

그녀는 인경전의 종소리가 울리면 장안의

남자들이 모조리 사라지고 갑자기 부녀자의 세계로

화하는 극적인 서울을 보았다 이 아름다운 시간에는

남자로서 거리를 무단통행할 수 있는 것은 교군꾼,

내시, 외국인의 종놈, 관리들뿐이었다 그리고

심야에는 여자는 사라지고 남자가 다시 오입을 하러

활보하고 나선다고 이런 기이한 관습을 가진 나라를

세계 다른 곳에서는 본 일이 없다고

천하를 호령한 민비는 한번도 장안 외출을 하지 못했다고…

(중략)

역사는 아무리 더러운 역사라도 좋다

진창은 아무리 더러운 진창이라도 좋다

나에게 놋주발보다도 더 쨍쨍 울리는 추억이

있는 한 인간은 영원하고 사랑도 그렇다

— 김수영,「거대한 뿌리」에서

1

창랑정은
노을에 물들고

서울을 처음 방문했을 때 이
사벨라 버드 비숍은 정동 언덕 위 러시아 공사관이 도시에서
가장 눈에 띄는 건물이라고 말했다. 그러면서 비록 산은 가장
높은 삼각산이 고작 800미터밖에 되지 않지만 도성 안에서 호
랑이와 표범을 사냥할 수 있다고 뽐낼 수 있는 도시란 그리 흔
치 않다고도 덧붙였다. 그때가 1894년이었다.[1]

그로부터 100년도 더 지나, 우리 시대의 한 작가는 제가 사
는 도시 서울에 대해 이렇게 썼다.

자기 몸에 새겨진 문신을 지우려 애쓰는 늙은 폭주족처럼,
서울은 필사적으로 근대의 기억을 지우고 있다.[2]

정동의 러시아 공사관은 주변의 빌딩 숲에 가려 보이지도 않
고, 야생의 호랑이와 표범은 한반도 전역에서 자취를 감추었다.
도심엔 안개 대신 자욱한 미세 먼지와 매연이 대낮에도 시커멓
게 해를 가린다. 사실 둘러봐도 오직 우뚝한 빌딩과 아파트뿐
이니 서울은 그 소설가의 말마따나 필사적으로 근대의 기억을
지우고 있는 게 분명하다. '문신'의 흔적이 희미하게 남아 있던

동 이름마저 새 주소 제제에 밀려 사라진 지금은 집채만 한 할리 데이비드슨을 뻐기던 늙은 폭주족조차 찾기 힘들다.

그러나 기억은 상대적이다.

100년 전에도 작가들은 흔히 시간에 상처를 입었고, 대개 그 상처마저 그리워했다. 한 작가가 있었다. 그는 서울 토박이로, 일고여덟 살쯤 먹었을 때 아버지 손에 이끌려 처음 창랑정을 찾았던 때의 기억을 소중한 보물처럼 떠올린다.[3]

"자, 인제 다 왔다. 저기 저 집이 창랑정―서강 할아버지 댁이다."

소년은 아버지가 지팡이로 가리키는 곳을 쳐다보았다. 서강이라고는 해도 당인리 편으로 가까운 강가 낭떠러지 위에 기우는 해를 비스듬히 받고 선 큰 집이 눈에 들어왔다. 좌우로 줄행랑이 늘어서고 가운데 솟을대문이 우뚝했다. 나중에 알고 보니 70칸이 넘는 큰 집이었는데, 소년의 첫인상에는 뭔가 낯설고 이상스러운 느낌이 먼저였다. 가까이 다가가자 멀리서 볼 때하고는 또 달랐다. 지은 지 몇백 년이나 됐는지 행각 기둥이 이리저리 기울고 쓰러진 아주 퇴락한 옛집이었다. 벽도 군데군데 무너져서 어떤 데는 소까지 드나듦직하게 커다란 구멍이 뚫려 있었다. 대문간 안에 들어서자 시커먼 늙은 은행나무가 한바탕 사나운 꿈처럼 앞을 가로막았다. 그 안쪽으로 또 급한 언덕이 나오고, 그 위에 높이 쌓은 축대 위 큰사랑이 서강 할아버

25

지의 거처였다. 마당 앞은 불과 두서너 자밖에 안 되는 얕은 담이었다. 소년이 돌을 딛고 올라서자 담 밖은 바로 낭떠러지여서 까맣게 내려다보이는 저 밑에 검푸른 강물이 출렁거리는 것이었다.

유진오의 「창랑정기」(1938)에서 소년은 그날 캄캄한 큰사랑방 안에 누워 있는 서강 할아버지에게 절을 했고, 아들도 손자도 먼저 앞세운 그분의 유일하게 남은 증손자이자 제게는 십이촌이 되는 형님에게도 시키는 대로 절을 했고, 다시 안채에 들어가서는 "자네 왔나" 하면서 아버지조차 대놓고 애 취급하는 노인들이 가득 앉아 있던 안방에서 정경부인에게도 절을 했고, 당연히 무슨 할머니다, 무슨 아주머니다 하는 그 노인들에게도 아버지와 함께 죄 절을 하느라 혼이 났다. 마지막으로 이제 절을 다 드렸는가 싶어 한숨 돌리려는데 방 안이 또 수선수선하더니 문이 열리며 달덩이 같은 새색시가 눈을 내리깔고 들어섰다. 소년은 청대 반물치마에 호야 노랑저고리를 맵시 있게 입은 그 새색시에게도 절을 했다. 알고 보니 십이촌 형님의 색시였던 것이다.

언제쯤인가, 소년은 마루 가장자리에 가서 덧문을 밀어보았다. 의외에도 스르르 열렸다. 그러자 전혀 예기치 못했던 창랑정의 웅장한 풍경이 소리도 없이 확 달려들었다. 검푸른 물결, 그 너머 넓디넓은 백사장, 그 백사장 저편 끝으로 멀리 하늘 끝

도상봉이 그린 「창랑정기」(『동아일보』, 1938년 4월 20일) 삽화 속 창랑정.

간 데까지 물결치듯 울멍줄멍한 아득한 산과 산. 이윽고 그 장
대한 풍경에 영롱한 빛이 비치기 시작했다. 저녁놀이었다. 구름
은 끊임없이 모습을 바꾸었고, 오색찬란한 요지경을 이룬 하늘
은 다시 물 위에 거꾸로 비치었다. 소년은 저녁놀의 황홀한 군
무에 넋을 잃었다. 그러는 바람에 열두서너 살 먹어 보이는, 회
화나무 꽃씨로 물들인 호야 노랑저고리에 잇다홍치마를 입은
소녀가 앞마당에 와 서서 방긋방긋 웃으며 저를 쳐다보고 섰던

것도 뒤늦게야 알아차렸다. 소년은 그 소녀에게 몸이 잦아지는 것 같은 호감을 느꼈다.

우리 소설들은 풍경 묘사에 유난히 인색한 편이지만, 「창랑 정기」는 이 점에서 짧지만 꽤 깊은 인상을 남긴다. 그리고 그것 이 몰락과 연결되어 있다는 점에서 더더욱 울림이 크다. 소년 이 그날 만난 삼종 증조부 서강 할아버지는 선전관宣傳官으로 이 조 판서까지 올랐지만 대원군이 세도를 잃자 당신도 벼슬을 내 놓고 서강으로 물러선 터였다. 완고한 쇄국을 주장하던 목소리 로는 더 이상 변화하는 세상을 뚫지 못했다.

그날 소년은 정경부인의 생신을 맞이해 처음 창랑정을 찾은 터였다. 그러나 정경부인은 아버지와 소년이 번갈아 절을 해도 누렇게 들뜬 얼굴을 조금 돌렸을 뿐 누워 있던 아랫목에서 꼼 짝도 하지 않았다. 십이촌 형님의 새색시만큼은 창랑정의 분위 기에 어울리지 않게 환한 달덩이처럼 그려지고 있지만, 그렇기 에 오히려 장차 찾아올 퇴락이 더 두렵다. 아니나 다를까 소년 이 더 자라 10여 년 후 서강 할아버지의 대상 때 다시 찾은 창 랑정에는 이미 예전의 자취가 남아 있지 않았다.

나는 너무나 심한 그 변화에 놀라지 않을 수 없었다. 사람 들이 득시글득시글하던 옛날의 그림자는 아무 데서도 찾 을 수 없고 집은 무너지는 대로, 마당의 잡초는 나는 대로,

28

거기다가 그 큰 집에 그날 모인 사람들이라고는 불과 10여 명에 지나지 않았다. 을순이와 놀던 동산에는 볼 만한 나무 한 주 없고 남치마 입은 새댁들이 득시글거리던 대청에는 까만 생쥐같이 초라한 형수가 늙은 어멈 하나를 데리고 제수를 차리고 있었다. 저이가 달덩이같이 보이던 분인가. 나는 내 눈을 의심할 지경이었다.

을순이는 이제는 까만 생쥐처럼 변해버린, 전날엔 달덩이처럼 환하던 형수가 데리고 온 몸종이었다. 소년은 을순이와 처음 만났을 때 뒷동산에서 함께 나물도 캐고 메도 캐고 하며 놀다가 흙속에 묻혀 있던 칼 한 자루를 파냈다. 제 키보다도 더 길고 혼자 힘으로는 쳐들기도 무거운 큰 칼이었다. 칼집은 다 썩었지만 속에 든 칼은 대단한 녹도 없이 멀쩡했다. 더군다나 칼자루에는 이상스런 조각이 가득하고 찬란한 순금 장식이 눈이 어리게 빛나고 있었다. 나중에 드러나지만 그 칼은 창랑정의 옛 주인인 '정대장'과 관련이 있는 물건이었다. 그리고 이제 열여섯 나이를 먹은 '나'는 어른들이 나누는 이야기 속에서 창랑정의 역사도 얼추 알아들을 수 있었다.

어린 고종을 대신해 실권을 잡은 흥선대원군은 1866년 그때 한창 세력을 펴던 천주교를 대대적으로 탄압하기 시작했다. 이른바 병인박해였다. 자신의 국내 정치적 입장 때문이기도 했지만, 무엇보다 중국과 일본이 외세에 무릎을 꿇었다는 소식을 듣자 문단속 차원에서 취해진 조치였다. 이후 6년에 걸쳐 무려 8,000명이 넘는 천주교도들이 처형된다. 조선에 머물던 프랑스인 선교사들도 같은 운명을 피하지 못했다. 프랑스는 중국 톈진에 있던 로즈 제독의 극동 함대를 파견했다. 강화도 앞바다에 나타난 프랑스군이 10월 26일 한강을 따라 양화진, 서강 일대에 진출하자 조정은 발칵 뒤집혔다. 프랑스군은 배 세 척만으로는 당장 공격이 어렵다고 판단한 채 정찰에만 몰두했는데, 그때 그들이 여러 날 머물던 곳이 바로 창랑정 마당 앞이었던 것이다. 잠시 물러났던 프랑스군이 곧 다시 나타나 강화성을 점령함으로써 병인양요가 일어났다. 조선은 문수산성을 일시 내주긴 했으나 정족산성 전투에서 프랑스군을 격퇴할 수 있었다. 프랑스군이 두 달여 만에 철군하자 대원군의 쇄국 정책은 더욱 힘을 받았다.

소설에서는 그저 행간으로만 이런 역사를 짐작할 수 있다. 서강 대신이 조정에서 누구보다도 서양 오랑캐의 배척을 힘써 주장했다는 이야기도 그저 소문처럼 들릴 뿐이었다. 창랑정도 세월의 흐름 속에 쇠락을 피할 수 없었고, 이윽고 흔적도 없이 사라지고 만다. 이제 그 옛날 아버지의 나이가 된 화자는 꿈속에서나 간신히 창랑정을 되새긴다.

꿈속에서는 반드시 나는 도로 일곱 살의 소년이며 창랑정 앞 하늘에는 놀이 뜨고 큰사랑에는 서강 대신의 은실 같은 수염과 거물거리는 황촉 불이 있으며 아버지는 단장을 들어 창랑정을 가리키시고 뒷동산에서는 나와 을순이가 저녁 햇빛을 받고 노는 것이다.

2

서울,
신문명에 놀라다

이사벨라 버드 비숍은 서울을 네 차례나 다녀갔다. 그런 만큼 "서울의 낮과 밤, 왕궁과 빈민굴, 말할 수 없는 천박함과 사라져가는 화려함, 목적 없이 떠도는 군중, 그리고 중세풍의 행렬"을 두루 눈에 담았다. 처음에는 서울의 성안에 대해선 차마 쓰고 싶은 마음이 들지 않을 정도로 '세상에서 가장 불결한 도시'라고 생각했는데, 1년 후에는 세상 어느 수도보다도 아름답다는 걸 깨닫게 되었노라 고백한다. 그때 서울은 가령 저녁이면 반투명의 자수정처럼 빛나는 산봉우리들이 짙푸른 금빛 하늘을 배경으로 진홍색 장관을 연출하고, 신비로운 안개가 온 데 산을 감싸는 이른 봄이면 연보라색 진달래와 불꽃 같은 자두와 붉은 벚꽃이 만발하며, 전혀 생각지도 못한 곳에서 마주친 복사꽃이 소스라치게 감동을 안겨주는 지극히 자연 친화적 도시였다. 그럼에도 편견은 쉽게 사라지지 않았다. 가령 조선 여자들은 숨기를 잘하는데 그건 그들이 매혹적인 미녀가 아니기 때문이라거나, 조상 숭배는 공경하는 마음에서가 아니라 조상의 귀신이 해를 끼칠까 두려워서라거나 하는 식의 '과감한' 서술을 도처에서 만날 수 있다.

심지어 도무지 납득할 수 없는 다음과 같은 판단까지 서슴지 않는다.

조선 사람에게 서울은 살 만한 가치가 있는 것이다. 그러나 서울에는 예술품이 없으며 골동품이 드물고 공원도 없다. 왕의 거둥 이외에는 볼 만한 것이 없으며 극장도 없다. 다른 도시가 가지고 있는 매력이 서울에는 없다. 서울은 유서 깊은 도시이지만 유적도, 도서관도, 문학도 없으며 최근에는 종교에 대한 무관심이 어느 때보다도 심하여 사원을 남겨놓지 않았다. 반면에 아직도 조선 사람을 사로잡고 있는 미신 때문에 묘비 하나 남은 것이 없다.[1]

다른 것들은 몰라도 5,000년 역사를 자랑하는 문화 민족으로서는 자존심이 내동댕이쳐지는 느낌이 아닐 수 없다. 하지만 푸른 눈의 이방인이 세기말의 조선에 대해 내리는 진단 중에는 뼈아픈 게 하나둘이 아니다. 예를 들어 여자는 주인이 희게 옷을 입는 한 빨래가 숙명인 '빨래터의 노예'이고, 서울은 '옴에 걸린 개의 낙원'인데 개들은 사람의 친구도 식구도 아니며 늙기 전에 봄철의 보신탕이 되어야 하고, 농부들은 몹시 게으르게 보였는데 알고 보니 그건 그들이 노동의 결과로 얻은 것을 안전하게 손에 쥘 수 없는 체제에 살고 있기 때문이며, 양반은

'허가받은 흡혈귀'로서 그들 역시 그들만 바라보는 수많은 식솔과 수하와 친인척 들 때문에 최대한 '쥐어짜는 것' 이외엔 어찌할 도리가 없다는 서술 따위가 그러하다.

낮의 치욕을 밤의 서울이 웬만큼 가려주었다. 비숍 여사는 거리에 불 켜진 창이 거의 없기 때문에 칠흑 같은 서울의 고요한 밤이 매우 인상적이라고 썼다.

그 서울의 밤에 전기가 들어왔다. 1887년 경복궁 후원 건청궁과 향원정 일대에서 처음으로 전구 750개가 불을 훤히 밝혔다. 중국이나 일본보다도 2년쯤 앞선 일로, 직접 목격한 이들의 입에서는 탄성이 절로 터져나왔다. 백성들로서는 담장 너머로 멀리 비치는 10촉광의 불빛마저 도무지 믿기 힘든 도깨비불이 아닐 수 없었다. 민간까지 전기가 보급되는 데에는 훨씬 더 시간이 필요했다. 1900년 4월 10일, 종로에 처음으로 가로등이 불을 밝혔다.

그 전해 5월에는 전차도 개통되었다. 이 역시 일본 도쿄보다도 앞선 것으로, 도쿄에서는 요코하마, 교토에 이어 1903년에야 신바시-시나가와 간 노면 전차가 처음으로 운행되었다. 서울의 전차는 서대문(돈의문)과 동대문을 오가는 단일 노선이었는데, 차량은 개방형이었고 의자는 나무 의자였다. 정거장도 따로 없이 아무 데서나 손을 들면 태워주고 내려주었다. 초파일 개통식에는 말 그대로 구름처럼 군중이 몰려들어 천지

동대문 홍예를 지나는 전차.
성벽이 헐리고 전차 선로가 옮겨지는 때가 1911년 6월이므로, 이 사진은
그 이전에 촬영된 것. 소달구지 앞으로 휜 전차 선로는 차고행 입구.

개벽 같은 행사를 지켜보았다. 그때부터 하루 종일 전차 꽁무니
를 쫓아다니는 이들도 수두룩했다. 서울의 전차는 16분 간격으
로 운행되었는데, 동대문 차고지에서 서대문을 돌아 다시 오는
데 1시간 30분이 걸렸다. 개통 첫해에는 10시까지, 이듬해에는
11시까지 운행했다. 서울 사람들에게는 하루해가 갑자기 늘어

36

남대문 쪽 거리 풍경(1904).
오른쪽 지붕이 높은 건물은 상동교회이며, 그 뒤쪽으로 명동성당이 보인다.
초기 형태의 전찻길 위를 우마차가 한가롭게 지나고 있다.

난 것 같았다. 날이 어두워지면 다들 대문을 걸어 잠그고 잠자기 바빴던 시절이 언젯적인가 싶은 변화였다. 하지만 머지않아 큰 변이 발생한다. 아이가 치어 죽었는데도 일본인 차장이 모른 체 달아나자 사람들이 달려들어 전차를 부수고 불태워버렸다. 여름에 더위를 피해서 나온 어른들이 선로를 목침 삼아 베고 자다가 두 명이 그만 사고를 당하는 참사까지 발생했다. 또 전찻길을 위해서는, 훨씬 훗날의 일이지만, 숭례문과 홍인지문의 담장을 비롯해서 광희문과 돈의문도 허물어야 했다. 이런저런 문제점들이 적지 않았지만, 그래도 전차는 금세 서울 시민의 귀중한 발이 된다.

1900년에는 한강에 철교가 놓였다.

그해 2월, 국초 이인직이 관비 유학생 자격으로 일본에 갔는데, 한강을 건널 때 이 다리를 이용하지는 못했다. 노량진에서 끊어진 경인선은 여름에나 온전히 이어졌기 때문이다. 1897년에 착공해서 1899년에야 개통을 본 경인선은 노량진에서 제물포까지 총 33.2킬로미터를 1시간 40분에 주파했다. 당시로서는 놀라운, 그야말로 번갯불처럼 빠른 속도였다. 말을 타거나 어른이 부지런히 걸어도 하루 온종일 걸리던 80리 길이었다. 1897년 1월 28일 기나긴 망명과 유학 끝에 상하이를 거쳐 돌아오던 윤치호는 오전 8시에 가마를 타고 제물포를 출발했다. 도로 상태는 최악이었다. 발목까지 올라오는 진창길은 질퍽거리고 미끄러웠다. 오후 6시, 어두컴컴한 다저녁때에야 겨우 서울에 도착했다.[2] 하지만 기차는 이제 그런 식의 고통스럽게 긴 거리를 믿기 힘들 정도로 편하고 짧게 단축시켰다. 비단 속도만이 아니었다. 예컨대 과거 수천 년간 어림짐작으로만 따졌던 거리를 이제 철로의 침목 개수만큼 정확히 잴 수 있게 되었고, 시간 역시 정확도의 개념으로 재구성되기 시작했다. 그게 바로 자본주의적 근대였다. 그리고 그것이 지킬 박사와 하이드 씨처럼 전혀 상반된 두 얼굴을 지니고 있다는 사실을 깨달으려면 꽤 많은 시행착오가 필요할 터였다. 물론 이인직은 아직 전근대와 근대 어디쯤에 양다리를 걸치고 있었다. 그가 쓴 『혈의 누』(1906)에서는 주인공 옥련이가 제물포에서 윤선을 타고 일본으로 건너간다. '만리창파에 살같이 빠른 배'로도 꼬박 나흘이나 걸렸다.

육당 최남선도 1904년 첫 번째 도일 때는 경부선을 이용할 수 없었다.

경부선은 처음부터 조선의 시급한 필요성과는 크게 상관없었다. 전적으로 일본의 정치적·군사적 이해와 요구로 추진된 것이었다. 조선 국내에서 사람들의 이동과 물산의 유통을 돕는 것보다는 일본-조선-만주로 이어지는 병참과 수송 기능이 중요했다. 그런 만큼 철도 건설에도 일본의 의지가 폭력적으로 개입했다. 경부선 부설권을 따낸 일본이 착공식을 연 것은 1901년 8월의 일로, 서울, 천안, 부산의 세 곳에서 동시에 작업을 시작했다. 철도 연변의 조선인들은 시가의 10분의 1에서 20분의 1이라는 헐값에 토지를 징발당했다. 집은 허물어지고 조상의 무덤도 파헤쳐졌다. 그것도 모자라 농번기와 농한기를 가리지 않고 땅을 다지고 선로를 까는 일에 동원되었다. 지맥을 끊는다, 보상비가 적다, 울력이 심하다 등 이런저런 이유를 들어 공사를 방해하는 이들은 가차 없이 잡아 가뒀다. 심지어 체포되어 총살을 당하는 경우까지 발생했다. 1904년 9월 21일 일본 병참 사령부는 일본 군용 철도에 위해를 가했다는 이유로 조선인 셋을 붙잡아 용산 부근에서 총살형을 집행했다.[3] 고종의 시의 자격으로 서울에 와 있던 독일인 의사 리하르트 분쉬는 집에서 15분 거리에서 형이 집행되어 직접 총소리를 들었다. 그는 일본 측이 그 총살 장면을 사진을 찍어 공개하고, 심지어 아무나 돈을 주고 살 수도 있게 한 데 대해 분개했다.[4]

우여곡절 끝에 경부선이 완공된 것은 1905년의 일이었다. 부산 초량까지 30시간이 걸렸다. 역명은 모두 일본식 발음으로 표기되었는데, 이를테면 성환成歡은 세이칸이었다. 윤치호는 기차를 타고 가는 내내 조선인의 가축우리 같은 집들이 진흙구덩이보다 나을 바 없다는 사실을 목격했다. 밤에 조선인의 마을에서는 불빛이라곤 한 점 흘러나오지 않았다. 반면 일본인들이 사는 곳에는 어디든지 불빛과 생기가 있었다. 철도 연변의 언덕과 산의 나무는 밑동까지 잘려나가 있었다. 그는 그렇게 일기에 썼다.[5]

최남선은 1906년 다시 일본에 갈 때에야 새로 난 경부선을 이용할 수 있었다. 경부선 개통은 유학을 다녀온 뒤 새삼「경부철도노래」(1908)를 지어 부를 만큼 충격적인 사건이었다.

우렁차게 토하는 기적 소리에
남대문을 등지고 떠나 나가서
빨리 부는 바람의 형세 같으니
날개 가진 새라도 못 따르겠네

늙은이와 젊은이 섞여 앉았고
우리 내외 외국인 같이 탔으나
내외친소 다 같이 익혀 지내니
조그마한 딴 세상 절로 이뤘네

충청도 괴산의 양반가에서 곱게 자란 소년 홍명희는 열세 살 때인 1900년에 장가를 들었다.[6] 서울에 올라온 건 그 이듬해였다.[6] 물론 내외친소, 즉 남녀노소가 딴 세상을 절로 이루었다는 그 경부선은 아직 없던 시절이었다. 그가 어떻게 상경했는지 알려진 바는 없다. 서울에서 그는 병조 참판까지 지낸 조부 홍승목의 북촌 집에서 지냈는데, 아버지 홍범식도 마침 내부 주사로 벼슬살이를 시작한 때여서 3대가 함께 머물렀다. 나중에 홍명희는 육당 최남선을 사귀어 절친한 사이가 되는데, 그때부터 서로 집을 오가며 어깨도 겯고 거닐며 세태와 시절을 같이 탄식도 했다. 홍명희가 남의 집에 가서 자기 시작한 게 최남선의 집이 처음이었으며, 남촌에 살던 최남선이 북촌에 발을 들

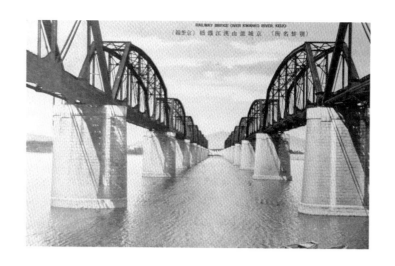

한강철교. 왼쪽은 첫 번째 철교(1900년 7월 준공)이고,
오른쪽은 두 번째 철교(1912년 9월 준공)이다.

여놓은 게 홍명희의 집이 처음이었다. 이광수도 첫 번째 일본
유학에서 돌아온 1910년 홍명희를 '북촌 꽤 큰 집'으로 찾아가
만난 기억을 말한 적이 있다.[7]

홍명희는 1902년 사립 중교의숙에 입학했다. 중교의숙은 원
래 민영기가 세운 시무 학교로 출발한 것을 1900년에 이름을
바꾼 사립 학교였다.[8] 시무 학교의 '시무時務'가 시급한 일 혹은
그 시대에 중요한 일을 다룬다는 뜻을 지닌 만큼, 공자 왈 맹자
왈 하는 과거의 고루한 경학經學 대신 영어와 일어, 산술 따위

42

신학문을 두루 가르쳤다. 홍명희가 완고한 조부 밑에서도 신식 학교에 들어갈 수 있었던 것은 개명한 아버지의 뒷배가 컸다. 학생들은 천차만별이었다. 일고여덟 살 코흘리개부터 스무 살 넘은 장정까지 한 교실에 다 섞여 있었다. 홍명희는 학교에 갈 때마다 조부에게 절을 했다. 그러면 꼭 2전 5리 백동전 한 닢을 받았는데, 그것으로 대개 담배를 사 피웠다. 쉬는 시간마다 복도는 담배를 피우는 학생들 때문에 너구리굴이 따로 없었다. 학교에서 돌아오면 다시 조부에게 절을 하고 그날 배운 것을 아뢰었다. 손자가 일어 책을 읽거나 아라비아 숫자를 써 보이면 홍승목은 이게 다 무엇인고 하면서도 흐뭇한 미소를 짓곤 했다. 반면 마음에 들지 않은 이야기라도 들을라치면 "멧돝(멧돼지) 잡으려다 집돝(집돼지) 놓치겠다"며 미간을 찌푸렸다.

한국 최초의 근대식 학교가 어딘가를 두고 논란이 있을 수 있지만, 서울의 경우 서양인 선교사들이 세운 사립 배재학당(1885), 이화학당(1886), 경신학교(1886), 정신여학교(1887) 등에 그 최초의 영예를 안길 수 있다.

3

북촌 장마

북촌 장마

20세기 초 서울이 경성으로 바뀌기 전의 원래 이름은 한성이었다. 한양은 세간에서 부르던 속명으로, 한성이 공식 명칭이었다. 판윤이 우두머리였다. 한성부는 동서남북의 4서^署로 나뉘었다. 서 밑에는 방^坊이 있고 방 밑에 통^統이 있고 통 밑에 호^戶가 있었다. 따라서 가령 어떤 주소를 쓰려면 '한성부 서서 청진방 중학동 5통 3호' 하는 식이었다. 그러던 것이 일제 강점기에 '정^町'이니 '정목^{丁目}'이니 '통^通'이니 하는 그동안 보지도 못하던 글자를 가진 지명이 생겨난다. 황토현 혹은 황토마루는 광화문통이 되었고, 동현 혹은 구리개는 황금정이 되었다. 아직 젊은 시절의 춘원 이광수는 옛날에 진고개로 부르던 데가 "지금에는 본정이라는 문자도 알 수 없는 이름"으로 바뀌었다고 사뭇 핏대를 세우기도 했다.[1] 그런 말마따나 일제 강점기를 거치면서 다방골, 샌전, 배오개, 애오개, 야주개, 피맛골, 칠패, 삼개, 새문밖 등의 서울의 옛 지명들은 역사 속으로 흔들흔들 사라지고 말았다.

이해조의 신소설 「구마검」(1908)은 미신 타파를 정면으로 내세운 계몽 소설이다.[2] 소설은 서울 북촌에서 때 아닌 바람이 부는 장면으로 시작한다. 대안동(현 안국동) 네거리에서 남산을 바라보고 한참 내려가면 베전 병문[*] 큰길인데, 그 길 양쪽에서 상점을 연 사람들이 아침저녁으로 물을 뿌리고 비질을 해대서 "인절미를 굴려도 검불 하나 아니 묻을 것 같으나" 그날따라 동서남북 어디에서 오는지 모르게, 실은 길바닥 한가운데서 솔솔 일어난 바람이 희한한 회오리로 커졌다. 그러면서 곧 그 바람 따라 누군가가 중부 다방골(현 다동) 함진해의 집으로 들어간다.

중부 다방골은 장안 한복판에 있어 자래로 부자 많이 살기로 유명한 곳이라. 집집마다 바깥대문은 개구멍만 하여 남산골 딸깍샌님의 집 같아도 중대문 안을 썩 들어서면 고루거각에 분벽사창이 조요하니, 이는 북촌 토호 재상에게 재물을 빼앗길까 엄살 겸 흉 부리는 계교러라.

이 장면만으로도 당대 서울의 인문지리를 꽤 살필 수 있다. 계급 구성으로도 북부와 중남부가 확연히 차이를 보인다. 「구마검」은 비록 신소설의 고루한 형식을 벗어나진 못했지만, 구한말 서울의 풍습과 언어를 훌륭하게 보전해준 공은 결코 작지 않다.

---

[*] 병문(屛門): 골목 어귀 길가. 여기서는 베를 파는 상점이 있는 종로 길가를 말한다.

46

탑골공원 원각사지 10층 석탑.
왼쪽 아래에 임진왜란 때 파손된 상층부 옥개석이 있다.

　북악산 아래 경복궁과 창덕궁 사이에 자리 잡은 북촌은 예
로부터 서울의 가장 중요한 주거지였다. 조선시대 천하를 호령
하던 권문세가가 모여 살던 곳이다. 가령 경복궁 동북쪽의 팔
판동만 하더라도 여덟 명의 판서가 나왔대서 붙여진 이름이었
다. 이렇듯 북촌에는 왕가의 일가붙이들뿐만 아니라 내로라하
는 벌열 가문들, 또 여흥 민씨, 반남 박씨, 해평 윤씨, 풍산 홍씨
등 외척이 고대광실의 담장을 잇대고 살았다. 그 바로 아래 현

재의 인사동은 대사동이라 불렸는데, 말 그대로 큰절이 있었기 때문이다. 1505년에 이미 그 큰절 원각사는 사라졌고 옛터에 10층 석탑만 달랑 서 있었다.

낮은 벼슬아치들이나 중인 계급, 그리고 가난한 서민들은 남촌에 섞여 살았다. 몰락한 양반 허생도 남산 묵적골, 비바람도 가리지 못하는 두어 칸 초가집에 살았다. 박지원이 쓴 또 다른 소설 「광문자전」에 나오는 조선 최대의 자유로운 영혼 광문의 직업은 비렁뱅이였다. 그는 종루 시장바닥을 돌아다니며 밥을 빌었고, 이따금 약방 부자의 집에서 심부름을 하기도 했다. 이 밖에 인왕산 아래에는 관청에서 일하는 별감이나 이속 같은 구실아치들이, 왕십리에는 잡상인들과 물장수, 군인들이 많이 모여 살았다. 하지만 한성이 경성으로 바뀌자 서울의 인문지리에도 큰 변화가 일어난다. 무엇보다 남촌에 일본인들이 대거 몰려와 살게 되면서 급속히 근대적인 도회의 모습을 띠게 되는 것이다.

현민 유진오는 대표적인 북촌 출신*이다. 『서유견문록』으로 유명한 유길준과 같은 기계 유씨 집안이다. 아버지 유치형은 1895년의 관비 유학생으로 일본을 다녀와 궁내부 참사관을 지냈고 나중에 전문학교에서 강사를 지내기도 한 개화파 지식인

---

* 그의 본적은 한성부 북부 가회방 재동계 맹현 제12통 제12반이다. 맹현(孟峴)은 종로구 삼청동 정독도서관 뒤 가회동으로 넘어가는 언덕바지 일대.

이었다. 유진오는 재동공립보통학교를 나와 경성제일고등보통학교를 거쳐 경성제국대학을 다녔다. 이런 학력만으로도 그의 번듯한 '출신'을 짐작할 수 있다. 그러나 유진오의 초기 소설에서 북촌의 흔적은 쉽게 드러나지 않는다. 이는 그가 카프(조선프롤레타리아예술가동맹)의 문학적 이념에 동조하는 이른바 동반자 작가로서 활동을 시작한 이력과 무관하지 않을 것이다. 그는 대학 시절 훗날 남로당의 거물이 되는 이강국, 최용달 등과 어울렸고, 지나간 과거보다는 눈앞에 전개되는 식민지 조선의 비참한 사회 현실에 훨씬 큰 관심을 기울였다. 아마 그 무렵 그는 스스로 "서울서 나서 서울서 자라난 나는 남들과 같이 가끔가끔 가슴을 졸이며 그리워할 아름다운 고향을 갖고 있지 못하다"(「창랑정기」)고 여겼을 것이다. 그러나 다른 모든 조선인들의 심상 속에 유전자처럼 굳건한 고향과 마찬가지로, 유진오에게도 북촌은 무상한 시간의 흐름 속에서 점점 더 분명하게 고향으로서 자리를 잡아갔다.

그가 훗날 남긴 회고록에 북촌 시절이 조금 드러난다. 예컨대 그는 여섯 살 때 재동에서 계동으로 이사를 갔는데, 그곳 집에서는 유씨 일가들이 모여서 대동보를 만드느라 붐볐다. 원래는 노들(흑석동)에 있던 유길준의 집에서 하던 일을 그가 죽자 옮겨온 일이었다. 아홉 살 때는 집에 있던 단원의 신선도 병풍을 아버지가 80원을 받고 팔았는데, 나중에 그것이 300원인가

400원에 전매되었다는 소식도 들었다. 당시에 쌀 백 가마는 족히 넘을 거액이었다.[3] 다행히 그가 남긴 미발표 장편 소설이 있어 아쉬움을 조금이나마 달랠 수 있다. 『민요民謠』(1939)[4]라는 제목의 그 소설에서 유진오는 「창랑정기」에서 뒤늦게 선보였던 서울내기의 향수를 유감없이 발휘한다. 거기서 북촌은 낡은 것과 새로운 것이 격렬하게 충돌하는 현장으로 등장한다. 물론 대세를 돌이킬 수는 없었지만.

1907년 4월 21일, 서울 장안이 떠들썩한 사건이 발생한다. 고종의 측근으로 주일 대리 공사와 주영 공사를 지내고 제실帝室 회계 심사국장으로 있던 박용화가 맹현 자택에서 괴한에게 살해당한 것인데, 때가 때인 만큼 이 암살 사건을 헤이그 밀사 사건과 연관 짓는 이들도 많았다. 그 박용화가 바로 유진오의 큰 외숙이었다. 박용화의 매부인 유진오의 부친도 궁내부에 있었고 이준 열사가 조직한 헌정연구회 회원이었기에, 이 사건은 유씨 일가에게도 큰 충격을 던져주었다. 자객이 일본인이라는 소문이 돌자 곧 함구령이 떨어졌다.

유진오는 먼 훗날 제가 태어났을 무렵의 그 엄청난 사건을 되살려낸다. 그것이 북촌을 무대로 한 장편 소설 『민요』의 실마리가 되는 것이다.

박용화의 페르소나인 김 판서는 제1장에서 살해당한다. 작가는 그의 장례를 성대히 치러준다.

죽은 원인은 의문에 싸인 채로 장례 준비는 그대로 진행된다. 김 판서의 고향 이천으로 부고를 들고 사람이 내려간다. 지관이 떠난다. 거기다가 김 판서는 생전에 관을 준비한 것이 없으므로 생송을 베이라고 사람이 또 뒤밎어 떠난다. 종로 육주비전으로 수의를 맞추러 간다. 술집으로 떡집으로 고깃간으로 국숫집으로 벌배 구종 행랑것들이 달음질을 친다. 아무런 수습을 못할 난장판이었다. 거기다가 팥죽 백지 황초 현금 술 막걸리 부의 들어오는 것만 해도 빗발치듯 한다. 은전 동전 백통전이 예서 절그럭 제서 절그럭 하는가 하면 장지 백지 황초 등속이 이 구석에서 굴고 저 구석에서 굴고 한다. 안에는 조 의정댁 최 진사댁 홍 판서댁 무슨 댁 무슨 댁에서 동이동이 쑤어온 팥죽이 벌창이다. 김 판서집은 불시에 큰 잔치라도 베푼 것 같기도 하다. 여기저기 버려진 술상, 떠드는 소리, 거기다가 종일 부절곡이라 곡소리가 또 귀가 따갑다.(제1장)

그러나 장례가 번잡하고 성대하면 할수록 허황함 또한 숨길 수 없다. 김 판서의 죽음은 북촌이 간당간당 지탱해오던 위용이 이제 더는 가능하지 않다는 사실을 여실히 드러낼 뿐이다.
이제 시선을 돌려보자.
김 승지는 도무지 마음을 다잡을 수 없었다. 아들이 비명에

1913년에 건립된 북촌 가회동 백인제 가옥.
근대 한옥의 양식을 보전하고 있는 대표적인 일제 강점기 한옥.

간 지도 벌써 몇 해나 지났건만 그는 여전히 허무지향을 헤매고 있었다. 집이 먼저 그 마음을 읽었다. 워낙 크고 오래된 집이라 여간해서는 손질하기가 어려워 그랬노라 핑계를 댈 시간도 지나버렸다. 그새 흙 한 점 제대로 바르지 않았고, 찬바람이 불면 마른걸레로 뚫린 구멍을 막거나 기껏해야 종잇조각을 오려다 붙이곤 그만이었다. 사랑채는 진작 중 떠난 폐사와 다르지 않았다. 집도 집이려니와 산정사랑 뜰과 큰사랑 마당 따위 정원의 황폐함은 차마 말로 할 게 아니었다. 뒷동산에는 꽃나

무보다도 복사·살구·오얏·앵두·밤·감 따위 과실수들이 많고, 그 사이사이 개나리와 진달래 같은 것들이 섞여 피어나곤 했는데, 이제는 태반이 죽고 남은 것도 죄 가지를 꺾이고 말았다.

『민요』는 서울 한복판 김 판서네가 시대의 흐름을 견뎌내지 못하고 주저앉는 과정을 쓸쓸하게 추적한다. 김 판서는 김 승지의 아들로, 소설에서는 비명의 죽음을 맞이하기 때문에 정작 작가의 눈을 대신하는 것은 김 승지나 그의 손자들이다. 김 승지는 아들의 죽음 이후 집안을 일으켜 세울 어떤 의욕도 지닐 수 없었다. 그리하여 소설 전편에 흐르는 정조는 오직 한때 북촌 땅을 호령하던 사대부가 김씨 일문의 초라한 몰락일 따름이다. 김 승지의 권위 따위로는 이미 집안에 침투한 무서운 '마귀'를 물리치지도 못한다.

긴 장마가 몰락의 클라이맥스를 앞당겼다. 이제는 방마다 비가 새지 않는 데가 없다. 나중에는 세상이 이대로 판을 쳐서 김 판서 집도 무엇도 다 물에 쓸려갈 것만 같았다.

장마 진 지 엿새째 되는 날 안대청에서 점심상들을 받고 앉아서 올해는 구룡치수九龍治水라서 비가 많이 오는 것이라는 둥 안방 아랫목에까지 곰팡이가 났다는 둥 쓸데없는 소리들을 하고 있는데 별안간 뒤꼍에서 쾅 하더니 이어 우르르 하고 벼락 치는 소리 같은 음향이 들려왔다. 필연 무엇이 또 무너진 것이겠으나 소리가 너무 커서 사람들은 들었던 숟갈을 집어던지고 제가끔 대청 뒷문으로 뛰어 들어갔다. 비는 여전히 억수같이 퍼붓는다. 그러나 아무 데도 끊어진 데는 눈에 띄지 않는다. 두리번두리번들 하고 있는데 별안간 길순이가

"앗 저것 봐."

소리를 친다. 사람들의 시선이 일제히 길순이가 가리키는 장독간으로 향했을 때에는 벌써 검붉은 구정물이 일간문으로 내쫓이는 것이었다.

"장독간이 장독간이."

사람들은 소리를 치며 그래도 어떻게 신들은 찾아 꿰이면서 뒤꼍으로 내달았다. 그러나 그때에는 벌써 간장 된장 고초장들이 뒤섞인 구정물이 왼 뒤꼍을 뒤덮어서 퀴퀴한 냄새가 코를 찌른다.

"아이구 이를 어째."

"진간장독은 어떻게 됐나."

그러나 아직도 검붉은 물이 내쏟는 장독간 문에 이르렀을 때 사람들은 너무도 참혹한 꼴을 그곳에 보았다. 원래 이 장독간은 사랑방 자리보다 한청 얕아서 사랑방 쪽으로는 높은 석축을 쌓고 그 위에 토담을 쌓아 논 것이었는데 그 토담이 석축째 무너져서 장독간을 반이나 뒤덮고 덮이지

않은 곳에 있는 독이랑 항아리 들도 개와장과 돌이 굴러내려 하나도 성한 것 없이 깨어져버린 것이었다. 석축 밑으로 바싹 두 줄로 헌칠하게 늘어세워 놓고 몇 해씩 묵은 진간장을 그득그득 담아두었던 제일 큰 오지독들은 흙과 돌 밑에 묻히어 형지도 찾을 수 없다.

그렇게 되고 보니 아깝다 어떻다 하느니보다도 사람의 힘을 초월한 보이지 않는 무서운 힘에 사람들의 마음은 일시에 눌리어 오직 무서울 뿐이다.

정경부인은 그날 저녁때가 되도록 얼굴이 흙빛이 되어 아무 소리 없이 안방에서 담배만 태웠다. 아무 생각도 돌지 않는 그의 머리를 왕래하는 것은 오직 무엇을 잘못했길래 무엇이 동티가 난 것일까 하는 것뿐이다.(제4장)

부엌에 모인 사람들은 지난번 고사를 드릴 때 족을 적게 썼느니 그걸 몰래 베어 먹었느니 하다가 그럭저럭 성주 님에게 밉보인 동티로 결론을 내리려 했다. 그때 길순이가 나서서 알은체를 하는데, 그건 모두에게 큰 충격이었다. 큰새애기씨가 저녁마다 강씨 마님하고 '천주악'(천주학)을 하느라고 정신이 없다는 거였기 때문이다. 여자들은 그 말이 사실이라면 다들 장독간 무너지는 것쯤이 아니라 그보다 더한 불상사가 일어나도 하나 이상하지 않을 거라고 입을 모았다. 아니나 다를까, 그날 밤 다시 요란한 소리와 함께 이번에는 지붕의 추녀 끝이 폭삭 주저앉아버렸다.

『민요』는 북촌 사대부가의 몰락을 이렇게 '집'의 구체적인 붕괴를 통해 실감나게 그려 보인다.

김사량이 한글로 쓴 장편『낙조』(1940)[5]도『민요』와 마찬가지로 북촌의 권문세가, 특히 한일 병합의 주역 중 하나라는 윤 대감의 집안을 배경으로 한 작품이어서 특히 주목을 요한다. 그러나 이 작품 역시 아쉽게도 미완성이다. 윤 남작의 집은 서울 ○동 아늑한 곳에 궁전처럼 누워 있었다. 행랑을 좌우에 거느린 큰문을 들어서면 바깥사랑과 안사랑 두 채가 마치 한 쌍의 학이 날아갈 듯이 들어앉았고, 큰문 가까이 중문이 있어 그리로 들어가면 주위에 온갖 나무들이 우거진 커다란 연못이 있었다. 집 안은 늘 쥐 죽은 듯이 고요하지만, 사랑만은 달랐다. 거기에는 지나간 시절을 잊지 못한 채 윤 남작의 부와 권세에 빌붙어 살며 무위도식하는 '대감'들이 수두룩했다.

시절을 못 맞은 대감들이 시세에까지 어두운데 타고난 욕심은 길길이 높아 턱없고 허황한 사업에 손을 대었다는 앞뒤를 연달아 번뜻하면 넘어가던 그 당시의 일이라 반석같이 아직도 튼튼한 윤 대감네 안사랑에는 못 살게 된 여러 고귀한 사람들이 늙어빠진 개떼처럼 모여 와서는 누워 굴고 있었다. 어떤 이는 보료 위에 되사리고 앉아 담배만 빨고 어떤 이는 돋보기를 끼고 신문을 고담 읽듯 하고 어떤 이는 명주 주의를 돌떠구에 걸고는 목침을 베고 반듯이 누워 혼자서 독장사 구구를 한다. 그러나 이 안사랑에는 타구가 없는지라 한결같이 모두가 문밖에 경쟁이나 하는 듯이 탁탁 가래침을 내뱉기 때문에 저녁때쯤만 되면 구광가는 하얗게 되곤 하였다. 때로는 그들은 벌떡 일어나 앉아 눈이 벌게지어 심상치 않게 주반을 쭈럭쭈럭하며 계구計究 다툼들을 한다. 또 너무 그러기도 시진할 때는 옛날의 정전이며 시속의 변천이며 호기 좋은 목소리로 고담능론도 하여 본다. 그러나 대저로 말끝은 또다시 구름을 잡은 듯한 '꿈' 이야기로 변하는데 그래도 그들은 가슴을 두근거리며 금시로 큰 수나 벌어지는 것처럼 엉덩이를 들먹거린다. 그런 중에도 토지 경기나 금광 이야기가 되면 귀를 쭝깃하고서 그 좋은 말솜씨요 하두로 '아-암'이니 "그렇지"니 "여부 있나"를 연방하며 "아! 여보 왕 대감", "문 대감 보시우", "차 대감 그렇습니다" 등 말이 어지간히 거창하다. 가장 손쉽기는 시재로 굉장한 금광을 잡아 재기하는 길이었다. 그리고 언제나 그들은 다 제각기 막대한 계획을 속에 품고 있거니 하고 생각지 않고는 잠시라도 견딜 수가 없는 인간들이다. 그러니 지금에 와서는 윤 대감이야말로 그들이 비빌 수 있는 큰 언덕지였다.

근대의 거센 바람 앞에 쪼그라들 대로 쪼그라든 양반 사회의 단면이 눈앞인 듯 생생하다.

계몽 소설로 널리 알려진 이광수의 장편 『흙』(1932)에도 삼청동 윤 참판네가 등장하는데, 그 집의 유일한 아들 인선이 오늘내일하며 목숨이 경각에 달린 상황에서 소설은 시작된다. 윤 참판의 사랑에는 저마다 병자를 고쳐보겠다고 찾아온 이들이 수두룩 모여 앉았다. 갓 쓰고 때 묻은 두루마기 입은 무슨 진사, 무슨 사과*하는 한방의들이 서로 금목수화토 오행을 토론하고 갑을병정의 육갑을 주장해, 병자의 머리를 어디로 두는 게 좋은지, 약 달일 물은 동인지 서인지 어느 쪽에서 길어와야 할지, 혹은 약물 붓는 시각을 묘시로 할지 진시로 할지 따졌다. 그러나 그런 '보람'도 없이 인선은 끝내 숨을 거둔다. 그 죽음은 당장은 아니더라도 한 세계의 몰락을 상징하며, 윤 판서의 배려로 그 집에서 하숙을 부쳐먹던 지식청년 허숭에게는 원하든 원하지 않든 새로운 기회로 다가온다.

다만 양반가의 생활을 그릴 때 이광수의 펜은 기대만큼 예리하지 않다. 그의 출신과 경험을 떠올리면 당연한 일이겠으되, 그래도 조금은 아쉬움이 남는다.

---

* 사과(司果): 조선 시대 정육품 군직. 현직에 종사하지 않는 문·무관이 맡았다

4

신문관,
최남선의 근대

새로운 문학에는 새로운 매체와 환경이 필요했다. 이런 점에서 한국 문학사는 최남선에게 적잖은 부분을 빚지고 있다. 1904년에 황실 파견 유학생으로 일본에 건너간 그는 불과 석 달 만에 자퇴하고 돌아오지만, 이미 충분히 큰 충격을 받은 상태였다. 먼 훗날 그때의 심정을 "일본에 이르러 보니 문화의 발달과 서적의 풍부함이 상상 밖"이어서, "전일의 국문 예수교 서류書類와 한문 번역 서류만 보던 때에 비하면 대통으로 보던 하늘을 두 눈을 크게 뜨고 보는 것과 같은 느낌이었다"[1]고 회상했다.

미일화친조약이 1854년이고, 조일수호조규는 1876년이다. 메이지 유신이 1868년이고, 갑오개혁은 1894년이다. 그 시차가 고스란히 문명개화의 시차였다. 그런데 이때의 문명개화란 사회진화론에 입각한 약육강식을 정당화하는 내용이었다. 서구에 비겨 약자였던 일본은 그 문명개화를 일찍 받아들여 이제 조선에 대해 강자로서 우뚝 설 수 있게 되었다. 최남선은 국제 질서의 냉혹함을 잘 알고 있었다. 그는 열 살 무렵에 이미 신문을 접하기 시작했고, 그 이후 하루도 빠뜨리지 않고 신문 잡지를 읽었다. 스스로 '신보新報 잡지광'이라 일컬을 정도였다. 하지만 도쿄에서 신문물의 위용을 직접 목도한 최남선은 제가 대통 구멍으로 하늘을 보려 했음을 깨닫지 않을 수 없었다. 한번 책방에 발을 들여놓으면 정기 간행물, 임시 간행물 할 것 없이 그 내용이며 외모 따위에 대해서는 이렇다 저렇다 아무런 비평을 가할 식견이 제게 없음은 물론이니, 그저 최상급 찬사만 늘어놓을 뿐이었다. 그 무렵 그는 무슨 구경을 하더라도 다 조선에 비교해보곤 하던 때여서, 한마디로 그 엄청난 책과 잡지와 신문의 다대함과 굉장함과 찬란함과 향기로움 앞에서 한번 머리를 숙였고, 숙였다가 한숨 쉬고, 한숨 쉬다가 주먹 쥐고, 주먹 쥘 때에 곧 '이다음 기회가 있을 터이지' 하는 아직 믿지 못할 빈 희망으로써 스스로를 위무했다.[2]

1906년 그는 다시 도일해 이번에는 와세다 대학 고등사범부 역사지리과에 입학한다. 하지만 이번에도 그의 유학은 단기에 그치고 말았다. 대학 주최로 모의 국회가 열렸을 때 이른바 을사보호조약이 의제로 내걸리자, 그는 격분한 다른 학생들과 함께 자퇴해버린다. 1907년 3월의 일이었다. 그래도 제2차 도쿄 체류 기간에 도산 안창호를 만났고, 가인 홍명희와 고주 이보경(이광수)도 만났다. '계몽'과 '문학'이 새로운 모습으로 그의 가슴에 들어찬 것도 이때였을 것이다.

서울로 돌아온 그는 마침내 10년간 품어왔던, 스스로 말하던 뿌리 깊은 '광기', 즉 저도 한번 잡지를 내보리라 하던 광기를 밖으로 드러내기 시작했다. 다행히 그에게는 힘없고 가난한 나라 대신 부유한 아버지가 있었다. 그 가친 최헌규는 중인 계급으로 관상감에서 공부한 뒤 요즘의 기술 고시라 할 수 있는 잡과를 통해 관직에 들어섰다. 그러나 그는 상업과 무역으로 부를 축적하는 데 훨씬 크게 능력을 발휘했다. 그는 같은 중인 계급 출신의 한약방집 딸을 부인으로 맞이했는데, 그 후 그 역시 을지로 일대에서 큰 약재상을 운영했다. 그 과정에서 중국 상인들과 거래하고, 또 목각판 책력을 찍어내 파는 등 능란한 사업 수완을 자랑했다. 그렇게 번 돈으로 그는 시내 곳곳에 집을 무려 80여 채나 사두었고, 교외에도 적잖은 논밭 뙈기를 지니고 있었다.[3]

1907년 봄 도쿄 유학에서 돌아온 최남선은 1908년 4월 14일 다시 일본에 건너간다. 그리고 두 달 만인 6월에 귀국하는데, 이때 그동안 도쿄에서 구입한 각종 서적과 잡지는 물론이고 활자와 주조기, 인각 기계, 활판과 석판 등도 가지고 들어왔다. 인쇄 기술자들도 함께 들어왔다. 마음이 급한 그는 오자마자 신문관의 문을 열었다. 한성 남부 사정동 59통 5호와 59통 8호가 그 주소였다. 5호에는 편집부, 판매부, 명함부가 있었고, 8호에는 인쇄 공장이 있었다. 아마 두 채 모두 부친 소유의 가옥이었을 것이다. 사정동은 실우물골이라 불리던 곳으로 지금으로 치면 을지로 2가 어름이다. 그러나 한일병합 이듬해인 1911년

삽화가 안석영이 그린 최남선의
캐리커처. 늘 바쁘게 움직이는
그의 활달한 모습이 잘 드러난다.

4월 행정 구역 개편 당시 기왕의 지명과 지번이 사라지는 바람에 신문관 창립 터의 정확한 위치를 비정하기는 어렵다. 어쨌든 '그곳'이 한국 근대 문학의 산실이 되는 것은 틀림없는 사실이다.

최남선을 그린 안석영의 캐리커처를 보면 일명 쨈병 모자라고 불렸던 펠트 모자를 쓴 그가 무명 두루마기 차림으로 수염이 부숭부숭 난 턱을 앞으로 쭉 내밀고 팔을 앞뒤로 씩씩하게 흔들면서 걷는 모습이 인상적이다. 발에는 늘 미투리를 꿰신었다고 한다. 몸집이 큰 그가 두루마기 자락 사이로 바람 소리가 그칠 새 없이 다녔다는 그 모습이야말로 출판을 통한 문명개화와 신문학의 건설이라는 두 마리 토끼를 잡으려고 정신없이 뛰어다닌, 육당보다는 공육과 한샘 따위 호를 더 많이 쓰던 무렵의 최남선이다. 염상섭은 훗날 그를 추억하는 글에서 급한 볼일이 있으면 그 큰 덩치로도 자전거를 비호같이 타고 다니던, 그러면서 술이라곤 밀밭만 지나가도 취하는 형편에 담배는 스무 살이 되기도 전에 곰방대만 피워본 적이 있다던 육당을 기억한다.[4]

1908년 11월, 신문관은 마침내 잡지 『소년』을 창간한다. 한국 최초의 종합 월간 교양 잡지였다. 조선의 소년들에게 세상에 대해 눈을 뜨게 하고 새로운 꿈과 포부를 갖게 할 내용들이 두루 담겨 있었다. 그것을 내기 위해 열여덟 살 젊은 편집자 최남선은 구리개* 큰길가 신문관 5호에서 불철주야 읽고 쓰고 오리고 마르고 깁고 붙이고 베꼈다. 훗날 연구자 박진영은 그 최남선이야말로 이 땅에서 처음으로 전문성과 기획력을 갖추고 등장한 번역가요 편집자임에 틀림없다고 장담한다. 그리고 그때의 번역과 편집은 단순히 바다 건너 일본의 그것을 그대로 복사해내는 일을 충분히 넘어선다고 말한다. 번역가이자 편집

* 구리개: 명동성당에서 북쪽 을지로에 접하는 언덕 지역. 조선시대에 혜민서가 있어 주변에 약방이 몰려 있었다. 일제 강점기에는 황금정이 되었다.

잡지『소년』 창간호
(1908년 11월) 표지.

자로서 최남선의 역할은 "그때, 거기의 이야기를 지금, 여기의
이야기로 바꾸어놓는 일, 역사성을 띤 상상력을 발휘하는 일"[5]
이었다. 창간호에 실린 「해에게서 소년에게」가 한국 근대 시가
의 첫 장을 열었다는 평가를 받는 것도 그런 역사적 상상력과
무관하지 않을 것이다.

　　그러나『소년』의 창간 독자는 고작 여섯 명이었다. 둘째 달에
도 겨우 열넷의 독자를 얻었고, 서른 명 독자가 생기는 데에도
여덟아홉 달이 걸렸다.『소년』이 상대로 하고 또 목표로 한 신

대한의 소년들은 경제적으로나 또 다른 여러 면에서 쉽게 『소년』을 구독할 처지가 아니었다. 그래도 1년 만에 독자 200명을 얻을 수 있었다. 최남선은 포기할 청년이 아니었다. 그는 자신에게 주어진 임무를 너무나 잘 알고 있었으며 언제나 가슴에 새기고 있었다. 그래서 그는 늘 정신없이 바빴다. 계절을 잊는 것도 다반사였다.

> 5월 1일 잡지 『소년』의 춘기 특별권 편집을 겨우 마치고 나니 벌써 오전 11시 20분이 되었더라. 그러나 솔 많은 남산과 돌 많은 북맥*에 구십소광**에 때를 만난 내 모양 보시오 하고 낼 수 있는 대로 모양내어 피운 꽃은 참고서 책장 뒤져 그 속에 있는 열매를 한 줌 두 줌 훔쳐내기에 그렇게 간절하게 보아주시오 보아주시오 하는 것을 무정도 하고 매정도 하게 한 번 찾지도 못하고 말았으니 꽃이 만일 감정이 강할진대 나를 오죽 원망하리오.[6]

그날 최남선은 봄에게 미안하고 꽃에게 미안해서 모처럼 나들이에 나선다. 그날 저녁때까지 동소문(혜화문) 바깥으로 해서 창의문(자하문)까지 한양 도성의 반을 휘휘 돌았다. 오늘로

---

* 북맥(北陌): 북악산.
* 구십소광(九十韶光): 석 달 화창한 봄 날씨를 말한다.

치면 한양 도성 탐방로 중 백악 구간 약 4.7킬로미터에 해당한다. 혜화문에서 시작해 성북동과 북정마을을 옆으로 끼고 올라 와룡공원과 숙정문을 지나 경복궁 뒤 백악마루에 오르고 분명치는 않지만 거기서 창의문으로 내려오는 코스와 엇비슷했을 것이다. 파김치가 된 몸으로 신문관에 돌아왔을 때는 무악재에 걸렸던 해가 그림자도 없어지고 천지가 바야흐로 문을 닫을 무렵이었다. 손에는 언제 꺾었는지 제비꽃 두 줄기가 들어 있었다. 그는 그 한나절의 나들이를 「반순성기半巡城記」라는 글로 옮겨 다음 호 잡지에 실었다. 꼭 그런 식의 발품 덕만은 아니겠지만, 아무튼 『소년』의 발행 부수는 곧 비약적으로 늘기 시작해, 1910년 연말에는 무려 1,000부에 이르렀다.[7]

신문관은 1910년 7월에 상려동 32통 4호, 즉 황금정 2정목 21번지로 자리를 옮긴다. 그해 10월에 고문헌의 보존과 출판을 목적으로 설립한 조선광문회는 신문관 사옥을 사무소로 함께 사용했고, 곡교동 13통 7호에 따로 편수소를 두었다. 흔히 신문관 창설지로 알려졌던 웃보시꼬지(웃보습고지)는 이 상려동 사옥을 가리킨다. 상려의 려犁 자는 땅 가는 보습을 말한다.

5

한국이 사라진 날

횡보 염상섭은 정통 서울내기였다. 출생지는 필운동 야조현 고가나뭇골로 알려져 있다. 옛 지번으로는 체부동 106-1번지이며, 경복궁을 중심으로 보면 인왕산 아래 서촌에 해당한다. 그러나 염상섭의 가장 오랜 기억은 경복궁 동쪽 북촌의 소격동 일대에 남아 있다. 그의 집이 종친부 옆에 있었기 때문이다. 어려서 그는 유난히 숫기가 없었다.[1] 동무하고 어울려 놀 줄도 몰랐다. 그저 발끝에 차이는 제 그림자만이 유일한 동무였다. 그 시절, 삼청동에서 내려오는 개천 옆 회나무는 넉넉한 품으로 어린 상섭을 감싸주었다. 할아버지는 『천자문』이며 『동몽선습』 따위를 앞에 두고 유난히 낑낑거리는 손자가 마뜩지 않았다.

"이 녀석은 왜 이리 둔한고."

이런 지청구를 수시로 들어도 상섭은 크게 상심도 하지 않았다. 원래 우둔한 걸 어쩌누 싶을 뿐이었다. 사실은 책을 보면 머리가 늘 아프고 절로 눈살이 찌붓해졌다. 머리 아픈 데는 쇠골이 좋다고 해서 어머니는 자꾸 그 비위에 맞지도 않는 것을 권했다. 하지만 싫은 것을 억지로 먹어서 그런가, 머리는 외려 쇠머리처럼 점점 더 둔해지고 아예 굳어버리는 느낌마저 들었다. 나중에 열다섯 나이에 도쿄로 유학을 떠나가 안경을 맞춰 쓰고서야 머리 아픈 병은 씻은 듯 사라졌다.

열 살 전후의 기억은 더운 여름날 전동* 시위대 쪽에서 호두 닥호두닥 터져나오던 총소리와 함께 시작된다. 놀란 매미는 더욱 요란하게 울어댔다. 소년은 그때도 혼자였지만 무섭거나 하지 않았다. 고목나무 아래 우두커니 서서 멀거니 눈만 깜빡거렸을 것이다. 그날(1907년 7월 20일), 고종 황제는 순종에게 황제 자리를 물려준다는 양위 조서를 발표했다. 물론 통감부의 협박에 의한 것이었다. 이 조처에 항의해 전날 전동에 주둔하던 시위대 제3대대 병사 30여 명이 탈주해 일본군을 공격하는 일이 벌어졌다. 양위 당일에는 그 숫자가 훨씬 늘어나 100여 명이 탈주했고 군중이 이들과 합류했다. 뒤이어 군대가 해산하던 날(8월 1일)은 서울 장안에 총소리가 진종일 끊이지 않았다. 소년은 그 총소리를 초상집의 곡소리쯤으로 새겨들었다. 초상집에 곡소리마저 없으면 도리어 이상하고 욕먹을 노릇이 아니냐, 이렇게 생각했다.

군대 해산 당시 제1연대 박승환 대대장은 해산을 거부한 채 자결을 감행했다. 일본군은 1개 연대 병력 이상을 투입해 무력

---

* 전동: 지금의 우정국로 일대. 대한제국 당시 일본군과 가장 치열하게 싸운 부대였던 시위대는 서소문 남쪽의 태평관 자리와 광화문 왼편 삼군부 자리 두 곳에 주둔했다. 이밖에 전동에 제3대대가 소규모로 배치되어 있었다.

으로 한국군을 제압했다. 그 과정에서 한국군은 사망자가 최소 65명(장교 11명, 하사 이하 54명), 부상자가 최소 80명 이상 발생했다. 일본군은 약 330명의 한국군도 체포했다.[2] 물론 일본군 쪽에서도 사상자가 100여 명 발생했다. 이날 강제로 해산당한 한국군이 곧 의병의 주축을 이룬다.

염상섭은 나라의 꼬락서니가 아주 틀려간다는 사실을 어린 나이에도 능히 눈치 차릴 수 있었다. 을사늑약이 체결되던 해에 상섭의 형은 충정공 민영환이 세운 사립 흥화학교에 다니고 있었는데, 언제부턴가는 "피가 흘러 대가 되고" 어쩌구 하는 구음口吟을 입에 달고 다녔다. 상섭은 민 충정공이 자결한 빈소 옆 마루청 사이로 하룻밤 사이에 대나무가 뻗쳐나왔다는 이야기를 형에게서 들었다. 형은 직접 가서 제 두 눈으로 보고 왔다는 거였다.

1909년, 소년 상섭이 다니던 관립사범보통학교를 중도에 그만두고 서대문 밑턱 중부 박동(현 종로구 수송동)의 보성학교로 적을 옮긴 데에도 그런 시대의 영향이 컸다. 사립 보성학교는 수중박골(현 중구 다동)에 새로 지은 2층 양옥이 번듯한 관립학교에 비하면 오막살이에 지나지 않았지만, 무엇보다 칼 차고 들어오는 일인 훈도가 없었다. 게다가 배우고 싶은 우리나라 역사도 마음대로 배우고, 배우기 싫은 일본어는 배우지 않아도 되었다.

염상섭은 그때의 상황을 「김의관 숙질」(1957)[3]이라는 작품에 남의 일인 듯 담아냈다. 거기서 주인공 소년 진하는 황제(순종)가 동대문 밖 동적전에서 몸소 쟁기를 쥐고 농사의 시범을 보이던 친경식親耕式 날의 울분을 숨기지 못한다. 하필이면 그날 일본에 갔던 통감 이토 히로부미가 경성에 돌아온다고 했다. 그러더니 동적전에는 장소가 비좁으니 반장하고 부반장만 가고, 나머지 학생들은 죄 남대문역으로 나가 통감을 맞이하라는 명령이 떨어졌다. 서울 안의 학교에 다 똑같은 명령이 내린 거였다. 진하는 분하기 짝이 없었다. 황제의 친경 자리에는 고작 수십 명 학생이 있을 뿐이오, 남대문역에서 통감부가 있는 남산 밑 왜성대까지는 도로 양쪽으로 학생들이 구름처럼 배열할 터였다. 결국 진하는 동대문에도 남대문에도 나가지 않았고, 그 이유를 따져 묻는 작은아버지 김 의관에게도 씩씩거리며 제 결기를 드러냈다.

"동적전에두 못 나갔는데, 무슨 정성에 그깐 놈을 맞으러 나가겠어요? 작은아버지께서 우리 집 대표로 나가셨다 오셨으면 고만이죠. 김씨 집 살 일 났습니까?"

진하는 대가리 피도 안 마른 놈이 뭘 안다고 중뿔나게 나서느냐는 호통을 들었지만 그럴수록 오히려 기분은 으쓱했다.

시조 시인 가람 이병기는 경술년 당시 한성사범학교 신입생이었다. 나라는 아직 대한제국이었으며, 황제도 엄존했다. 그는

嵐然とし龍山に聳ゆる總督官邸の宏壯雄麗、輪奐の美を極むるや觀て關員一同眼を驚かすか

용산 시절의 조선 총독부 관저(1912).
아래에는 일본에서 온 조선실업 시찰단원들이 "용산에 우뚝 선 총독 관저의
장엄함과 아름다움의 극치를 보고 눈이 휘둥그래졌다"는 내용이 적혀 있다.

일기를 꾸준히 쓰고 있었는데, 5월 5일자 일기에 '대황제 폐하'
의 친경에 대해 적었다.[4] 이에 따르면, 학생들 몇 명이 먼저 나
아가 알현했고, 저를 포함해 나머지 학생들은 오후 1시에 동문
밖에서 황제의 거둥을 맞이했다.

조선 총독부 시정 기념엽서.
한국이 일본과 똑같은 색깔로 표시되어 있다. '43.10.1.'은
일본 천황의 연호 메이지 43년 10월 1일로
경술국치일(8월 29일) 이후 조선 총독부가 통치를 개시한 날이다.

일석 이희승은 어린 시절 고향인 경기도 시흥군 풍덕에서 소규모 의병 부대가 일본군과 교전을 벌이다가 그중 두 명이 체포되어 처형당하는 광경을 목격했다. 어린 마음에도 나라 잃은 울분이 어렴풋하나 느껴졌다. 그런 심정은 한성외국어학교 출신으로 한일 병합과 더불어 학교가 없어지면서 경성고보(경성제일고보)에 편입되었을 때 고스란히 표출된다. 경성고보의 교사들은 대부분 일본인이어서 교실에서는 한국인 통역을 두고 수업하는 웃지 못할 풍경이 벌어졌다. 견디다 못한 이희승은 채 1년이 지나기도 전에 다른 학생들과 함께 아니꼽다고 하여 자퇴하고 만다.[5]

메이지 유신 이후 급속도로 팽창하는 일본에 대해 서구인들이 한편으로 경탄하고 한편으로 멸시와 의혹의 눈길을 보낼 때, 일본의 지식인 니토베 이나조가 영어로 쓴 『무사도*Bushido*』(1899)는 서구 사회에서 일본에 대한 이미지를 개선시키는 데 크게 기여했다. 그런 그가 실제로는 일본에서 둘째가라면 서러워할 당대 최고의 식민 학자였다. 그는 식민은 문명을 전파하는 고귀한 행위라며 제국주의를 옹호했다. 그가 1906년 이른바 '보호국'의 농업을 시찰하기 위해 조선에 와서 남긴 감상은 식민주의자들이 지닌 '시선'의 정체가 무엇인지를 정확히 보여준다. 전주 들판을 지나며 남긴 감상이다.

삶은 아카디아적(목가적)이어서, 우리로 치면 마치 3천 년 전 가미(신)들의 시대에 살고 있는 것 같다. 나는 가미를 닮아 침착하고 위엄 있고 또 잘생겼지만 무표정한 많은 얼굴들을 본다. 이 사람들의 관상과 생활은 너무 단조롭고 세련되지 못하고 원시적이어서, 그들은 20세기나 10세기, 아니 사실상 1세기에도 속하지 않는다. 그들은 선시시대에 속한다.

이 땅만큼 산 자들이 죽은 자들 가까이에서 걷고 일하는 곳은 어디에도 없다고 나는 믿는다. 산과 들에는 말 그대로 무덤이 널려 있다. 지금도 내가 차를 타고 가는 곳에는 흙무더기가 늘어서 있고, 짚으로 만든 관들이 매장되어 있다. 후자 중 적지 않은 수가 부패하여 내용물이 눈에 띈다. (중략) 한국인의 생활 습관은 죽음의 습관이다. 그들은 민족 생활의 임대 기간을 끝내고 있는 중이다. 그러한 존재 양식이 국가적 차원에서 거의 진행 중이다. 죽음이 한반도를 지배하고 있다.[6]

1909년 가을, 당대 일본을 대표하던 소설가 나쓰메 소세키가 만주와 조선을 여행했다. 마침 만철(남만주철도)의 사장으로 있던 그의 도쿄 제일고등학교 때 친구 나카무라 고레키미가 초청한 것인데, 나쓰메 소세키는 그 여행기를 『아사히 신문』에 『만한滿韓 여기저기』라는 제목으로 연재했다. 그러나 제목과 달리 한국에 대한 기록은 거의 없었다. 만주에서 마침 한국인이 끄는 인력거를 탔는데 어찌나 험하게 모는지 머리를 탁 때려주고 싶었다는 불평 정도가 눈에 띈다. 갈 때 배편을 이용해 다롄으로 들어갔던 나쓰메 소세키는 돌아올 때는 육로를 택한다. 9월 28일 만주에서 소형 증기선으로 압록강을 건너 신의주에 도착했다. 압록강 철교는 1911년 11월이나 되어야 개통된다. 그는 평양에서 하룻밤을 보낸 뒤 서울에는 그 이튿날인 9월 30일 밤 10시 용산역에 도착했다. 그날 밤은 역전의 순 일본식 여관 천진여관에서 묵었다. 그는 10월 13일까지 서울에 머물렀는데, 남산에 오르고, 비원이며 흥선대원군의 부암동 별장 석파정 따위도 구경했다. 석파정을 갈 때에는 경복궁 왼쪽 길로 해서 부암동 고개를 넘어 세검정을 향해 걸어갔다. 아름답고 맑은 길과 하늘, 그리고 주변 산의 소나무 따위에 대해 간략히 언급했을 뿐, 딱히 인상적인 기록을 남기지는 않았다.[7]

소세키는 하이쿠와 단가를 무척 좋아했고 솜씨도 뛰어났다. 한국에 체류하는 동안에도 하이쿠와 단가를 몇 수 지었다. 그중에 당대의 한국에 관한 것은 거의 없고, 눈에 담기는 경치나 고도古都로서 서울의 미를 읊은 것들이 대부분이다. 일기에서도 가령 10월 4일 보신각 종, 광화문, 경복궁, 박물관, 창덕궁, 비원에 들른 것을 기록하고 있다. 10월 5일에는 '민비 묘'를 방문했다고 적었다. 하지만 그가 분명히 명성황후 시해 사건에 대해 알고 있을 텐데도 그 사건에 대해서는 한마디도 소감을 밝히지 않았다.[8]

대신 그는 일본에 있는 문하생에게 이렇게 엽서를 써서 보냈다.

지금 경성에 와서 조선인을 매일 보고 있다. 경성은 산이 있고 소나무가 있어서 좋은 곳이다. 일본인이 많아서 내지에 있는 것이나 마찬가지다.

−10월 9일

조선이 처한 정치적 현실과 역사를 외면한 채 오직 심미적인 눈길만 보낸 그에게 아쉬움이 드는 것은 어쩔 수 없다.

오히려 여행을 다 마치고 나서 쓴 이런 편지글이 눈길을 끈다.

나는 9월 1일부터 10월 중순까지 만주와 조선을 여행하고 10월 17일에야 겨우 돌아왔네. 급성 위염으로 말일세. 떠날 때 이미 심해진 것을, 그냥 참고 가는 바람에 도중에 아주 애를 먹었다네. 대신 가는 곳마다 지인이 있어 다행스럽게도 잘난 체 뽐내며 다닐 수 있었네. 돌아와 보니 이토가 죽었다더군. 이토는 나와 같은 배로 다롄에 가서, 나와 같은 길을 걸어 하얼빈에서 죽었네. 내가 내리고 밟은 플랫폼이니 이런 우연이 어디 있나. 나 역시 저격이라도 당했다면 위통으로 끙끙거리기보다 나았을지 모르지.[9]

1909년 10월 26일, 안중근이 이토 히로부미를 하얼빈 역에서 저격했다. 나쓰메 소세키는 그 열흘 전쯤에 도쿄로 돌아왔다. 그는 약속했던 연재를 포기한다. 따라서 한국에 대한 그의 생각을 제대로 읽을 기회도 사라진다. 기사가 폭주하면 제 글을 마음대로 넘겨버리는 신문사 탓을 하지만, 이제 초대 통감을 사살해 동아시아의 정치적 지형도에 일대 충격을 던진 나라에 대해 정색을 하고 언급하는 일 자체에 무언가 부담을 느꼈을지도 모른다.

한 가지 분명한 건, 적어도 1909년 가을의 그는, 메이지 유신 이후 급속히 구축한 국력을 바탕으로 청일전쟁과 러일전쟁을 너끈히 치러낸 국가적 자부심을 그 역시 한 사람의 제국 국민으로서 기꺼이 누리고 있었다는 사실이다.

이번 여행에서 깊은 인상을 받은 것은 일본인이 진취적인 기상을 가지고 넉넉하지 않은 형편임에도 나름대로 무한히 발전해나가고 있다는 사실과 이에 따른 경영자의 기개

입니다. 만주, 한국을 유람해보니 과연 일본인은 믿음직한 국민이라는 생각이 들었습니다. 그래서 어디를 가도 떳떳하고 기분이 좋았습니다. 이에 반해 중국인이나 조선인을 보면 참으로 불쌍하다는 생각이 듭니다. 다행스럽게도 일본인으로 태어난 것이 행복하게 느껴졌습니다.[10]

그는 일본의 근대 작가 중에서도 특히 국가주의나 천황주의 이데올로기에 함몰되지 않는 근대적 개인의 역할에 기대를 거는 작가로 알려졌는데, 그런 세간의 평가가 무색해지는 지점이다.

어쨌거나 나쓰메 소세키는 한국 작가들에게도 적잖이 영향을 미쳤다. 홍명희는 동경 유학 시절 '하여간 그때의 일본 문단의 독보獨步'였다는 그의 작품을 거의 다 읽었다. 이광수도 마찬가지였는데, 다만 그가 읽은 『도련님』이니 『우미인초』니 『산시로』니 『문학론』이니 하는 책들은 다 홍명희가 사서 건네준 것들이었다. 가난한 그는 겨우 『나는 고양이로소이다』만 제 돈으로 살 수 있었다. 심훈은 아직 심대섭이던 시절 흑석동 제집 따뜻한 방에 드러누워 겨우내 『나는 고양이로소이다』를 읽었다. 하루는 일기에 "참 하목 선생은 박학광식한 사람이다. 그 묘사의 극치와 우습게 만든 중에 이 세상을 깊이 풍자한 것이 여간한 심교深巧한 수단이 아니다"(1920.1.7)고 썼다. '하목'은 나쓰

조선 병합 1주년 기념, 역대 통감 엽서.
왼쪽부터 소네 아라스케(2대), 이토 히로부미(1대), 데라우치 마사타케(3대).

메 소세키夏目漱石의 이름을 우리식 한자음(하목수석)으로 읽어낸
것이다.

　1909년에서 1910년까지 이인직은 부지런히 서울과 도쿄를
오간다. 그가 하는 일이 이완용과 밀접한 연관이 있다는 사실을
모르는 이들은 없었다. 실제로 그는 1910년 8월 4일부터 8월
22일까지 조선 통감 데라우치와 이완용 사이를 오가며 병합 조
약을 성사시키기 위해 발바닥이 닳을 정도로 뛰어다녔다.

그리고 곧 다가온 8월 29일, 이병기는 "자차일自此日, 한국무명 韓國無名", 즉 "이날부터 한국은 이름이 없어졌다"고만 적었다. 소회를 구질구질 보태지 않았다. 이튿날, 그는 태전(대전)역에서 양국조칙讓國詔勅을 읽었고, 갈까 말까 망설이다 오후 늦게 서울로 올라와서는, 대안동(안국동) 기숙사에서 망국의 둘째 날 밤을 보냈다. 일기에는 역시 어떤 감상도 적지 않았다.

홍명희의 부친 홍범식은 금산 군수였는데, 국치 당일 객사 뒤뜰 소나무 가지에 목을 매 자결했다. 향년 40세였다.

6

서울로 가는 길

　　　　　　　　　　　　　한일 병합 조약 체결 이후,
조선 총독부는 10월 1일 관제 개정을 시행한다. 이전의 1수부
13도제가 폐지되고, 도·부(군)·면 체계로 바뀌었다. 부와 군은
지방 행정 단위로서의 수준은 같았으나, 일본인 비율이 높은
지역이 부로 지정되었다. 1910년에는 12개 부가 지정되었으며,
일제 강점기 동안 10개가 늘어나 총 22개 부가 운영되었다. 반
면 서울은 조선 왕조의 왕도이자 대한제국의 황도였던 한성에
서 곧 경기도 산하 일개 경성부로 전락한다.

　그래도 서울은 서울이었다. 서울 가본 놈하고 안 가본 놈하
고 싸우면 안 가본 놈이 이긴다는 말이 있지만, 말은 나면 제주
도로 보내고 사람은 나면 서울로 보내라는 말 또한 여전히 유
효했다.

　쥐통 혹은 호열자로 불리던 콜레라 때문에 진작 부모와 여
동생을 한꺼번에 잃고 고아가 된 소년 이보경(이광수)은 1904
년 열세 살 나이로 처음 상경한다.[1] 고향인 정주성에서 아라사
(러시아)와 일본이 이른바 러일전쟁의 첫 육전을 벌인 그해였
다. 경의선 철도가 아직 없을 때였으므로 평안도 정주에서 서
울까지 가는 길이 녹록지 않았다. 그래도 영리한 그는 서울이

1910년대 경성역의 전신인 남대문 정거장.
숭례문 초입 오늘날의 염천교 부근에 있었다.

어디 붙었는지, 어떻게 가는지 알고 있었다. 소년은 진남포에서
순신호라는 화륜선을 타고 제물포까지 왔고, 거기서 다시 경인
선 기차를 타고 남대문 역까지 왔다. 고아가 된 후 길에서 우연
히 동학도를 만나 입도까지 한 바 있던 그의 가슴은 울분에 차
있었다. 정주 군수가 일본군에게 안채를 내주고 행랑살이 하던
모습을 보고 길을 떠난 차였다. 그 뒤 평양이며 진남포까지 죄
일본 사람 손아귀에 넘어간 꼴도 직접 목격했다. 일본에 있는
도주 의암(손병희) 선생이 일찍이 「삼전론三戰論」에서 말했듯 우
승열패와 약육강식의 세상이 눈앞에 펼쳐진 거였다. 이보경은

이런 세상에서 살아남으려면 선생의 가르침대로 사람과 말과 재물의 세 가지 싸움에서 이겨야 한다고, 그러려면 공부를 해서 실력을 길러야 한다고 굳게 다짐했다. 그는 서울에 가자마자 머리를 깎고 양복을 사 입었다. 그런 다음 소공동 박 선생이 운영하는 이름도 없는 학교에서 일본어 선생이 되었다. 시골에 있을 때 우연히 입수한 『일어독학』이라는 책을 암송한 적이 있었기 때문이다.

송빈이도 일찍이 부모를 여의었고, 할머니와 함께 고향에서 살다가 소리도 없이 가출했다. 그 뒤 원산 항구에서 객줏집 고용살이를 할 때였다. 하루는 함경도 청진, 성진, 서호진 쪽에서 오는 배에서 남녀 학생 여러 떼가 내렸다. 여름 방학을 마치고 2학기 개학이 되어 서울로 올라가는 학생들이었는데, 송빈이네 객주에도 단골손님의 자녀들이 네댓 명 들었다. 이튿날 아침 학생들이 세수를 하러 나간 사이 송빈이는 방을 쓸러 들어갔다. 모자가 눈에 들어왔다. 어떤 모자는 흰 줄을 둘렀고, 어떤 모자는 금줄을 둘렀다. 송빈이는 금줄 학교를 알고 있었다. 예전에 보통학교 동창이 바로 그 모자를 쓰고 온 적이 있었기 때문이다.

'이게 바로 그 보성중학교 모자로구나.'

송빈이는 거울 앞에 가서 제 머리 위에 그 모자를 얹어보았다. 얼굴이 갑자기 환해 보였다. 속으로 다짐했다. '내년에는 꼭

이 모자를 써야지….' 그때였다. 학생들이 쑥 들어왔다. 송빈이
가 얼른 모자를 벗어서 제자리에 놓는데 모자의 임자는 냅다
궁둥이부터 걷어챘다. 그 바람에 모자 위로 쓰러졌다. 용수철을
넣어 팽팽하던 모자는 그만 한쪽이 우그러들고 또 한쪽은 쑥
뿔이 부러졌다.

"이런 정칠 자식이! 곤쳐내, 이 자식아!"

송빈이는 미처 피할 틈도 없이 얼굴을 맞았다. 아픈 것도 아
픈 것이지만 얼굴에 모닥불이 쏟아지는 듯한 수모가 더 견디기
어려웠다. 가슴속에 '복수'라는 낱말이 가득 들어찼다.

송빈이는 이태준의 장편 소설 『사상의 월야』(1941)에 나오
는 주인공이다. 소설이 이태준의 자전적 성격을 띠고 있으므
로 소년 송빈이를 이태준으로 읽어도 크게 무리가 없다. 그 스
스로 다른 산문들을 통해서도 소설과 거의 다르지 않은 제 이
력을 밝히고 있기 때문이다. 이태준은 1920년 열여섯의 나이
로 상경한다.[2] 보성에는 원서조차 넣지 않았다. 중앙과 휘문, 두
군데에 원서를 넣었다. 입학시험이 있기 전날 그는 활동사진을
보고 늦게야 잠이 들었다. 눈을 뜨니 여덟 시 반. 그래도 밥 한
그릇을 다 비우고 나서야 하숙을 나섰다. 다옥정(다동)에서 중
앙학교가 있는 계동 막바지까지 가려면 빠듯한 시간이었다. 막
재동 사거리에 올라섰는데 땡땡땡땡 휘문학교에서 난타하는
종소리가 발길을 잡아챘다.

'에라, 중앙은 벌써 글렀다. 늦잠을 원망할 것도 없다. 휘문이 내 인연이다.'

이태준이 사립 휘문고등보통학교에 들어간 경위가 짜장 이러했다. 소설에서는 정작 이 일화가 빠져 있다. 대신 서울에 처음 올라와서 휘문·보성·중앙·배재를 당일치기로 다 둘러본 후 그중 배재학당을 찍어 보결생 시험을 치른 일을 장황히 그려놓았다. 영어 알파벳도 모르면서 사흘 저녁을 열심히 공부해서 합격한 것까지는 좋았다. 50명이 시험 봐서 열두 명이 붙었으니 송빈이로서는 합격자 방을 보는 순간 세상에 태어나서 처음으로 성공과 희망의 감격을 맛보았다. 입학 수속과 교과서와 교모를 사는 데 30여 원이나 든다지만 크게 걱정하지 않았다. 어떻게든 몸으로 때우면 되리라 믿었다. 여관으로 오는 길, 송빈이는 한 무리 사람들이 모여서 돈놀이 하는 데를 그냥 지나치지 못했다. 가만히 보니 누워서 떡 먹기였다. 그가 보는 앞에서 한 사람이 1원을 대고 숫자를 맞혀서 단번에 배를 벌어가지고 돌아갔다. 송빈이가 1원짜리를 꺼내 대려 하자 장사치가 말했다.

"1원? 인제 그 사람 못 봤소? 여러 번 하단 되려 잃는 거요. 분명히 봤을 때 돈 있는 대루 한몫 대 가지구 한몫 따는 게 수요."

옆의 사람들이 "하긴 그래" 말참례를 했다. 송빈이 생각도 다르지 않았다. 돈이 부족한 게 안타까울 뿐이었다. 그는 어서 써보고 싶은 배재학당 모자와 어서 읽고 싶은 교과서 생각을 밀

근대 초기 서울의 남학생들.

어내고 호주머니에서 4원을 꺼냈다. 분명하다 싶은 데에 다 걸었다. 물주는 씩 웃으며 다른 패를 보여준다. 눈앞에서 송빈이의 돈 4원이 물주의 주머니 속으로 들어갔다. 남은 돈은 60전이었다. 물주는 그 돈이라도 부끄러워하지 말고 걸어서, 얼른 1원 20전으로 만들고, 다시 그걸 2원 40전으로, 또 다시 4원 80전으로 만들라고, 그러니 세 번만 하면 금세 본전을 되찾을 게 아니냐고 용기를 북돋웠다. 송빈이는 그렇게 했고, 결국 마지막 60전마저 몽땅 털리고 말았다. 신식학교로는 1885년 조선에서 가장 먼저 문을 연 배재학당을 그는 이렇게 포기한다.

배재에 갔으면 김기진, 박영희, 김소월, 나도향, 박팔양, 박세영, 송영 들의 동창이 되었을 상허 이태준은 휘문에 들어가 장차 다른 문인들과 동창의 인연을 맺는다. 홍사용, 박종화, 정지용, 김유정, 김영랑, 이무영, 안회남, 오장환이 그 명단에 들어간다. 소설에서 송빈이도 이듬해 휘문 2학년 보결 시험에 합격한다. 영화 때문에 늦잠을 자 이태준이 가지 못한 중앙학교 출신으로는 이상화, 이희승, 채만식, 허준, 함대훈, 서정주, 마해송 등이 있다. 변영로와 김광섭, 김정한, 조명희도 중앙에 잠시나마 적을 둔 적이 있다. 송빈이가 원산에서 그 학교 모자를 썼다가 수모를 당한, 그래서 복수의 대상인 된 보성고보도 문인을 많이 배출했다. 근대 문학 초창기의 작가로는 현상윤, 진학문, 최승구, 변영태 등이 있고, 김기림, 김환태, 김상용, 윤곤강 등이 뒤를 이었다. '박제가 되어버린 천재' 이상, 카프 문학의 거장 임화도 보성 출신이다. 특히 임화는 "서양서 온 미남자 같은 미목수려"(안석주)한 얼굴로 일대 여학생들에게 꽤 인기가 많았다. 하지만 집안 사정으로 졸업 직전 학교를 그만두었는데, 하나 섭섭하게 생각하지 않았다. 대신 그는 갑자기 찾아온 자유를 만끽했다. 교과서를 팔아 당시 유행하던 사냥모를 사서 쓰고 본정에 가서 크로포트킨의 저서와 일본 잡지 『개조』를 사가

조선호텔의 후원.
1914년 일제가 조선 왕조의 제례 장소인 환구단(원구단)을 헐고 세운
최초의 근대식 호텔이다. 환구단은 황궁우 등 일부만 남아 전한다.

지고 의기양양하게 귀가했다. 훗날 조선의용대 대원으로 중국
땅에서 직접 총을 들고 일본군과 싸우다가 다리 하나를 잃게
되는 소설가 김학철도 보성 동문이다. 임화처럼 중도에 그만두
긴 했지만 『삼대』와 「만세전」의 작가 염상섭도 보성에 적을 둔
바 있다.

『사상의 월야』에는 송빈이가 한 고향 출신 여학생 은주와 데이트를 즐기러 조선호텔 안 로즈가든에 가는 장면이 나온다. 원래는 은주의 어머니가 둘이 함께 활동사진이나 보고 오라고 해서 우미관으로 갈까, 단성사로 갈까 하다가 그곳으로 발길을 정한 것이다. 로즈가든은 실제 호텔 후원 환구단 부근의 장미꽃밭으로도 유명했지만, 비싼 아이스크림을 사 먹으면 직접 연주하고 노래하는 음악도 듣고 활동사진도 볼 수 있게 해서 더욱 인기를 끌었다. 하루에 300명이나 입장한 적도 있었다. 그날 송빈이는 은주와 함께 꿈결처럼 '금강산'을 구경했다. 손도 서로 잡고 잡히었다.

> 은주도 송빈이도 정열에 타는 눈들은 폭포가 쏟아지는 금강산 사진도 오히려 갑갑한 듯, 가끔 먼 데 하늘을 쳐다보았다. 굵은 별, 작은 별, 모두 이들의 장래를 축복해주는 듯 붉게 푸르게 반짝거렸다. 송빈이는 더욱 날 것 같았다. 은주의 소원이기만 하다면 한번 나래를 쳐 별이라도 따올 것 같았다.

근대 초기, 영화는 문명의 상징이었다.

1903년에는 일반인을 상대로 영화 상영이 시작되었다. 영화라기보다는 활동사진이었다. 이해 6월 『황성신문』에는 동대문

근대 초기의 영화관 단성사.

전기 회사 기계창에서 매일 저녁 여덟 시부터 두 시간 동안 활동사진을 상영하는데, 한국을 비롯해 구미 여러 나라의 도시와 극장의 아름다운 모습을 담은 내용이며, 입장료는 10전씩이라는 광고가 실리기도 했다. 반응은 폭발적이었다. 사람들은 불편한 야외 관람임에도 하루 1,000여 명씩이나 몰려들었다. 영화만 상영하는 실내 전용관은 1910년 일본인이 황금정에 세운 서울의 경성고등연예관이 최초인데, 거기서는 일본인 변사를 고용해 주로 일본의 시대극과 실사 영화를 상영했다. 이에 대해 우미관에서는 서양 영화를 주로 상영하고 조선인 변사도 고용해 맞서는 전략을 펼쳤다. 연극 전용이던 단성사는 1918년 조선인 관객을 위한 전용 상영관으로 개축되어, 1919년 10월에는 최초의 한국 영화 〈의리적 구토〉도 상영한다.

한국의 문인들도 대개 영화를 좋아했다. 학교를 빼먹고 극장에 가는 일쯤이야 기록에 남길 일도 아니었다. 그래도 김유정과 안회남은 기록을 남겼다. 둘은 휘문에서 한 반 급우로 만나 죽마고우처럼 지냈다. 대수 시험 전날이었다. 둘은 이번만큼은 밤을 새서라도 열심히 공부하기로 단단히 약속했다. 그러기 전에 정신을 상쾌하게 만들어놓아야 했다. 둘의 발길은 절로 본정통(명동)으로 향했다. 그들의 잘못이라면 길거리에 붙어 있는 영화 포스터를 모조리 훑어본 데 있었다. 둘은 다수가결로 극장행을 결정했다. 대수 교과서 두 권을 다 팔았다. 한 권에 50전씩, 1원이 손에 들어왔고, 그들은 곧 극장에 들어가 선전 문구에 나왔듯이 "백백합같이 청순하고 홍장미처럼 염려艶麗한" 아메리카 여배우 메리 필빈을 만날 수 있었다. 그들이 대수 시험을 어떻게 치렀는지에 대해서는 확인할 길이 없다. 김유정은 메리 필빈 양에 대한 애정이 식어 이제 새로이 다른 영화배우 맛지 벨아미 양을 흠모하고 있었고, 벽에다 아예 그녀의 사진을 붙여놓고 열심히 아령 운동을 했다. 멋진 몸을 만들고 권투 선수가 되어서 아메리카로 건너가겠다는 목표가 튼실했다.
그 옆에서 그때는 아직 '필승'이라는 본명을 쓰던 안회남이 부
러운 눈으로 그의 가슴이며 이두박근을 더듬으며 말했다.

　"너는 첫째 키가 크고 팔이 길어서 유리해. 미꼬미* 있다."

　김유정은 자신감에 차서 미국에서는 유명한 권투 선수가 한
번 시합에 수십만 원씩 번다는 이야기도 들려주었다. 안회남은
고개를 끄덕거렸다. 둘은 곧 나란히 방에 누워 잠이 들었다. 안
회남은 여전히 메리 필빈 일편단심이었다. 꿈속에서 그는 기어
이 그녀에게 사랑한다는 말을 편지에 썼다. 그러면서 제 절친
한 벗 김유정 군이 권투 시합을 하러 갈 때 저도 함께 갈 것이
니 그때 만나자고도 덧붙였다. '조선 경성부 재꼴(재동)'에서 쓴
그 편지가 '북미 합중국 칼리포니아주 유니버살 스타디오 내
메리 필빈 양'에게 제대로 닿았는지도 알려진 바 없다.[3]

　그 둘에 보태 아예 배우로도 활약했다는 심훈이며 임화까지
이야기할 수 있겠다. 임화는 조선의 발렌티노라는 별명을 얻을
만큼 수려한 미모를 자랑했고, 심훈은 1927년 일본으로 건너가
교토에서 정식으로 영화도 공부하고 엑스트라로 영화에 출연
하기도 했다. 그렇더라도 조선의 근대 문단에서 한설야를 빼놓
고 영화 이야기를 할 수는 없다. 그는 소년 시대부터 스스로 영

---

*　미꼬미(見込): 장래, 희망, 가능성

화광이라 칭할 정도였다.[4] 그렇게 된 배경이 자못 흥미롭다. 함경남도 함흥 출신의 그는 고향에서 보통학교를 졸업한 뒤 서울로 와 경성제일고보에 입학했다. 1915년, 열여섯 살 때였다.

경성제일고보는 당시 전국에서도 내로라하는 수재들만 모인다는 학교였지만 그는 별로 기쁜 것도 몰랐다. 실은, 입학한 지얼마 되지 않아 벌써 고향에 돌아가고 싶을 만큼 학교가 싫었다. 고향 산천보다 아름다운 서울의 자연도 마음이 끌리지 않았다. 무엇보다 말이 문제였다. 도무지 서울말을 모르니 입을 열기가 두려웠다. 조선 팔도에서 두루 유학생들이 왔기에, 특히 남쪽 한라산 밑에서 온 학생하고 북쪽 두만강 유역에서 온 학생은 거의 외국 사람같이 서로 말이 통하지 못했다. 한설야의 투박한 관북 사투리도 마찬가지여서, 그 역시 나중에는 아예입을 닫아버릴 정도였다. 그런 그에게 동무들은 못난 시골뜨기라고 놀렸고, 선생님은 얌전한 학생이라고 칭찬했다. 그가 특히영화에 취미를 붙인 데에는 그런 웃지 못할 상황이 배경으로작용했다.

어느 일요일 창경원에 구경 가려고 나섰다가 비가 와서 그만두고 활동사진관으로 들어간 것이 시초였다. 그때부터는 세끼 밥보다 영화가 더 좋아졌다. 그는 매주 새로이 걸리는 영화는 모조리 섭렵하는 놀라운 열정을 보였다. 학교가 파하면 그길로 진고개에 나가서 서점을 돌아다니며 그 달치 영화 잡지를 모조리 읽어보는 게 일과였다. 미, 영, 불, 이伊, 이탈리아, 정말丁抹, 덴마크 등 각국의 영화 회사와 영화배우의 이름을 술술 외웠다. 그 결과 동무들로부터 '활박活博*'의 '학위'까지 받을 정도였다. 나중에 남로당 당수가 되는 박헌영이 그 무렵 가장 가까이 지내던 친구였다. 그와는 기독교청년회관 야학부에 영어를 배우러 다니기도 했다. 한설야는 경성제일고보를 졸업하지 못한다. 서모와 갈등을 빚어 학교를 중퇴하고 고향으로 내려가 함흥고보를 다녔다. 먼 훗날, 카프 관계로 징역을 살다 풀려난 그는 고향으로 돌아가 서점과 인쇄소, 그리고 극장(동명극장)도 경영한다. 만년설이라는 필명으로 영화 평을 쓰기도 했다. 그러나 한번 문학의 길에 들어서게 되자 영화는 어디까지나 '외도'에 지나지 않았다. 스스로 그렇게 생각했다.

경성제일고보를 다닌 문인으로는 한설야 말고도 심훈, 유진오, 이효석, 박태원, 정인택 등이 있다.

따지고 보면 안국동 일대가 서울의 모든 문화와 예술 사조의 발상지였을지 모른다. 대개의 책방, 출판사, 인쇄소가 거의 그쪽 길가에 있었다. 임학수의 회상에 기대면, 당시는 학교라고 하면 안국동 큰길을 연상하고, 안국동 큰길이라고 하면 학생을 연상할 정도였다. 아침이면 실로 수천 명 학도가 활기에 가득

---

* 활박(活博): 활동사진 박사라는 뜻.

차서 등교를 했다. 전 조선에서 몰려든 학생들은 저마다 장차 더 뛰어난 정치가가 되자, 사회적으로 중요한 발언자가 되자고 주장하며, 걸음걸이도 태도도 말하자면 모두 '영웅주의적'이었다. 오후가 되면 학생들이 손수레에 책상과 짐 보따리를 싣고서 이 하숙에서 저 하숙으로 이사를 가는 광경도 심심찮게 목격할 수 있었다.[5]

7

『무정』의 무대
서울

최남선은 도쿄에서 만난 이광수의 문학적 재능을 아까워했다. 그래서 자신이 주재하는 잡지『소년』과『청춘』을 통해 조선의 신문예 건설을 꾀할 때 제일 염두에 두었다. 이광수 역시 그 잡지들에 시, 단편 소설, 수필 따위를 다양하게 실으면서 문학에 대한 자신감을 키워나갔다. 하지만 한국의 근대 문학사가 제법 온전한 꼴과 적당한 무게를 갖추고 등장하려면 1917년『매일신보』에 장편『무정』이 연재되기를 기다려야 했다.

'함흥 촌놈' 한설야가 낮에는 학교에 가서 말 때문에 고생했지만, 밤의 서울은 전혀 다른 세상이었다. 그는 자신 있게 밤거리를 누볐다. 다리 앞에서는 한눈에도 허술해 뵈는 사내가 가스등을 앞에 놓고 무슨 책인가를 펴들고 고래고래 소리 높여 읽고 있었다. 울긋불긋 악물스러운 빛깔로 서툴게 그린 표지에는 '신소설'이라는 글자 아래 소설 제목이 더 큰 글자로 박혀 있었다. 주위에는 그 사내 못지않게 허줄한 차림의 사람들이 빽빽이 둘러서 있었다. 소년의 눈에도 인력거꾼이나 행랑어멈 같은 뒷골목 사람들이 분명했는데, 그들은 이야기에 따라 하하하 웃기도 하고 훌쩍훌쩍 눈물을 흘리기도 하는 거였다. 나중

에 감동을 받은 사람들은 그 걸작 신소설을 사기도 했다.[1]

조선 후기 평민 시인 조수삼의 『추재기이』에 책 읽어주며 돈 받는 이야기꾼 전기수傳奇叟에 대한 기록이 전하는데, 당시 「숙향전」, 「소대성전」, 「심청전」, 「설인귀전」 등과 같은 패설*을 읽어주었다 한다. 달마다 1일은 제일교 아래에 앉고, 2일은 이교 아래에 앉고, 3일은 이현에 앉고, 4일은 교동 입구에 앉고, 5일은 대사동 입구에 앉고, 6일은 종루 앞에 앉았다. 7일째부터는 다시 내려오고, 내려왔다가는 다시 오르고 하여 한 달이 차면 다음 달에 또다시 반복했다. 전기수의 책을 읽는 솜씨가 아주 뛰어나서 사람들이 많이 모였다. 읽어가다가 꼭 들어야 할 대목에 이르러 문득 읽기를 그치면 사람들은 애가 달아 다투어 돈을 던져주었다. 한설야가 목격했듯이, 20세기 서울 한복판에서도 밤마다 그런 일이 벌어지고 있었던 것이다.

예컨대, 그 시절 서울은 전혀 붐비지 않았다. 인구 조사가 처음 실시된 1915년의 인구가 약 24만 명이었다. 인구가 적은 데다 갈 데가 뻔했던 만큼 당대를 그린 소설에는 주인공이 슬렁슬렁 시내를 걷다 보면 대개 두엇은 벗이나 지인을 만나는 장면이 나오게 마련이었다.

『무정』의 첫 장면도 경성학교 영어 교사 이형식이 내리쪼이

---

* 패설(悖說): 조선시대, 민간에 떠돌던 각종 기이한 이야기를 이르던 말.

근대 초기의 가판 서점.

는 유월 볕에 땀을 뻘뻘 흘리면서 북촌 안동(안국동)의 김 장로 집으로 가는 길인데 "미스터 리. 어디로 가는가?"하며 동무인 신우선이 그를 불러 세우는 것으로 시작한다.[2] 신우선은 신문 기자답게 이형식의 '급한 볼 일'을 꼬치꼬치 캐묻다가 마침내 가정 교사 자리에 대해 전해 듣는다. 그제야 신우선은 "허허, 그가 유명한 미인이라네. 자네 힘에 웬걸 되겠나마는 잘 얼러 보게"하는 말로 이형식의 발길을 풀어준다. 조금 과장을 하면,

한국 문학의 근대는 바로 그 우연한 마주침에서 비롯하는 것이다. 서울에 전화가 처음 들어온 게 1882년이지만, 일반에서는 세월이 훨씬 흐르고 나서야 겨우 그 문명의 도구를 접할 수 있게 된다. 염상섭이 단편 「전화」를 쓴 게 1925년인데, 그때도 제법 먹고산다는 집들마저 여간 마음을 먹지 않으면 전화를 들이기가 쉽지 않았다. 전화가 없던 시절, 사람을 꼭 만나려면 직접 당자의 집을 찾아가는 게 보편적인 방식이었다. 더러 누구를 시켜서 그 집에 급히 연락을 해야 할 경우도 생긴다.

그럴 때는 이렇듯 찬찬히 설명을 해야 한다.

"죽첨정 삼정목 서양 사람 집 많은 데로 올러가자면 모퉁이에 담배가게가 있고 우체통이 있는 새길이 있죠. 거기가 금화장 주택지라는데 새로 진 얼양옥집이 좌우로 죽 있는 중턱쯤 가서 오른편으로 궁천宮川이라고 하는 사람의 집 바루 윗집예요. 문패도 아무것도 없에요."(염상섭, 장편 『모란꽃 필 때』, 1934)

그도 아니면 명동 갔다는 소리만 듣고 무작정 명동에 나가 어슬렁거리고, 그도 아니면 찻집에 들어갔다가 거기서 '우연히' 딱 마주친다. 염상섭은 자기가 직접 겪은 그런 경험들을 자연스레 소설에 옮겼을 것이다.

다시 『무정』으로 넘어가면, 이형식이 양반 재력가의 딸 김선형에게 크게 마음이 흔들릴 때, 스승의 딸 박영채는 다방골 기생 계월향의 신분으로 애타게 그를 찾고 있었다. 그러다가 청량리에서 김현수와 배명식 두 사람에게 겁탈을 당한다. 이형식도 서둘러 청량리로 달려간다. 마음이 급하다 보니 전차마저 잘못 집어탔다. 지금의 명동성당에서 북쪽 을지로로 빠지는 언덕인 구리개에서 서대문행 전차를 탔던 것이다. 얼른 뛰어내려 다시 동대문행 전차를 탔다. 차는 유난히 느릿느릿 움직였다. 일부러 속력을 뜨게 하는 것만 같았다. 이형식은 활동사진에서 본 서양에서처럼 자동차를 타고 질풍처럼 달리는 광경을 떠올리고는 나도 자동차를 탔으면 하고 생각한다.

그때 또 '우연한 만남'이 이루어진다. 이번에도 신우선이었다. 실은 그 역시 기생집에 갔다가 경성학교 교주 김남작의 아들 김현수와 그 학교 학감 배명식 양인이 계월향을 데리고 갔다는 말을 듣고 저도 청량사로 가던 참이었다. 그에게 무슨 의협심이 있어 계월향을 구한다는 일념보다는 그 사실을 신문에 폭로해 실컷 분풀이를 하거나 혹 그걸 빌미로 김현수에게서 맥주 값이나 앗아내려는 속셈이었다.

이형식은 신우선에게 상황을 설명하고 협조를 부탁한다. 두 친구는 '도오다이몬 슈-텐', 즉 동대문에서 내려 청량리행 전차를 갈아타기 위해 기다린다. 전차는 쉽게 오지 않는다. 밤이 되어 30분에나 한 번씩 다니는 것이다. 어쨌거나 그날 밤 이형식은 신우선의 도움으로 종로서 형사와 함께 겁탈의 현장을 덮칠 수 있었다.

이렇게 중요한 역할을 하는 신우선은 이광수의 친구이며 『매일신보』 기자를 지낸 심우섭이 모델이다. 그는 훗날 소설가로 이름을 떨치는 심훈의 친형이기도 했다. 심훈의 본명은 심대섭이다. 흑석동 한강변 노들에 살던 시절 그가 쓴 일기에는 만형이 사는 가회동을 찾아가는 이야기가 종종 나온다.[3] 한번은 형이 병에 걸려 자리를 보전하고 누웠다. 열한 살이나 층하가 지는 막내 심대섭의 판단으로는 평소 몸도 약한데 주색을 너무 탐하고, "아무 아는 것도 없이 혼자 달관을 하고 초관을 하고 안하무인으로 자임하여 말만 함부로 하고 다니며 하다가 신문 경영에도 대실패를 하고 울화병이 든 것"이었다. 그렇기에 아무리 친형제 간이라도 동정하는 마음이 생길 리 없었다. 일기에 "형님의 일은 만사가 다 그 수법이니 누가 환영을 하랴" (1920.1.21)고도 적었다.

심대섭이 가회동에 가면 수시로 취운정에 올랐다. 이 무렵 '취운정'은 단지 정자만 가리키는 말이 아니었다. 수림이 울창하고 바위는 기묘한 데다 약수까지 있어 더없이 훌륭한 백록동 일대를 두루 일컫는 말이었다. 김옥균, 홍영식, 서광범, 박영효 등 갑신정변을 일으킨 주역들은 다들 가까운 안국동, 화동, 재동 등 북촌에 살고 있었기 때문에 종종 백록동에 모여 회합을 갖기도 했다. 미국에 유학 갔던 유길준은 1885년에 돌아와 개화파라는 이유로 기나긴 연금 상태에 놓이는데, 그 장소 역시

'취운정'이었다. 물론 정자에서 산 건 아니고 그 근처 정자지기의 작은 기와집이 거처였다. 그는 거기서 두 번의 겨울을 나며 유명한 계몽서 『서유견문』을 지었다.[4]

취운정에 오를 때 심대섭은 저보다 나이는 대여섯 살이나 위지만 가장 가까운 벗으로 지내던 이희승하고 함께인 적이 많았다. 훗날 국어학자로 이름을 떨치는, 조선어학회 사건의 그 일석 이희승이었다. 일석은 관립 한성외국어학교 영어과를 다니다가 나중에는 중앙고보에 편입해 졸업은 거기서 했다. 일석과 심대섭은 취운정에서 눈 아래 펼쳐지는 서울의 풍경을 바라보며 서로의 꿈도 나누고 또 이런저런 세상 이야기도 나누었다. 그러다가도 무슨 좋은 생각이 나면 심대섭은 늘 가지고 다니는 수첩에다 꼼꼼히 적곤 했다. 그런 문학도 심대섭에게 우리말 철자법을 가르쳐준 게 일석이었다. 일석은 아직 언어학이라는 말조차 생소하던 그 시절에 벌써 언어학자가 꿈이었다. 진고개 서점에 가서도 늘 그쪽 방면의 일본어 책들을 뒤적거리곤 했다. 그 일석이 심대섭에게 『신한청년』을 가져다주었다. 상하이에서 나온, 이광수가 주필로 있으면서 만드는 잡지였다. 심대섭은 또 제 친구들에게 몰래 그 잡지를 팔았다. 돈은 문제가 아니었다. 일석이나 심대섭이나 그 잡지를 한 부라도 더 널리 퍼뜨리는 게 식민지 조선의 청년 된 도리라고 여겼다. 한편 심대섭과 달리 심우섭은 철저히 친일의 길을 걸었다. 조선 총독부의 기관지인『경성일보』의 사장을 역임한 아베 미쓰이에와 친분이 두터웠고, 그를 통해 사이토 마고토 총독과도 가끔 만났던 것으로 알려지고 있다. 더 훗날 국민정신총동원조선연맹의 시국 순회 강연반에 참여하고, 조선유도연합회와 조선임전보국단에도 가담한 일 등은 많은 친일 행적 중 일부에 지나지 않는다.

다시 청량사 이야기로 돌아가면, 일제 강점기에 청량리 청량사는 절로서보다는 서울 사람들이 즐겨 찾는 일종의 행락지로서 더 유명했다. 서울 주변의 다른 절들도 대개 비슷한 상황이었다. 특히 동대문 밖의 영도사(현 개운사)나 탑골승방(현 미타사)이 청량사와 더불어 유명세를 탔다. 문인들도 그런 곳들을 즐겨 찾았으며 작품에도 심심찮게 등장시키곤 했다.

나도향의 장편『환희』(1923)에서는 영도사가 장차 다가올 파탄의 상징으로 등장한다. 부잣집 아들 백우영은 벗 이영철의 이복동생 이혜숙에게 마음을 빼앗긴다. 하지만 이영철은 이미 자신의 또 다른 벗, 가난하지만 성실한 일본 유학생 김선용에게 이혜숙을 소개해준 상태였다. 백우영은 물러날 마음이 없다. 어느 날 그가 갑자기 찾아와 다시 강청하자 이영철은 김선용과 미리 잡은 약속도 깨뜨리고 이혜숙을 데리고 영도사로 놀러간다. 뒤늦게 사정을 알게 된 김선용은 기분이 언짢았지만, 그의 발길 또한 영도사로 향하는 수밖에 없었다. 그렇게 네 사람이

영도사에서 만나 점심부터 먹게 된다.

> 네 사람은 방에 들어앉았다. 삼물 장삼의 어두운 냄새가 도
> 는 승려의 방에서 세속 사람의 발그림자가 쉴 새 없이 스쳐
> 나갈 때마다 신화神化한 종교는 점점 인간화가 되어간다함
> 보다도 사람의 추태를 여지없이 실현하는 악마의 천당으
> 로 변하여 버렸다. 뜬세상 티끌, 인간을 멀리한 옛적 사찰
> 에는 사람의 손때가 묻은 돈조각 소리가 부처님의 귀를 싫
> 게 하며 난행과 금욕으로 청정을 일삼는 한문閣門 옆 갈대
> 밭 속에서는 인간의 성욕의 충동을 속임 없이 노래하는 청
> 춘남녀의 바스락거리며 속살대는 음탕한 정화가 사람인
> 승려의 굳세지 못한 마음을 꾀어 박약한 신앙을 얼크러뜨
> 려 놓았다.[5]

나도향은 소설 속 이혜숙의 가련한 운명을 결정짓기 위하여
미리 이렇게 '악마의 천당'으로 변한 서울의 한 사찰을 배치해
두었다. 당대의 독자들은 등장인물들이 그 경내로 들어서기도
전에 이미 소설이 어떤 식으로 전개될지 충분히 짐작할 수 있
었을 것이다.
훨씬 훗날의 일이지만, 청량사는 소설가 정인택이 권영희(권
순옥)와 결혼식을 올린 곳이기도 하다. 권영희는 이상이 운영하

던 카페 쓰루[학]의 여급으로 사실상 이상의 애인이었다. 고리키 전집을 한 권도 빼놓지 않고 읽었다는 인텔리 여급이었다. 그런데 정인택이 그 권영희를 너무 좋아해 아로나르 서른여섯 알을 먹고 자살 기도까지 하자 이상이 친구를 위해 권영희를 포기한다. 이상은 한밤중에 "코고는 '사체'를 업어내려 자동차에 실었다. 그리고 단숨에 의전병원으로 달렸다."(소설 「환시기」, 유고) 그런 우여곡절을 거쳐 정인택은 권영희와 결혼할 수 있었다. 청량사 앞에서 찍은 결혼식 단체 사진에서는 그날 사회를 본 이상이 유난히 하얀 이를 드러내며 웃고 있다. 그 곁에는 소설가 박태원이 조금 심각한 표정으로 서 있다. 해방 후 정인택과 박태원과 권영희는 모두 월북한다. 그리고 정인택 사후 박태원은 권영희와 결혼한다. 권영희는 나중에 박태원이 실명했을 때 『갑오농민전쟁』을 받아적어 완성하도록 돕는다.

동대문 영도사에서 멀지 않은 곳에 춘해 방인근이 운영하던 출판사 겸 잡지사 조선문단사가 있었다. 간도에서 무작정 이광수를 찾아온 최서해가 그곳에서 근무했다. 염상섭, 현진건, 김억 등 많은 문인이 그곳을 사랑방처럼 찾았는데, 다만 틈만 나면 바람을 피우는 남편을 찾아 나선 춘해의 아내 춘강 전유덕이 씩씩거리며 "우리 인근이 내놓으라!" 호통치는 바람에 어지간한 봉변쯤은 감수해야 했다.[6] 김동인이 이름과는 아주 상반되게 '무덕한 사람'이라고 낙인을 찍은 전유덕은 소설가 전영택의 누이였다. 1924년에 창간해 한때 낙양의 지가를 올리던 『조선문단』은 방만한 경영으로 3년을 채 버티지 못하고 문을 닫는다.

동대문 밖 탑골승방은 카프 시절의 임화가 신병으로 인해 구속을 면하고 요양 생활을 할 때 찾은 절이다.[7] 들어갈 적에는 살구꽃도 아직 남았고 복사꽃도 한창이었는데, 동무에게 의지해 뜰 앞 장다리밭에 나왔을 때에는 벌써 그 너머 보리밭에 보리가 한 자나 자라 있었고, 노란 배추꽃이 벌들을 유혹하고 있었다. 동무하고 둘이서 그 앞 골짜기에 내려가 손을 씻으며 종다리가 지저귀는 하늘을 쳐다보았는데, 그는 그때 참을 수 없는 굴욕을 느꼈다. 발밑에 깔리려는 오랑캐꽃을 소스라치게 몸을 뒤쳐 피하면서 그는 절 뒷문을 빽 밀고 제 후터분한 방에 들어가 자리에 드러누웠다. 소나 말처럼 네 발을 허우적거리면서 동산을 헤매며 주둥이와 이빨이 시퍼렇게 될 때까지 풀잎 나뭇잎을 뜯어먹고 싶었다.

'지금 이러할 때 앓는다는 것은 불행을 넘어 하나의 죄악이다.'

병든 임화는 이탈리아에서 저처럼 병석에 누워 있던 고리키에게 어느 정치가가 보냈다는 한 구절을 이렇게 뇔 뿐이었다.

8

1919년 서울의 봄

근대 일본 문학을 대표하는 작가 중 한 사람인 다니자키 준이치로는 누구보다도 중국몽中國夢에 사로잡혀 있었다. 그에게 중국은 강남이었고, 강남의 운하 위를 유유히 떠가는 나룻배와 술잔에 비치는 월광이었다. 1918년 그는 꿈에 그리던 그 중국을 가기 위해 조선에 들렀다.[1] 부산에 도착하자마자 그는 일본에서는 도저히 찾아볼 수 없을 만큼 쾌청한 날씨에 놀란다. 때마침 가을이었다. 새하얀 옷을 입은 사람들이 선명한 가을 아침의 햇살을 듬뿍 받으며 허리를 굽히고 유유히 걸어가는 모습을 보자 자신이 마치 하룻밤 새에 '페어리 랜드'에 온 듯한 기분이 들었다. 그런 기분은 경성에 가서도 평양에 가서도 마찬가지였다. 헤이안 시대라 하면 일본의 봉건 막부가 전국을 통일하기 이전, 교토를 중심으로 천황의 지배가 유지되던 중세를 말한다. 다니자키 준이치로는 만일 그 헤이안 시대를 배경으로 이야기를 쓰거나 그림을 그리려면 예부터 내려오는 에마키모노(두루마기 그림)를 참고할 게 아니라 조선에 와서 경성의 광화문 거리를 한번 걸어보는 편이 나을 거라고 권했다. 사람들의 복식뿐만 아니라 민가의 토담벽 같은 것도 그 시대의 평화로운 정경을 떠올리기 충분할 거라면서. 심지어

딱 하나 그의 취향에 도저히 맞지 않은 조선 음식조차도 헤이안 시대의 음식과 비슷하지 않았을까 추측했을 정도였다. 그는 지독한 탐미주의자답게 자기가 보고 싶은 조선만 눈에 담았다. 그로부터 몇 년 후인 1923년(3~6월), 사소설의 대가로 유명한 또 다른 일본 작가 다야마 가타이가 조선에 들렀다.[2] 이번에도 중국과 만주를 함께 둘러보는 여정이었는데, 조선에 대한 그의 인상은 금강산을 제외하면 그다지 호의적이지 않았다. 특히 경성이 그러했다. 예컨대 경성은 어딘지 옛 추억이 깃든 곳이 많고 옛 모습이 여기저기 똬리를 틀고 있는 것 같은 기분이 들었는데 그렇다고 해서 오래 머물고 싶은 곳은 아니라고 했다. 시가도 혼잡하고 또 어쩐지 비좁아 보이고 시대에 뒤떨어진 느낌이 든다고도 했다. 날씨마저 마음에 들지 않았다. 활짝 개기는커녕 어둑한 게 어떤 비밀이 숨어 있는지 알 수 없는 기분마저 느끼게 만들었다. 그것은 "언제 어디서 어떤 위험이 덮쳐올지 모를 것 같은 기분"으로 이어졌고, 그러자 그로 하여금 도무지 침착하게 있을 수 없게 만들었다.

날씨가 아무리 나빴다고 해도 대체 다야마 가타이의 심사를 그토록 어둡게 만든 경성의 고약한 비밀은 무엇인가. 다니자키 준이치로가 지나가고 다야마 가타이는 아직 오기 전에 바로 1919년이 있었다는 역사적 사실이 적잖이 작용했을지 모른다.

3·1 운동이 터졌을 때, 경성 YMCA의 총무였던 윤치호는 반대의 뜻을 분명히 밝혔다. 그 이유로 첫째, 조선 문제가 파리 강화회의에 상정되지 않을 것이며, 둘째, 미국이나 유럽의 어떤 나라도 조선의 독립을 위해 일본과 싸우는 모험을 하지 않을 것이며, 셋째, 약소 민족이 강성한 민족과 함께 살아야만 할 때, 약자가 취할 수 있는 최선의 방책은 강자의 호감을 사는 것이라는 세 가지 이유를 들었다.[3] 1919년 당시 조선 사람으로서 이런 생각을 가진 이는 매우 드물었다. 대개는 파리가 조선을 주목할 것이고, 미국 윌슨 대통령이 조선을 도와줄 것이며, 만세를 부르면 독립이 오리라 믿었다. 그게 순진한 기대일지언정 조선 사람이라면 마땅히 그래야 한다고도 생각했다.

작가들, 그리고 장차 작가가 될 조선의 청년들도 대부분 마찬가지였다.

경성제일고보를 다니고 있던 심대섭은 시위에 참가했다가 체포되어 서대문형무소에 수감된다. 그는 7월 집행 유예로 풀려난 뒤 학교에서 퇴학 처분을 받았다. 그에게 3·1 운동은 인생의 변곡점이었다. 그가 그 사건을 얼마나 소중한 경험으로 생각했는지는 일기에 잘 드러난다.[4]

1920년 3월 1일 (월)

오늘이 우리 단족單族에 전 천년 후 만대에 기념할 3월 1일

1920년 2월 29일. 3·1 운동 1주년을 앞두고
경성 시내를 순찰하는 일제의 기마경찰대.

─우리 민족이 자주민임과 우리나라가 독립국임을 세계
만방에 선언하여 무궁화 삼천리가 자유를 갈구하는 만세
의 부르짖음으로 2천만의 동포가 일시에 분기 열광하여
뒤끓던 날!

오! 3월 1일이여! 4252년의 3월 1일이여! 이 어수선한 틈을

뚫고 세월은 잊지도 않고 거룩한 3월 1일은 이 근역槿域을
찾아오도다. 신성한 3월 1일은 찾아오도다.

오! 우리의 조령祖靈이시여! 원수의 칼에 피를 흘린 수만의
동포여! 옥중에 신음하는 형제여, 1876년 7월 4일 필라델피
아 독립각에서 울려나오던 종소리가 우리 백두산 위에는
없으리이까? 아! 붓을 들매 손이 떨리고 눈물이 앞을 가리
는도다.

비단 1주년 날만이 아니었다. 그는 날이 추우면 추운 대로 더
우면 더운 대로 감옥에 여전히 갇혀 있는 동지들의 안부를 걱
정하고, 법정에도 방청을 하러 다녔다. 어느 날은 남산에 올라
서울 시가를 내려다보며 새삼 민족의 비애를 되새겼다. 총독부
가 아직 남산 왜성대의 옛 통감부 건물에 있을 때였다.

1920년 3월 27일 (토)

오랫동안 불규칙하고 게으른 생활에 운동을 하지 않아 얼
굴빛이 하얗게 되었다. 그래서 하루 산에 올라가 놀아보리
라 하고 수통과 망원경을 둘러메고 남산에 올라갔다. 왜놈
들에게 짓밟힌 남산, 눈앞에 깔린 서울 시가며 꿈같은 먼
산과 띠같이 흐르는 한강수까지 다 우리 것이련만 아! 슬

프고 답답한 마음은 억제키 어렵다. 잠두*에 홀로 걸터앉아 넓은 시가와 산과 들과 강을 향하고 목청을 빼어 동해물과 백두산이 마르고 닳도록…의 창가를 높이 불렀다. 북악 밑 인왕산 아래로 망원경이 비치는 곳에 높은 담이 보이니 서대문 감옥이다. 우리의 선생들은 지금 어찌나 지내는지?

이른 봄의 맑은 하늘은 수도의 낮을 덮었는데 전차가 닿는 소리며 기적이 우는 소리와 쇠마치 소리가 들린다. 아! 우리나라의 수부^{首府}인 서울이여, 남산이여.

심대섭은 아마 서울에 도읍을 정하던 500년 전의 꿈이 새삼스러웠을 것이다. 『택리지』(1751)에 따르면, 외성을 쌓기로 했을 때 둘레의 원근을 결정하지 못하고 있는데 하루는 밤새 큰 눈이 내렸다. 그런데 바깥쪽은 눈이 쌓이면서 안쪽은 곧 눈이 녹는 거였다. 태조가 이상하게 여겨 눈 녹은 경계를 따라 성을 짓도록 했으니 그것이 곧 한양 도성이었다. 동으로 타락(낙산), 서로 인왕, 남으로 목멱(남산), 북으로 백악(북악)이 그 경계였다. 북악 뒤로 보현봉을 거쳐 나간 맥을 짚으면 거기에 더 큰 북한산이 있어 진산鎭山의 기능이 넉넉했다. 도성 밖 남쪽으로는 유유히 한강이 흐르니 서울은 배산임수의 전형적인 지형이

---

* 잠두(蠶頭): 잠두봉은 남산의 또 다른 이름으로 누에머리를 닮았다 해서 붙여졌다.

117

었다. 도성을 쌓는 역사는 1396년 크게 두 차례로 나뉘어 진행했다. 온 나라에서 백성들이 차출되어 울력을 했다. 제1차는 함경, 평안, 강원, 경상, 전라의 5도에서 온 역부 11만 8,700명이 49일 동안, 제2차는 강원, 전라, 경상의 3도 역부 7만 9,400명이 또 49일 동안 힘을 보태 마침내 총 길이 약 18.6킬로미터에 이르는 장엄한 도성을 완성했다. 도성에는 대문 네 개와 소문 네 개를 두었다. 보신각 종루의 큰 종이 그 성문들을 여닫는 시각을 알렸다. 새벽에는 서른세 번, 저녁에는 스물여덟 번을 쳤다. 새벽에 치는 종을 바라(파루), 저녁의 그것을 인경(인정)이라 했다. 심대섭은 아마 1876년 7월 4일 미합중국 필라델피아 독립각에서 울려나오던 종소리를 겹쳐 듣고자 했으리라. 그러나 실제 청년 심대섭의 귀에는 인왕산 아래 구슬프게 울려퍼지던 취침나팔 소리만 이명처럼 남아 있었을지 모른다.

심대섭은 「찬미가에 싸인 원혼」(1920)이라는 짧은 소설에도 당시의 상황과 심정을 담아냈다.[5] 이 소설은 그가 감옥에서 어머니에게 몰래 써 보낸 편지에서도 밝힌 소재, 즉 만세 운동 때 함께 들어온 어느 노인(천도교 서울대교구장 장기렴)의 죽음을 다시 한 번 다듬어내고 있다. 그가 필명을 '심훈'으로 삼아 본격적인 문필 활동을 할 때에도 이런 정신은 변하지 않았다.

이광수는 1919년 2월 8일 도쿄에서 발포한 독립 선언문을 작성했다. 최남선은 독립 선언문을 기초하는 데 참여한 혐의

로 구속되었고, 2년 6개월여 복역한다. 수형 번호는 1905번. 미
결 구류 360일을 마저 채우려면 1922년 5월까지 기다려야 했
지만, 그는 당사자에게도 예고 없는 가석방을 받아 1921년 10
월 18일에 마포 공덕동의 경성감옥에서 출옥한다. 한용운은 독
립 선언을 주도한 33인에 불교계 대표로 이름을 올렸다. 징역

3년형을 선고받고 서대문형무소에서 복역했다. 염상섭은 일본 오사카(대판)에서 거사를 기도하다가 체포되어 옥고를 치렀다. '재대판 한국 노동자 일동 대표' 명의로 독립 선언문을 작성했다. 나혜석은 일본 유학 후 귀국해 진명여학교에서 교편을 잡고 있었다. 3·1 운동이 일어나자 시위에 참가했다가 체포되어 5개월여 투옥되었다. 홍명희는 괴산에서 만세 시위를 주도했고 아우와 함께 구속되었다. 2년 6월의 징역형을 선고받았다.

전영택은 2월 도쿄에서 2·8 독립운동에 참가하고 3월 말 귀국해서 4월 29일 이화학당 출신 채혜수와 결혼했다. 바로 그다음 날 채혜수는 독립운동을 주도한 혐의로 체포, 투옥되었다. 그때 잉태 중이던 아이가 태어난 지 석 달 만에 죽는 아픔도 겪었다. 이를 바탕으로 단편 「독약을 마시는 여인」(1921)을 썼다. 원수같이 싫은 밤, 옆방에는 송장이 하나 가득 찼는데 온통 열어놓은 방문으로 썩은 냄새가 흔들흔들하면서 기어나온다. 사랑하는 달은 잠들었는데, 개와 쥐와 말은 다 깨어 있다. 송장빛 같은 등불이 졸리다는 듯이 껌벅껌벅한다. 딸은 입으로 코로 자줏빛 불을 토한다. 그는 달려들어서 딸을 껴안고 딸의 입에서 나오는 빛 없는 불덩이를 숨도 안 쉬고 들들 마셔 받아먹었다. 그는 송장이 되어 송장 가운데서 중얼거렸다. 넘실넘실 넘치는 독약을 들이켰다. 이런 내용이었다.

유진오는 아직 어렸다. 보통학교를 막 졸업하고 성적이 좋아 경성제일고보에 무시험으로 합격했으나 만 12세가 못 되어서 1년을 집에서 쉬어야 했다. 3·1 운동이 일어나자 그는 어른들이 하는 이야기를 듣고 오후 2시에 파고다공원 팔각정에서 무슨 일이 벌어진다는 것을 알았다. 그 시각에 맞춰서 가보니 500~600명 사람들이 모여 있었고, 누군가가 무엇을 읽고 있었다. 그게 독립 선언문인 줄도 몰랐다. 그날 하루 종일 소년은 계동 뒷산에서 만세 소리를 들었다. 그 후로 집에는 휘문, 중앙, 보성에 다니는 일가붙이 학생들이 대여섯 명씩 모였다. 그들은 밤을 새워 수백 장씩 태극기를 그려 천장 속에 감추어두었다가 이튿날이면 나누어 싸가지고 나가곤 했다. 얼마 후부터는 『독립신문』도 집에 날아들기 시작했다.[6]

　수주 변영로는 독립 선언문을 영문으로 번역하는 작업을 맡았다. 그보다 형뻘 되는 일석 이희승과 함께 청년회관에서 밤 늦도록 타자기를 두드려댔다. 그 소리가 어찌나 요란스럽게 들리는지 밖에 돌아다니는 기마 순사의 귀에 들어가지나 않을까, 땀을 좋이 흘려야 했다.

9

문학의 봄

1920년, 나라 밖에서는 독립운동이 점점 격렬해졌다. 그 전해 수립한 상하이의 임시정부가 중심을 잡아가고 있으며, 시베리아, 만주, 미주 등지에서 동포들의 응원이 전에 없이 뜨거웠다. 1월 24일, 대한민국 임시정부 군무부는 포고 제1호를 발표해 전 국민에게 독립 전쟁에 참가할 것을 호소했다. 특히 만주에서는 격렬한 무장 투쟁이 전개되었다. 봉오동전투와 청산리전투가 모두 이 해에 일어났다.

한편, 국내에서는 지난해 그 뜨거웠던 독립 만세의 열기를 뒤로 한 채, 김동인의 표현대로라면 "시집갈 이 시집가고, 장가갈 이 장가가고 다시 평온한 원상으로 돌아갔다." 이광수의 『재생』(1925)에서는 3·1 운동 때 잡혀 들어갔다가 나온 신봉구의 시선을 통해 그새 마치 아무 일도 없었다는 듯 변해버린 서울의 모습을 그려 보인다. 사실 그는 감옥에 있을 때 밖의 사람들이 아직도 이 구석 저 구석에서 수군수군거리고 사람 많이 모인 자리에 가면 모두 근심스러운 얼굴로 말들도 잘 아니 하려니 생각했다. 하지만 막상 나와보니 전혀 딴판이었다. 사람들은 모두 쾌활하고 아무 근심 걱정 없는 듯 보여, 그는 저만 어리석은 사람이 되었노라 미간을 찌푸리지 않을 수 없었다. 물론 그건 그가 2년 6개월의 형기를 마친 뒤의 일이었다.

그래도 새로운 움직임이 꿈틀거렸다. 무단 정치만으로는 조선에 대한 효과적인 지배가 어렵다고 판단한 총독부는 이른바 문화 정치를 새로운 시정 목표로 설정했다. 사이토 마코토 총독이 새로 부임해 오던 날(1919.9.2) 강우규 의사가 남대문 역두에서 폭탄을 투척한 것도 그런 생각을 앞당기는 데 영향을 끼쳤을 것이다. 표면적인 변화가 곧 나타났다. 예를 들어 염상섭의 「만세전」에서는 주인공 이인화의 형이 정거장으로 동생을 마중 나올 때 칼을 차고 나오는데, 그처럼 훈도(교사)가 칼을 차고 다니던 풍습은 사라졌다. 가람 이병기도 한성사범학교를 졸업하고 스물둘에 교사가 되었는데, 금테두리 모자에 번쩍거리는 칼도 차던 시절을 보냈다. 신문도 신생의 고고성을 울렸다. 『조선일보』, 『동아일보』, 『시사신문』 등 세 신문이 창간되었으며, 곧이어 다양한 잡지들이 다투어 선을 보이기 시작했다. 그중에서도 천도교 청년회의 기관지로 발행된 잡지 『개벽』이 처음부터 가장 활발한 모습을 보였다. 이러한 움직임에 대해 나중에 단재 신채호는 망명지 중국에서 "어데 문맹蚊虻. 모기와 등에같이 시랑豺狼. 승냥이와 이리같이 인혈을 빨다가 골수까지 깨무는 강도 일본의 입에 물린 조선 같은 데서 문화를 발전, 혹 보수한 전례가 있느냐?"(〈조선혁명선언〉, 1923)고 일제 강도 치하에서 문화 정치를 부르짖는 자들을 질타했다. 그러나 변변한 조선어

젊은 시절의 김동인과 주요한.

신문 잡지 하나 없던 조선에서는 문화계가 당장 들썩거리기 시
작했다.

심대섭은 1920년 4월 1일자 일기 끄트머리에 "우리의 매였
던 언론을 트기 위해 『동아일보』라는 좋은 내용을 가진 신문이
창간되다"고 적었다.

동인지로는 1918년 2월 김동인과 주요한이 도쿄에서 제일
먼저 『창조』를 만들었다. 이어 다른 동인지들도 속속 모습을 드

『창조』、『폐허』、『백조』.

러냈다. 그중『폐허』(1920)와『백조』(1922)가 두각을 나타냈다.『폐허』에는 염상섭을 비롯해, 오상순, 김억, 황석우, 변영로, 그리고 남궁벽 등이 활동했다.『백조』는『백조』대로 이상화, 홍사용, 나도향, 박영희, 박종화, 김기진, 현진건 등 화려한 멤버를 자랑했다. 특히 대개 스물두세 살 언저리의『백조』동인들은 그 야말로 호화스런 요정에서 기생과 어울리며 노래하고 취하고 하면서 낙원동 일대를 누볐다. 그 바람에 물주 노릇을 하던 노작 홍사용이 파산에 이르렀다는 말까지 나올 정도였다. 기생들에게 가장 인기가 좋은 동인은 나도향이었다. 나도향이 기생의 슬픈 운명을 그린 장편『환희』(1923)를 발표하자 시도 때도 없이 그를 찾아왔다. 아무튼 『백조』는 뭐든지 최고여야 했다. 잡지 종이도 최고급을 사용했고, 책값도 90전이나 매겨 당시 최고가였다.

심대섭의 1920년 1월 8일자 일기에는 친구들 셋만 모이면 어쭙잖은 문학 평론이 일어난다고 하면서, "조선에 웬 소년 문학자가 그리 많이 나는지 모르겠다는 둥, 그 누구는 제법 문학자의 티를 내고 큰길로 거만스럽게 다니는 것이 아니꼬워 죽겠느니, 누구는 대강이 속에 피천 한 푼 없는 것이 남의 원고를 붉은 붓으로 긋고 앉았는 것이 눈허리가 시어 볼 수가 없느니 하고 서로 흉을 보고 앉았다"고 썼다. 눈꼴이 어지간히 신 심대섭과 친구들은 한강으로 스케이트를 타러 나가버렸다. 사실 한국문학의 동인지 시대를 연 작가들은 애송이 소년·청년들이었다. 김동인과 주요한이 20세에 『창조』를 창간했고, 나머지 동인들도 대개 다 이십 대 중반을 넘지 않았다. 평균 수명이 짧은 시대였음을 감안해도 새롭게 문학사의 기둥을 세워야 하는 막중한 임무에 비겨선 아무래도 연륜이 짧은 게 사실이었다. 그래도 서울의 '소년 문학자'들은 못 들은 척 귀를 막았고, 패기 하나만은 당당했다.

염상섭은 오사카에서 복역 후 요코하마에서 인쇄소에 취직했다. 마침 도쿄에서는 무산 계급 해방을 부르짖는 운동이 "인플루엔자에 감염된 환자와 같이 날뛰던 시기"라 저도 자연스레

그 물결에 휩쓸렸던 것이다. 그런데 취직한 인쇄소가 하필이면
『창조』를 찍어낸 바로 그 복음인쇄소였다. 그곳이 조선에서 요
구하는 책들, 특히 성경을 비롯해 선교용 서책을 많이 인쇄하
는 관계로 한글을 아는 직공은 대환영을 받았던 것이다.[1] 거기
서 낮에는 일하고 밤에는 「암야」를 비롯해 소설을 습작하고 있
는데, 조선에서 장문의 편지가 날아왔다. 마침 창간을 목전에
둔 『동아일보』에서 학예부장 진순성(진학문)이 보낸 것으로 입
사를 청하는 내용이었다. 염상섭이 평생 신문사를 직업으로 삼
게 되는 시초가 이때의 『동아일보』였다. 그는 전보를 받자마자
명함을 박아가지고 도쿄에서 당대 최고의 두 정객, 즉 야당인
헌정회의 거두 시마다 사부로와 소위 '헌정의 신'이라던 웅변
가 오자키 유키오를 취재해 창간호 기사로 내보내는 능력을 발
휘했다. 염상섭 기자는 또 곧바로 일본의 대표적 민예학자이자
수집가인 야나기 무네요시의 수필 「조선인을 상^想함」을 번역해
실었다. 3·1 운동을 목격한 후 일본인으로서 그가 느낀 비애를
솔직하게 쓴 글로 당대 조선인들에게 큰 울림을 안겨주었다.
염상섭은 그 글에서 1인칭 주어로 '나' 대신 아직 '여^余'를 사용
하고 있었다.

염상섭은 『동아일보』를 6개월여 만에 그만두었다. 그런 다음
곧 문학 동호자 무리에 합류했다. 세상이 좁다고 휘젓고 다니
던 청년들이 알음알음으로 모였는데, 동인지 『폐허』를 내기로

일제 강점기 종로 거리.
이전하기 전의 종로경찰서. 그 옆에 기독교청년회관이 보인다.

결정하고 곧바로 작업에 착수했다. 돈이 있을 리 없었다. 우선
그들은 1920년 2월에 조선 최초의 시 낭송회를 종로 YMCA에
서 열었다.[2] 장안의 지식인들과 학생들이 호기심을 갖고 그 생
경한 이벤트를 지켜보았다. 긴 머리를 늘어뜨린 청년들이 단상
에 올라 죄 절망과 패배의 자작시들을 읽었다. 황석우는 전날
의 술이 아직 덜 깬 상태여서 덜덜 떨면서 시를 읽어 만당의 폭
소를 자아냈다. 결과적으로 대성공이었다. 이 사건이 창조파의
귀에 들어가자 질투심 많은 김동인이 그것을 그냥 바라보고만
있을 리 없었다. 그는 이듬해 8월 평양에서 창작 낭독회를 열어

성공했고, 그 기세를 몰아 서울에서도 연주회를 겸한 낭독회를 연다. 아무튼 시 낭송회로 성공을 거둔 폐허파는 화가 김찬영, 나혜석, 김원주(김일엽)를 맞아들이고, 혹은 '기타 여류 수 삼인'[3]을 맞아들이고, 종로 2정목 87 광익서관(대표 고경상)의 전적인 후원으로 창간호 1,000부를 찍어낼 수 있었다. 다행히 손해를 보지 않았다.

폐허사의 문패를 단 집은 적선동에 있었다.[4] 오늘날로 치면 정부 종합 청사 뒤쪽으로, 옛날에 '삼군부'라는 시위대가 있던 병영 뒷골목이었다. 그 집에 예전에는 사랑이 있었다는데, 사랑도 없어지고 일본식 문전으로 바뀌었지마는 옛날 말로 널따란 육간대청 아래 환한 앞뜰에는 철철이 화초밭이 우거지고 시원했다. 알고 보니 그 집이 염상섭으로서는 뜻깊은 장소였다. 제조부 때부터 중형이 출생할 때까지 살던 집이라는 거였다. 그런 인연도 있고 해서 집주인 K군(김만수)은 안방만 내놓고는 마음대로 쓰라는 호의를 베풀었다. 그때부터 양산박이 따로 없었다. 밤낮을 가리지 않고 기예발랄한 문학청년들이 모여서 자기들 딴에는 고담준론에 불똥이 튈 듯한 기염을 토하면서 의기충천했다.[5]

그 결과로 나온 『폐허』는 해괴한 모습이었다. 표지에는 아무 설명도 없이 에스페란토어 시 「폐허La Runio」를 가득 채워놓았다. 하지만 그건 김억의 자작시였고, 정작 그들이 동인 이름으로 따온 것은 독일의 시인 실러의 시였는데, 그들은 2호에 가서야 자신들의 정체를 그렇게 좀 더 분명히 드러낸다.[6]

> 옛것은 쇠하고, 시대는 변한다.
> 새 생명은 이 폐허에서 피어난다.
> Das Alte stürzt, es ändert sich die Zeit,
> Und neues Leben blüht aus den Ruinen.

쇠라도 씹어 먹을 것처럼 생긴 헌헌장부들이었건만, 폐허파는 말 그대로 폐허가 콘셉트였다. 새 생명을 낳기 위한다는 전제를 달았으되, 우선은 때려 부수고 지우고 망가지는 데 초점을 맞춘 모양이었다. 목덜미까지 흘러내리는 장발에 대낮부터 대취해 떼 지어 몰려다녔다. 평양 갑부의 자제 김동인과 독실한 개신교 목사의 아들 주요한이 중심이 된 『창조』하고는 분위기 자체가 달랐다. 그들은 거침없이 데카당스를 추구했는데, 1919년의 열광도 한 걸음 물러간 식민지 조선에서 그것은 굉장한 도전이었다. "조선은 황량한 폐허이며 우리 시대는 비통한 번민의 시대다"로 시작되는 공초 오상순의 글 「시대고와 그 희생」이 그들의 입지를 대변한다. 거기서 그들은 "우리 싸움의 가장 최우선은 우리의 일체 내적 외적의 인습적 노예적 생활의 양식을 깨뜨리는 것"임을 분명히 선언한다.

그러나 그 도전이 오래가지는 못했다. 당시 유행하던 '3호 잡지'라는 말처럼 『폐허』도 겨우 두 호를 내고 역사 속으로 사라지고 말았다. 『창조』는 그래도 9호(1921.5.30)까지 꽤 오래 버텼다. 물주가 남달랐기 때문이다. 김동인은 평양 갑부였던 아버지로부터 수천 석 재산을 물려받았던 것이다. 하지만 나중에 그 물주도 이런저런 이유로 열정을 잃고 손을 떼니, 한국 근대 문학사의 초석을 이루던 동인지 시대는 서서히 막을 내리게 된다.

공초 오상순이 수주 변영로를 처음 만났을 때 둘은 단번에 의기투합했다.[7] 서로 술을 권하다가 밤이 이슥해졌는데, 공초가 이 좋은 밤에 집에 돌아갈 수 없고 하니 남산에 올라가자 제안했다. 수주로서는 좀 벅찬 제의였지만 구제할 수 없는 범물凡物 소리를 듣기 싫어 따라갔다. 산을 허위허위 오르면서 수주는 괴테의 『파우스트』에 나오는 발푸르기스의 밤을 떠올렸다. 이윽고 꼭대기 잠두에 앉아 별을 보면서 시간 가는 줄 모르고 주정酒情을 나눴다. 나중엔 온몸이 이슬에 흠씬 젖었다. 그 며칠 후, 공초는 다시 수주를 꾀었다. 이번엔 둘은 한강으로 나아갔다. 술은 양주 수 병 정도였는데, 공초는 당시 5전인가 하던 칼표 담배를 무려 50갑(한 갑에 열 개비)이나 따로 챙겨들고 있었다. 강물 색이 더 없이 아름다웠다. 교교한 달빛이 절로 둘의 발길을 끌어당겼다. 둘은 사공을 찾아 배를 띄웠다.

공초 오상순과 수주 변영로.

눈치 없는 사공이 물었다.

"어디로 저으랍쇼?"

"젓기는 그 어디로 저어? 우리 배는 가는 배도 아니고 흐르는 배도 아니며 건너는 배도 아니니 그저 강상에 띄워만 주시구려."

어리둥절한 사공은 배를 한강 한복판에 세웠다. 그때부터 둘의 음주 흡연이 시작되었다. 한 사람은 천하의 주당이요, 다른 한 사람은 천하의 골초였다. 사공은 꾸벅꾸벅 졸았다. 나중에 새벽 한기가 온몸을 파고들었지만 둘의 강상풍월은 끝날 기미가 없었다. 견디다 못한 사공이 버럭 화를 냈다.

"무슨 궐련들을 그리 피우시오. 동도 트고 춥기도 하니 그만들 들어가시지요."

사공은 아무리 돈을 더 준대도 싫다 하며 배를 강가로 몰았다. 두 사람이 어쩔 수 없이 뭍에 올랐을 때에는 그 많던 담배가 겨우 대여섯 갑밖에 남지 않았다. 수주는 그날 밤 아마 한강의 맑고 푸른 물이 자기들이 내버린 담배꽁초로 얼마간은 흐려졌으리라 생각하고, 두 번 다시 재연하지는 못할 광태에 대해 아주 조금은 미안해했다. 그때 공초는 아직 교회 전도사 신분으로, 긴 머리를 자주 쓸어넘기는 게 멋졌다고 한다. 1926년 공초는 부산 범어사에 입산하면서 그 좋은 머리를 빡빡 밀어버린다.

10

서울은 무덤이다

현상윤은 이른바 '동경 유학생'이다. 고향이 평안도 정주인 그는 방학을 마치고 다시 도쿄로 가는 길에 잠시 서울에 들른다. 그의 눈에 서울은 한마디로 아직 멀었다. 공기조차 뭔가 모르게 무거워, 가령 종로를 걸을 때 제 활개며 걸음은 전같이 납신납신하지 못하다. 행인들에게서 경쟁의 기상 같은 것도 하나 보이지 않는다. 좋게 표현하면, 너무 한가롭고 너무 편안하다. 입을 떡 벌리고 침을 게게 흘리는 양이며 눈을 힘없이 뜨고 귀때기를 푹 늘인 것이 어느 편으로 보든지 절반은 죽은 사람이요 절반은 중독한 사람이며 정신 나간 자, 얼빠진 자같이 보인다. 이래서야 도무지 세계 문명에 기여할 도리가 없다. 학자 한 명 제대로 나올 도시가 아니다. 도서관 하나 없고, 학회 하나 없다. 학교의 선생들은 술 마시고 바둑 둘 줄은 알아도 서적은 어찌 대할 줄조차 모른다. 학생들은 속보다 겉을 꾸미는 데만 열중한다. 속에는 개똥을 가졌을지라도 겉에는 비단을 싸려 하는 것이다. 그러니 이미 세계적인 도시 도쿄를 봐버린 자의 눈길에 서울은 천생 두억시니의 도시요 도깨비의 도시일 뿐이다.[1] 굳이 비교를 하자면, 성배를 깨뜨린 죄책감에 시달리다가 죽은 신부의 이야기로 시작되

염상섭.

는 제임스 조이스의 소설 속 그 마비된 식민 도시 더블린이 서울과 비슷한 분위기를 풍겼을지 모른다.

염상섭이 「암야」[2]를 쓴 것은 1919년 10월이었다. 그해 봄 오사카에서 독립선언서 건으로 체포되었다가 석방된 후 아직 교토에 있을 때였다. 거기서 그는 서울에 있는 '그'에 대해 썼다.

'그'는 사촌 형의 혼인식에 얼굴에 내비치라는 어머니의 거듭되는 당부에 건성으로 대답한다. 그는 스스로 약혼자 N도 감당하지 못한다. 러브와 인게이지먼트라니! 그는 자기 같은 놈에게는 과분한 일이라고 생각한다. N이 가엾다. 제가 사기꾼 같고 도덕적으로 죄를 짓고 있는 것 같다. 사촌 형의 결혼에도 공연히 부아가 인다. 얼굴 한 번 보지 못한 남녀가 시키는 대로 훌쩍 만나서 일생을 같이한다니, 이건 차라리 공인된 간음이요 도박에 다름 아니랴.

  그런 마음으로 집을 빠져나와 야조현 시장 부근에 들끓는 사람 틈바구니를 뚫고 나오려니 기분은 금세 엉망이 되고 만다.

  그는 지금 잡답한 길에 나와서도, 자기가 사람 사는 인간계에 있는 것 같은 생각은 조금도 없었다. 가장 추악한, 금시로 거꾸러질 듯한 망량魍魎 놀이, 움질움질하는 뿌연 구름 속을 휘저으면서, 정처 없이 흘러가는 것 같았다. 생활이란 낙인이 교활과 탐람貪婪이라는 이름으로 찍힌 얼굴들을 볼 때마다, 그는 손에 들었던 단장으로, 대번에 모두 때려누이고 싶다고 생각하였다.

  '대체 너희들은 무슨 까닭에, 이다지 분주히 왔다 갔다 하느냐? 어느 때까지 이것을 계속하다가 꺼꾸러지려느냐?' 고 소리를 버럭 지르고 싶었다. 그는 대한문으로 향하여 정신없이 1~2정町 가다가 무슨 생각이 났던지 광화문을 바라보고 돌쳐서며, '무덤이다'라고, 혼자 속으로 부르짖었다.

물론 그는 사촌 형에게는 얼굴을 비치지도 않았다. 얼마 후 다시 집에 돌아와 혼곤하게 잠을 잔 그는 깨어나자마자 책상 위에 놓인 약혼녀 N의 사진에 눈길이 가 닿았다. 그러자 '아, 이 사람이 전 생애를, 전 운명을, 나에게 걸고 있구나!' 하는 생각에 등에서 식은땀이 흐르고, 그와 동시에 수치와 모욕을 느낀다. 그러니 다시 무작정 집을 뛰쳐나올 밖에, 달리 도리가 없었다.

솔솔 뺨을 핥고 가는 가을 저녁 바람은 유쾌하였다. 서십자각을 돌쳐 서서, 경복궁을 바라보고 느럭느럭 내려왔다. 종점에 와서 닿는 전차마다 토하여내는 기갈과 피로에 허덕이며 비슬비슬하는 허연 그림자가, 하나둘씩 물러져 감을 따라, 육조 대로의 긴 무덤에는 차차 밤이 들어가고 드문드문 높이 달린 전등불 빛은, 묘전墓前의 도깨비불같이 엷은 저녁 안개에 어룽어룽 번쩍거렸다. 그는 단장을 힘껏 휘저으며, 먼 하늘의 별을 쳐다보고 걷다가, 몸부림을 하며 울고 싶은 증이 나서, 캄캄한 길 한중턱에 우뚝 섰다.

그걸 '산책'이라고 이름붙일 수 있을지 모르지만, 그날 하루 그가 다닌 코스는 이러했다.

광화문 앞 육조거리. 아직 해태가 있을 때다.
1926년 경복궁 안으로 신축 이전한 조선 총독부 청사.

서촌 집 — 야조현 시장 — 사복개천 — 천변 — 친구 A의 집
(집과 사복개천 사이쯤) — 숙주감다리 — 삼청동길 — 종친부 —
집 — 서십자각*(경복궁) — 육조 대로 — 광화문통과 태평통 길

그는 이제 경성부가 되어버린 서울 한복판의 육조 대로를 본
다. 거기 과거 500년의 영광 따위는 눈을 씻고 찾아봐도 없다.
의정부도 없다. 육조도 없고, 사헌부, 중추부, 아문, 시위대도 다
없다. 보이느니 오직 긴 무덤뿐이다. 망량뿐이다. 망량은 이매
망량의 줄임말이다. 그러니 서울은, 이魑·매魅·망魍·량魎의 온갖
도깨비들이 분수 모르고 날뛰는 서울이다.

「암야」에서 주인공 '그'가 서울을 무덤으로 여긴 데에는 혼
인 문제가 크게 영향을 미친다. 그중에서도 특히 조혼이 큰 문
제였다. 1900년대에 20세를 조금 넘던 한국인의 평균 수명은
1920년대에도 30세 안팎이었고, 식민지 시대 말기에도 50세를
넘지 못했다.[3] 이런 상황을 감안하더라도 조혼은 사회 전반에
걸쳐 큰 문제를 빚어냈다.

근대 문학사에 이름을 남긴 많은 문인들도 조혼을 통과의례
처럼 받아들여야 했다. 만해 한용운 14세, 단재 신채호 16세,
위당 정인보 13세, 벽초 홍명희 13세, 포석 조명희 14세, 민촌

---

* 서십자각: 경복궁 서쪽에 있던 망루로, 1923년 전차 부설 공사를 하면서 철거
되었다. 현재는 동쪽 망루, 즉 동십자각만 남아 있다.

이기영 13세, 빙허 현진건 16세, 월탄 박종화 17세, 심훈 17세, 소월 김정식 15세, 정지용 12세, 김영랑 14세, 계용묵 15세, 이산 김광섭 15세, 신석정 17세, 김기림 11세…. 심지어 안서 김억은 9세였고, 그때 아내 박씨는 15세였다.

심훈은 1917년에 두 살 위인 전주 이씨와 혼인했다. 장인 이건용은 순창 군수를 지내면서 최익현의 의병 부대를 진압한 경력이 있었다. 처남 이해승은 먼 친척인 왕족 이한용의 양자로 들어가 일제로부터 후작 작위까지 받은 친일파였다. 심훈은 이름도 없던 아내에게 이해영이란 이름을 지어주었다. 당자에게는 무엇보다 큰 선물이었을 것이다. 내친 김에 다시 완고한 양가 어른들을 설득해 아내로 하여금 진명여학교에 입학해 신교육을 받게 이끌었다. 그는 1920년 연말에 상하이로 유학을 떠나 아내에게 편지를 보냈다. 구구절절이 사랑이 흘러넘쳤다. 그러나 두 사람의 관계는 오래가지 못했다. 둘은 1924년에 이혼을 선택하고 만다. 자식이 없다는 것이 이유였지만, 심훈이 조혼의 굴레를 벗어나기 위한 것으로 짐작하는 사람들이 많았다. 심훈은 장편『직녀성』(1934)에서 자신의 경험을 바탕으로 봉건적 폐습에 대해 신랄하게 비판을 가했다.[4] 과천에 사는 선비 이한림은 아직 방울이라는 아명이 더 익숙한 열네 살짜리 막내딸을 제 죽마고우이자 왕가의 인척인 윤 자작네로 시집을 보낸다. 방울이는 서울 한복판 ○○궁 시집에 간 이튿날 꼭두새벽

142

부터 족두리를 쓴 채 시증조모로부터 시조모, 시부모에 이르기까지 문안 인사를 드리기 위해 별당으로 산정으로 부지런히 발품을 팔았다. 그러는 통에 아침밥은 점심때나 돼서야 겨우 뜨는 둥 마는 둥 할 정도였다. 특히 팔십이 넘어 반신불수인 시증조모에게 인숙은 품에 지니고 즐기는 노리개나 다름없었다. 매일같이 『옥루몽』이니 『사씨남정기』니를 읽어주는 것도 인숙의 몫이었다. 그래도 인숙은 어린 남편에게서 인숙이란 이름까지 얻으며 행복을 느낀다. 그러나 그건 아주 잠깐이었다. 사실 겉만 그럴싸했지 인숙의 시댁은 속으로 크게 곪아가고 있었다. 풍파와 우환이 끊이지 않았다. 허례와 허명 따위로 기울어가는 가세를 막을 도리는 없었다. 게다가 도쿄에 갔다가 바람이 나서 돌아온 남편의 난봉은 날이 갈수록 심해졌다. 그러다가 인숙은 남편에게 '강간'을 당해 몹쓸 성병까지 옮는다. 그리고 하필이면 그 한 번의 '관계'로 임신을 하게 된다.

인숙은 기어이 그런 시댁을 빠져나오고, 삯바느질로 생계를 꾸리면서도 자신의 꿈을 위해 당당히 학교에도 적을 올린다.

심훈은 또 다른 장편 소설 『불사조』(1931)[5]에서 서양에서 유학을 하고 온 바이올리니스트 김계훈의 입을 빌려서 아예 대놓고 말한다.

"열여섯에 무엇을 알았겠소? 제 지각이 나지 못한 미성년자에게 무슨 책임이 있단 말요. 그때는 우리 아버지 어머니가 며

심훈(심대섭).

느리를 얻은 것이지, 내가 장가를 든 것은 아니었소. 우리 부모
는 자기네의 잔잔한 심부름을 해주는 만만한 계집종이요 치장
거리로 혼인이란 이름 아래에 그 여자를 데려온 것이지 결혼하
는 당자들의 필요로 결혼시켜준 것은 아니오. 그러니까 오늘날
까지도 나는 나 자신의 결혼에 대해서는 책임과 의무를 지지
않는 것이오. 알아듣겠소?"

　김계훈은 고국에 연주회를 하러 와서도 아내를 한 번도 만나
지 않았다. 실은 결혼해서 아이까지 두었다는 사실을 독일에서
함께 온 애인 주리아에게 알리지 않았다가 그만 들통났던 것이

다. 주리아는 그의 요령부득의 변명에 단호히 고개를 젓고 떠나간다.

심훈은 1930년 신여성 안정옥과 재혼한다. 그때 그들의 신혼집은 평동(현 교남동)에 있었다. 두 사람은 잡지의 청탁을 받고 '신혼 공동 일기'라는 것을 써서 공개하기도 했다.[6] 거기에는 결혼하기 수일 전 심훈이 새 정혼자 앞에서 남보다 좀 복잡다단한 편이었다는 자신의 '속된 과거'를 청산하는 장면도 나온다. "C·O·K·R 등 나의 영혼을 들볶던 여러 여성에게 받아서 묶어두었던 러브레타 약 150통"이 화마를 피하지 못했다. 안정옥은 새빨간 불길 속에 재가 되어가는 편지들을 함께 지켜보면서 "온 것이 저만큼이나 되니까 간 것은 더 많겠지요?" 하고 입을 삐죽 내밀었다.

유진오는 14세인 경성제일고보 1학년 가을에 부부가 뭔지도 모르는 채 장가를 들었다. 그는 사인교를 탔고, 후행으로 가는 할아버지는 가마를 타고 먼동이 트기 전 화동집을 떠났다. 마치고개를 넘을 때 바람에 흔들리던 하얀 갈대꽃에 눈이 부셨다. 어스름 동이 틀 무렵 유리처럼 투명한 한강을 건넜다. 그리고 얼마 더 가자 산속에 갑자기 별궁만 한 기와집들이 주르륵 늘어선 동네가 나타났다. 조 대비의 친정이라 했는데, 그게 그의 처가였다. 그는 결혼 후 비로소 부부가 무엇인지 알게 되지만, 그때는 벌써 금슬 없는 부부가 되어버렸다. 조혼은 그에게

끝없는 번민을 가져다주었다. 그 번민은 1926년 처가 요절함으로써 끝이 난다.[7]

「암야」의 주인공 '그'는 「만세전」(1922)[8]의 이인화와 크게 다르지 않다. 제일 다른 점이 있다면 이인화는 이미 결혼한 몸이라는 점이다. 동경유학생 이인화는 아내가 병이 위중하다는 전갈을 받는다. 며칠에 걸쳐 어렵사리 서울에 도착했을 때, 날은 춥고 밤새 내린 눈은 한 자나 쌓였다. 그는 머릿속으로 아주 잠깐 아내의 가죽만 남은 얼굴을 떠올렸지만, 곧 대구에서 기차에 올라탔던 갸름하고 감숭한 얼굴의 어린 기생을 생각했다. 서울에 처음인 듯 무슨 불안을 호소하려는 듯한 눈길 때문이었다. 그러나 그는 이내 후회한다.

'그러나 이야기를 해보면 무얼 해! 어서어서 가고 스러질 것은 한시바삐 스러져야 할 것이다…'

그렇다. 이인화에게 서울은 "어서어서 가고 스러질 것은 한시바삐 스러져야 할" 어떤 곳에 지나지 않았다. 병든 아내도, 협잡꾼 김 의관에 휘둘려 쓸데없는 바깥출입만 하는 아버지도, 칼을 찬 훈도(교사)가 된 형도, 모두 스러져가는 서울의 또 다른 면면이었다. 게다가 그 서울은 이미 남의 땅이었다. 하관(시모노세키)에서부터 따라붙었던 '감시의 눈길'은 서울이라고 없어지지 않았다. 본정서에서 인계를 받고 온 순경은 관할 경찰서의 담당으로서 이제부터 떠날 때까지는 자기가 미행을 하겠다고, 대놓고, 그러나 친절한 목소리로 말한다.

"얼마 안 계실 테지요? 늘 쫓아다니지는 않겠습니다. 가끔가
끔 올 테니 그 대신에 문밖이나 시골을 가시거든 요 앞 교번소
로 통기를 좀 해주슈."

교번소란 예부터 순검이 일을 보던 조그마한 막사로 지금의
파출소에 해당한다. 서울 도처에 그런 교번소나 파출소가 수
두룩하게 있었다. 일본인으로 경성의 통감부에 근무했다가 퇴
임 후에는 조선연구회를 꾸렸고, 1917년부터는 경성신문사 사
장 겸 주필로도 활동했던 아오야기 쓰나타로는 『최근 경성 안
내기』(1915)라는 책에서 총독부의 경찰 제도가 주도면밀하고
빈틈이 없어서, "오래도록 암운이 감돌고 침체 상태를 벗어나
지 못했던 경성이 갑자기 만사가 확장되고 찬란한 광채를 발
산하고 있다"며 자랑스럽게 말한 바 있다. 실제로 1916년 무
렵 북촌을 관리하는 파출소만 열여덟 개가 있었으며, 이것과
는 별개로 파출소 숫자에 버금가는 헌병 주재소가 존재했다고
한다.[9]

며칠 후, 아내는 죽는다. 이인화는 아내를 선산이 아니라 공
동묘지에 묻는다. 선산에 대해 그는 아무런 미련도 없었다. 주
변 사람들이 선산을 지키는 데 마치 목숨을 걸 듯 날뛰면 날뛸
수록 그 시커먼 속들이 더 시커메졌다. 그런 선산이 대체 어떤

147

나라를 물려주었던가. 마침 관에서는 공동묘지령*을 발포했지만, 이인화의 결정은 그런 따위하고도 상관없었다. 조선에 닿는 순간부터 그는 새삼 깨달았다. 조선 사람이란 무엇에 써먹을 인종인지 모르겠다는 사실을! 그저 술을 마시며 찰나적 현실을 벗어나는 게 수였다. 아침에도 한 잔, 낮에도 한 잔, 저녁에도 한 잔, 있는 놈은 있어도 한 잔, 없는 놈은 없어도 한 잔…. 그들에게는 술잔만이 무엇보다 가치 있는 노력이다. 그들은 사는 게 아니라 산다는 사실에 질질 끌려가는 것이다. 'to live'가 아니라 'to compel to live'인 것이다. 어디로? 묘지로! 그럴 바에야 선산은 무슨 개뼈다귀 말뼈다귀란 말인가. 그런데도 조선 사람들은 죽어도 공동묘지에 들어갈까봐 안심하고 눈을 감지 못한다. 왜? 자기들이 사는 조선이, 서울이 무덤이기 때문이다.

'공동묘지다! 구더기가 우글우글하는 공동묘지다!'

공동묘지에 있으니까 공동묘지에 들어가기를 싫어하는 것이다. 모두가 구더기다. 너도 구더기, 나도 구더기…. 「만세전」이 처음 『신생활』지에 연재될 때 제목이 「묘지」였던 까닭도 여기에 있다.

이인화는 아내를 묻고 나서 곧 서울을 뜨려 한다. 떠나기 전,

---

* 1912년 6월 20일 조선 총독부가 공포한 「묘지 화장장 매장 및 화장 취체 규칙」. 토지의 효율적인 이용을 꾀한다는 명분이었지만 '가족 묘지' 또는 '문중 묘지'라는 오랜 관습을 전면 부정함으로써 당시 사회에 큰 충격을 안겼다.

그는 일본에서 가깝게 지내던 여급 정자에게 편지를 쓴다. 거기에도 서울은 마치 공동묘지와 같다고 썼다. 생활력을 잃은 백의의 민^族, 망량 같은 생명들이 준동하는 무덤!

이인화는 그러면서 아내의 죽음을 통해 제가 새삼 느낀 바를 장황하게 늘어놓았다. 아내는, 세상에서 가장 유정해야 할 남편으로서 자기가 세상에서 가장 무정하게 굴었는데도, "너 스스로를 구하여라! 너의 길을 스스로 개척하라!"는 교훈을 남겨주고 떠났다고, 이러니 자기는 이번에 와서 처를 잃고 가는 게 아니라 오히려 얻고 가는 셈이라고, 아내의 입장에서는 영원히 거듭 시집온 셈이라고도 썼다. 만일 아내가 그 말을 듣는다면 어찌 생각할지 같은 건 전혀 고려하지도 않았다. 그저 제 생각, 제 변명만 줄줄 늘어놓았다. 실로 장황했다. 마침 총성이 멎고 휴전 조약이 성립한 구주(유럽)의 대전(제1차 세계대전) 이야기까지 끄집어내며 새삼 일본에 있는 여급 정자의 슬픈 인생도 위로한다.

전 세계에는 신생의 서광이 가득하여졌습니다. 만일 전체의 알파와 오메가가 개체에 할 수 있으면 신생이라는 광영스러운 사실은 개인에게서 출발하여 개인에 종결하는 것이 아니겠습니까. 그러면 우리는 무엇보다도 새로운 생명이 약동하는 환희를 얻을 때까지 우리의 생활을 광명과 정도로 인도하십시다. 당신은 실연의 독배에 청춘의 모든 자랑과 모든 빛과 모든 힘을 무참하게도 빼앗겼다고 우시지 않았습니까. 그러나 오는 세계에는 그러한 한숨을 용납할 여지가 없겠지요…. 가슴을 훨씬 펴고 모든 생의 힘을 듬뿍이 받으소서.

물론 이렇게 쓰면서 이인화는 그 신생의 힘이 이제 다시 홀몸이 된 제게도 담뿍이 미치기를 기원했을 것이다. 하지만 서울은 세계사의 주류에서 벗어나도 한참 벗어나 있었다.

정작 「만세전」의 작가 염상섭은 조혼은커녕 1929년 무려 서른셋 나이에 결혼해 장안을 깜짝 놀라게 만들었다.

11

신여성,
서울에 나타나다

박완서의 단편 「엄마의 말뚝 1」(1980)[1]에서 '엄마'는 아버지가 죽은 후 큰 결단을 내린다. 시댁의 반대를 무릅쓰고 두 아이, 즉 '나'와 오빠를 서울로 데려가 공부시키기로 한 것이다. 곡절은 있었지만 아들의 공부를 내세운 엄마가 이겨 오빠를 먼저 서울로 보낼 수 있었다. 엄마는 이제 나까지 데리러 온다. 할머니는 다시 반대한다. 하나 남은 아이마저 데려가면 두 노인이 무슨 낙으로 사느냐며 달래기도 한다. 엄마는 단호하다. 학교 때문에라도 서울로 가야 한다고 주장한다. 할머니는 깜짝 놀란다. 계집애를 학교에 보낸다는 말을 이해하지 못하는 것이다. 엄마는 물러서지 않는다. 그러면서 낙원과 다를 바 없는 시골집을 떠나려 하지 않는 나의 마음을 돌리기 위해 수를 쓴다. 머리를 빗겨 준다고 하면서 쌍동 잘라버렸던 것이다. 엄마는 놀라 울지도 못하는 나의 귓속에 대고 이렇게 달랬다.

"좀 좋으냐, 가뜬하고, 보기 좋고, 빗기 좋고, 감기 좋고…. 머리 꼬랑이 땋은 채 서울 가봐라. 서울 아이들이 시골뜨기라고 놀려. 학교도 아마 못 갈걸. 서울 아이들은 다 이렇게 단발머리 하고 가방 메고 학교 다닌단다. 너도 서울 가서 학교 가야 돼.

학교 나와서 신여성이 돼야 돼. 알았지?"

나는 당연히 '신여성'이 무엇인지 몰랐다. 그런데도 엄마는 개성역에서 서울까지 기차를 타고 가면서 거듭 그 낱말을 입에 올렸다.

"신여성은 서울만 산다고 되는 게 아니라 공부를 많이 해야 되는 거란다. 신여성이 되면 머리도 엄마처럼 이렇게 쪽을 찌는 대신 히사시까미로 빗어야 하고, 옷도 종아리가 나오는 까만 통치마를 입고 뾰죽구두 신고 한도바꾸 들고 다닌단다."

이쯤에서 분명히 드러나는 바이지만 신여성은 실상 평생을 가부장제의 굴레 속에서 산 엄마의 꿈이자 욕망이기도 했던 것이다.

조선 총독부는 1911년과 1922년 두 차례에 걸쳐 조선교육령을 발포하고 교육 제도를 정비했다. 그 기본적인 방향은 되도록 고보 증설을 억제하고, 내용도 실업 교육 위주로 한다는 것이었다. 이는 일본의 중학교가 상급 학교 진학을 목표로 하는 중간 단계로 설정되어 있고, 그 내용도 인문 교육 중심으로 짜인 것과 전혀 달랐다. 예컨대 일본인 학생은 6년제 소학교를 거쳐 5년제 중학교에 진학한 반면, 조선인 학생은 4년제 보통학교를 거쳐 4년제 고등보통학교(고보)를 다녔다. 이 때문에 고등보통학교는 사실상 제대로 된 중등 교육이 아니라 초등 교육의 연장에 불과했다. 실제로 고등보통학교 1~2학년 때 일본 본

수학 문제를 푸는 이화학당 학생들.

토의 소학교 5~6학년 학생들이 배우는 내용을 배우기도 했다.
물론 3·1 운동 이후 1922년 제2차 조선교육령 개편 당시 보통
학교의 수업 연한이 6년으로, 고등보통학교는 5년으로 늘어나
차별이 완화되었으나 완전히 시정된 건 아니었다. 일제의 교육
정책은 한마디로 조선인의 교육을 어떻게든 낮은 단계에 묶어
두려는 교활한 수작에 지나지 않았다. 이런 상황에서 특히 여
자 교육은 더 불리한 조건을 감수해야 했다. 1920년대 중반까

지 조선 총독부가 인정한 여성 중등 교육 기관은 1910년대에 여자 고보로 개편한 여덟 개 사립 여학교와 두 개의 공립 여고 보가 전부였다. 그렇더라도 신식 교육을 받는 여학생의 수는 꾸준히 늘어났다. 1912년에 고작 116명이던 여자 고보 학생 수는 1920년에 1,000명을 넘었고, 7년 뒤인 1927년에는 2,000 명을 넘어선다. 그중 상당수 학교는 서울에 있었다. 1924년의 경우 조선의 여학생 총수가 2,795명인데, 거의 70퍼센트에 달하는 1,935명이 서울의 여학생이었다.[2] 신여성이라는 용어가 비단 학생들만 칭하는 건 아니었지만, 이들이 가장 중요한 구성원이었음은 사실이다. 이들이 졸업해서 다시 도시의 사무직이나 서비스 직종에 종사하기 때문이다. 그런 만큼 서울은 신여성의 가장 중요한 등장 무대이기도 했다.

신여성의 범위를 아무리 넓게 잡아도 실제로 그들이 전체 인구 구성에서 차지하는 비중은 미미했다. 그럼에도 불구하고 그들을 둘러싼 '담론'은 끊이지 않았다. 다른 어떤 화제 이상으로 파급력도 강했다. 한편에서는 부러움의 시선을 던지는가 하면, 한편에서는 멸시의 시선을 던졌다. 그들이 가는 곳에는 늘 이런 상반된 시선이 교차했다. 기본적으로는 '관음觀淫'의 그것이었다. 많은 신여성은 자신의 의사와 상관없이 오직 추문의 주인공으로 함부로 소비되는 일이 흔했다. 의사나 간호사, 교사, 혹은 작가나 화가처럼 극히 적은 수의 전문직 여성이라고 크게 다르지 않았다. 그들 역시 재미있는 '스캔들'이 될 때에만 존재를 인정받는 경우가 허다했다. 그것을 거부할 때는 다시 불쾌한, 심지어 참혹한 낙인이 찍히기도 했다.

백화점의 '엘레베타 걸'이나 판매를 담당하는 이른바 '쇼프걸'은 조선인에게는 기회조차 거의 주어지지 않았던 타이피스트*와 마찬가지로 당연히 전문직 신여성이었다. 여학교 졸업자는 물론이고 외국 유학생까지 구름처럼 지원할 정도였다. 그럼에도 선발 기준은 철저히 '미모'였다. 심훈의 장편 『영원의 미소』(1933~1934)에는 이미 문사로 활동하던 한 신여성이 생활고에 못 이겨 백화점 판매원으로 들어가자 벌어지는 소동이 생생하게 그려지고 있다.

"최계숙이가 ○○백화점에 나왔다더라."

"화장품부에서 물건을 판다더라."

발 없는 말이 쫙 퍼지자 계숙이가 저의 살붙이나 되는 듯이 "그 계집애두 버렸군" 하고 혀를 끌끌 차는 사람도 있고, "흥, 너두 배가 고프던 게로구나" 하고 빈정대는 사람도 있었다. 그것은 계숙을 동지라고 불러오던 사람들의 뒷공론이었다. 그밖에도 신문이나 잡지에서 계숙의 이름을 보고

---

* 1930년 무렵의 한 조사에 따르면 서울의 여성 타이피스트 51명 전원이 일본인이었다.

신여성을 희화화한 만평들.

뜬소문만 들은 축들까지 "어디 한번 가서 놀려나볼까" 하고 뒤를 이어 ○○백화점으로 모여들었다.

그래서 계숙은 얼마 동안 곡마단에 팔려다니는 계집애 모양으로 큰길거리 진열장 앞에 나서서 구경거리 노릇을 하였다. 계숙의 앞으로 등 뒤로 비슬비슬 돌아다니면서 곁눈으로 여자의 얼굴을 도둑질해 보는 일없는 인간들은 대개 좋게나 나쁘게나 계숙에 대한 예비 지식을 가지고 온 사람이었다.

'직업은 신성하다. 내 육신을 놀려서 밥을 벌어먹는데 어째서 부끄럽단 말이냐.'

하고 비상한 용기를 내어 병식이와 여러 동무들의 반대를 무릅쓰고 나서기는 했건만, 계숙이가 아무리 활발해도 여자의 마음이라, 처음 들어가서 사나흘 동안은 얼굴이 잘 들리지 않았다. 푸르둥둥한 사무복을 어색하게 입고 뭇 사나이 앞에 나서기가 서먹서먹하였다. 학교에 다닐 때에 지각을 하고 교실에 들어설 때처럼 모든 사람의 눈총이 일제히 제 얼굴만 쏘는 것 같아서 고개를 쳐들 수가 없었다. 더구나 저와 교제를 해오던 여러 종류의 남자들이 일부러 제 꼴을 구경하기 위해서 찾아와서는 된 소리 안된 소리 지껄이고 갈 때에는, 속이 상하는 것은 둘째요, 다른 점원들 보기에도 몹시 겸연쩍었다.

'참말 내가 마네킹 걸이 되구 말았고나.'

하는 자포자기에 가까운 한숨까지 지었다.[3]

신여성이 세간에서 얼마나 큰 관음의 대상이 되었는지를 보여주는 장면이다. 그러나 현실에서는 그 이상의 일도 얼마든지 가능했다.

조선 문단 최초의 여성 작가로 기록되는 김명순은 일본에 유학을 갔다가 1915년 일본 육사 출신 조선인 이응준* 소위에게 성폭행을 당한다. 그녀는 자살을 기도했다가 살아난다. 놀랍게도 그런 사실이 고스란히 신문지상을 통해 밝혀졌고, 이후 그녀가 작가 생활을 할 때에도 꼬리표처럼 따라다녔다. 실제로 김명순은 1917년 이광수가 「의심의 소녀」를 처음 등단작으로 선정하면서 "교훈적이라는 구투를 완전히 탈각한 소설"이라는 평가를 내릴 만큼 작가적 재능이 있었지만, 그 뒤로는 온전히 그 문학성으로 평가받는 적이 거의 없었다. 심지어 1921년 천도교가 발행한 종합 잡지 『개벽』은 그녀를 "혼인날 신랑이 세넷씩 달려들까봐 독신 생활을 하게 된 독신주의자"에 "피임법을 알려는 독신주의자"라고 조롱할 정도였다.

그런 만큼 서울은 당연히 어두운 그늘 같은 이미지로만 그녀

* 이응준은 일본군 대좌로 복무하다 창씨명 가야마 다케토시(香山武俊)로 해방을 맞고, 정부 수립과 동시에 대한민국의 초대 육군 참모총장이 되었다.

를 에워쌌다.

　그녀가 쓴 한 소설의 주인공 남숙은 가회동 취운정 근처에 있던 경성도서관에서 공부하다가 돌아왔는데 가슴이 답답했다. 지난밤의 꿈 때문이었다. 그녀는 해몽을 부탁하기 위해 필운동 정희철의 집에까지 간다. 사실 그녀는 유부남인 Y를 혼자서 짝사랑하는 처지였던 것이다. 마침 달도 없는 그믐이라 길은 몹시 어둡다. 지나가던 전문학교 사내들은 남숙을 보고 길 잃은 양 같다느니 놀랄 만치 아름답다느니 몸매가 곱다느니 희롱의 말을 던진다. 어릴 때부터 늘 들어오던 남자들의 그따위 불쾌한 시선과 희롱은 조금도 달라지지 않았다. 그녀는 고향인 평양에서 학교 다닐 때에도 오고 가는 길이 자유롭지 못했다고, 공연히 사람들이 발길을 멈추고 자기가 가는 길을 막은 일도 드물지 않았다고 회상한다.

　남숙은 불쾌한 기분을 속으로 누른 채 안국동 네거리를 지나 경복궁을 향해 바삐 걸음을 옮긴다.

　남숙은 그 자신이 불 비친 앞에 경복궁 앞에 이른 것을 알았다. 봄날 밤안개에 엉크러진 캄캄한 어두움을 둥그런 전등들이 몽롱히 깨물고 느리게 오고 가는 전차들을 겨우 뵈였다.

　"거치른 서울아. 왜 이리 어두운고. 사람이 안 사는 것이 아

닌데 생각 없는 마음이 아닌데 왜 이리 캄캄하냐. 네 어두
움을 밝힐 도리가 없느냐" 하고 남숙은 생각할 때 그 눈에
눈물이 맺히는 것을 깨닫고 돌아설까 앞으로 갈까 하고 망
설거렸다.[4]

김명순에게 서울은 이토록 어둡고 거칠었다. 염상섭의 무덤
과 다를 바 없었다.

1924년 팔봉 김기진은 김명순에게 보내는 '공개장'이라는
형식의 무지막지한 평문[5]에서 "하여간 여성이고 남성이고 간
에 이성을 너무 많이 안다는 것은 그의 성격을 위해서든지 또
무슨 다른 점을 위하여서든지 간에 대단히 좋지 못한 원인이
된다. 나는 성욕적 생활에 무절조하다느니보다도 방종하게 지
내던 사람으로 훌륭한 사람을 본 경험이 없다. 말하자면 그(김
명순—인용자)는 어떤 편이냐 하면 무절조하였던 편이다. 헌 누
더기 같은 말을 길게 쓸 필요는 없고 다만 그와 같은 원인이 있
기 때문에 그의 성격은 방종하여졌다는 말만 하여 둔다"고 쓴
다. 그건 지극히 비겁한 인격 살인의 매문賣文이었고, 스스로 밝
혔듯 "헌 누더기 같은 말"이었다.

마음 여린 김명순으로서는 기어이 '유언'을 쓰는 수밖에 다
른 도리가 없었다.

조선아 내가 너를 영결할 때

개천가에 고꾸라졌던지 들에 피 뽑았던지

죽은 시체에게라도 더 학대해다오.

그래도 부족하거든

이다음에 나 같은 사람이 나더라도

할 수만 있는 대로 또 학대해 보아라.

그러면 서로 미워하는 우리는 영영 작별된다.

이 사나운 곳아 사나운 곳아.

—「유언」(1924)

1896년생 동갑내기 신여성 나혜석의 선택과 대응은 전혀 달랐다.

도쿄에서 미술 공부를 하고 돌아온 나혜석은 3·1 운동으로 옥고를 치르고 나와 곧 교토제대 출신 변호사 김우영과 서울 정동예배당에서 결혼했다. 둘은 같은 날 『동아일보』에 청첩장을 냈고, 신문에서도 그들의 결혼 소식을 사진과 함께 실었다. 두 사람의 결혼은 장안의 화제였다.

두 사람은 신혼여행 대신 전남 고흥을 찾아갔다. 나혜석의 옛 애인 최승구가 1916년에 결핵으로 죽었는데 그 묘가 고향인 고흥에 있었던 것이다. 신혼부부는 그곳에 비석을 세워주고 돌아왔다. 그들은 경성부 숭이동에서 시어머니와 함께 1년

1920년 4월 10일,
서울 정동제일교회에서 열린
나혜석과 김우영의 결혼식.

간 함께 살았다. 나혜석은 여름에 임신 때문에 초조감이 생기
자 일본으로 건너가 두 달간 따로 생활했다. 그녀는 그때가 가
장 알차게 공부한 시기였다고 회고한다. 1921년 4월 나혜석은
첫딸 김나열을 낳았다. 김우영과 나혜석의 기쁨열.悅이라는 뜻이
었다. 그러나 정작 나혜석은 어머니가 되는 길이 얼마나 끔찍
했는지 솔직히 밝히는 글을 발표해 세상을 또 한 번 놀라게 만
들었다.[6] 예를 들어 임신을 하자 "아아, 기쁘기는커녕 수심에

싸일 뿐이오, 우습기는커녕 부적부적 가슴을 태울 뿐이었다"고 하면서 감언이설로 "너 아니면 죽겠다"고 해 결국 제 성욕을 채운 남편이 원망스럽다고 썼다. 아직 젊은 나이에 할 일도 많고 하고 싶은 일도 많은데 갑자기 임신을 하게 되어 실로 앞이 캄캄해 하염없이 눈물을 흘렸다고도 썼다. 너무나 억울하다고 썼다. 나혜석은 분만 시기가 다가오자 자신이 과연 한 생명의 모가 될 자격이 있는지 불안해졌다. 마치 자식에게 죄를 짓는 것 같았고, 또 인류에게 면목이 없었다. 포태 중에 웃고 즐겁게 지내기는커녕 항상 울고 슬퍼했다. 그렇게 온갖 못된 태교만 했으니 자식이 어찌 온전하게 나오기를 바랄 수 있는가 싶을 정도였다. 그리고 분만 당일, 그녀는 세상에 그처럼 고통스러운 경험은 난생 처음이었다는 사실을 만천하에 샅샅이 까발렸다.

어머님 나 죽겠소
여보 그대 나 살려주오
내 심히 애걸하니
옆에 팔짱끼고 섰던 부군
"참으시오" 하는 말에
"이놈아 듣기 싫다"
내 악 쓰고 통곡하니
이내 몸 어이타가

이다지 되었던고

나혜석은 그렇게 낳은 아이를 젖 먹여 키우노라 또 비몽사몽 정신이 없었다. 그리하여 잠까지 앗아가는 자식이란 "모체의 살점을 떼어가는 악마"라고 정의 내린다.

그런 나혜석이지만 결혼 전 쓴 소설 「경희」(1918)에서는 보수적인 사회의 눈치를 보지 않을 수 없는 젊은 여자 유학생의 모습을 그려냈다. 주인공 경희는 여름 방학을 맞이해 집에 돌아오니까 벌써 주변에서 쑤군거리는 소리가 귀를 아프게 한다. 사돈집에서도 그러니 더욱 신경이 쓰인다. 대관절 계집애를 멀리 동경까지 보내서 공부를 시키면 어쩌자는 것인지 힐난하는 것이다.

경희의 입술은 간질간질했다. 실제로 아버지에게만큼은 벌벌 떨면서도 먹고만 살다 죽으면 그건 금수라고 말했고, 조상이 벌어놓은 밥을 그대로 받아먹는 남편의 밥을 또 그대로 얻어먹는 건 "우리 집 개나 일반"이라고도 말한다. 소설 말미에 경희는 조선 사회 최초일 저 유명한 인간 선언을 하게 된다.

경희도 사람이다. 그다음에는 여자다. 그러면 여자라는 것보다 먼저 사람이다. 또 조선 사회의 여자보다 먼저 우주 안 전 인류의 여성이다. 이철원 김부인의 딸보다 먼저 하

165

나님의 딸이다. 여하튼 두말 할 것 없이 사람의 형상이다. 그 형상은 잠깐 들씌운 가죽뿐 아니라 내장의 구조도 확실히 금수가 아니라 사람이다.

오냐, 사람이다. 사람으로 보이지 않는 험한 길을 찾지 않으면 누구더러 찾으라 하리! 산정에 올라서서 내려다보는 것도 사람이 할 것이다. 오냐, 이 팔은 무엇 하자는 팔이고 이 다리는 어디 쓰자는 다리냐?

경희는 두 팔을 번쩍 들었다. 두 다리로 껑충 뛰었다.

그러나 나혜석의 소설 속 그 경희는 현실의 나혜석을 뛰어넘지 못했다. 오히려 남에게 싫은 소리를 듣지 않으려고 잠도 줄여가며 더 열심히 집안일을 챙기는 모습까지 보인다.

현실의 나혜석은 어떠했는가. 그녀는 훗날 최린과 불륜 관계를 맺는 바람에 김우영과 이혼을 하게 되자 충격적인 정조론을 발표해 세상을 다시 한 번 경악에 빠뜨린다. 그녀는 "조선 남성 심사는 이상하외다. 자기는 정조 관념이 없으면서 처에게나 일반 여성에게 정조를 요구하고 또 남의 정조를 빼앗으려" 한다며 통렬히 비판한다.

조선의 역사에서 여성의 목소리가 그토록 당당했던 적은 거의 없었다.

166

12

경복궁, 폐도廢都의
치욕과 분노

．

김기진은 유난히 감상적이
다. 제 가슴속을 격정적으로, 과장된 어조로 드러내기를 주저
하지 않는다. 도쿄 유학을 간 그는 1923년 여름 방학을 맞이해
귀국했는데, 그의 눈에 비친 서울은 이미 멀리서 그리던 옛 서
울이 아니었다. 서울의 봄은 온데간데없다. 여름의 서울은 푹푹
찌는 증열蒸熱의 도가니다. 무엇보다 그에게도 역시 서울은 독
가비(도깨비)의 세상이었다.[1]

오고 가는 도깨비가 얼마나 많으냐. 꿈적거리는 도깨비가
얼마나 많으냐. 중얼대는 도깨비가 얼마나 많으냐. 오막살
이도 도깨비가 점령하고 있다. 학교도 도깨비가 점령하고
있다. 큼직큼직한 벽돌집도 도깨비가 점령하고 한길도 도
깨비가 점령하고 있다. 모든 것이 모든 것이 도깨비의 춤
에서 놀고 있다. 아래 동아리는 보이지 않는 허섭스레기
도깨비다. 활자 위에도 도깨비가 뛰놀고 종이 위에도 도깨
비가 뛰논다.
서울은 도깨비의 세상이다. 조선이 도깨비의 세상이다.

그 도깨비의 조선, 도깨비의 서울에서는 모든 것이 잠을 잔다. 어디든지 마을이나 동네나, 마차 속에나 수레 속에나 밤이나 낮이나 앉았으나 섰으나, 장사치나 관리나 파수 보는 병정이나, 동지섣달이든지 5~6월 삼복중이든지 모두 서서 졸고 있다. 재판하는 놈도 졸고 있고, 재판당하는 놈도 졸고 있다. 염상섭이 구더기 들끓는 무덤 같은 서울에서는 모든 사람이 죄 아침부터 밤늦게까지 술을 먹고 해롱거린다고 봤다면, 김기진은 눈을 뜨고 있어도 죄 졸고 있는 사람들을 보는 것이다.

그런 서울도 태양 아래서는 휘황찬란했다.

일제는 식민 정책의 성과를 자랑하기 위해 수시로 공진회니 품평회니 박람회니 하는 대규모 행사를 열었다. 1915년 9월 11일부터 10월 30일까지 경복궁에서 연 조선물산공진회라든지 1929년 9월 12일부터 10월 31일까지 역시 같은 장소에서 연 조선박람회가 대표적이다. 그때마다 시정* 5년 기념, 시정 20년 기념 따위 명분을 내걸었다.

또 그때마다 경복궁이 난장판이 되었다.[2] 근정전, 교태전, 경회루 등을 공산품은 물론 땅과 바다와 하늘에서 나는 온갖 자

---

* 시정: 한자로는 정치를 시작한다는 시정(始政)과 정치를 베푼다는 시정(施政)이 함께 쓰였다. 전자는 한일 병합이 이뤄진 날이 1910년 8월 29일이지만, 실제 총독부가 들어서서 이른바 '정치'를 시작한 게 10월 1일이기 때문에 이날을 시정 기념일로 따진다.

조선 총독부 시정 5주년 기념
조선물산공진회(1915) 당시
경성협찬회가 제작, 배포한 기념엽서.

조선 총독부 시정 25주년 기념
조선산업박람회(1935).

연물의 전시장으로 삼았다. 근정전 앞마당에는 고래 뼈도 전시했다. 소, 닭, 돼지도 당연히 전시 품목에 들어갔으니 각종 축사까지 지었다. 심지어 필요에 따라 경복궁의 기존 건물을 제멋대로 헐고 부수고 세우고 짓고 돌려세우곤 했다. 철거를 피하지 못한 유물들이나 건축물의 자재 따위는 일본의 절이나 부유층의 정원으로 팔려나갔다. 매점과 음식점이 곳곳에 들어섰다. 공중에서는 곡예비행이, 땅에서는 곡예와 마술 공연, 그리고 당시 유일한 연예인이랄 수 있던 기생들의 춤과 무용 공연이 이어졌다. 낮에는 가장행렬이, 밤에는 광화문에 전등을 달아 손님을 유혹하는 것으로도 모자라 폭죽이 터지고 불꽃놀이가 열려 사람들의 혼을 빼앗았다.

조선 총독부는 공진회를 식민 통치의 정당성을 과시하는 주요한 이벤트로 구상했다. 이를 위해서는 우선 가장 눈에 띄는 인프라로서 주요 도로의 개보수가 필요했다. 1912년에 확정된 경성의 시구市區 개수改修 계획 역시 이를 염두에 둔 것이었다. 조선은 원래 도성의 방비라는 측면과 함께 풍수지리와 음양오행설에 입각해 도시를 건설했다. 예컨대 서울의 경우 주요 도로들이 오늘날처럼 서로 교차하는 법이 거의 없는 것도 이 때문이었다. 명당 앞으로 들어오는 도로는 곡선이어야 한다며, 작은 길이든 산맥이든 직선으로 들어오는 것을 꺼렸다. 또 대로 앞에 교차로가 있거나 우물 정井자형 길이 나는 것도 흉하다고 여겼다.[3] 하지만 일제는 과거를 해석하는 데 오직 '문명'의 프리즘만을 사용했다. 그리고 문명은 거칠 것 없는 직선으로 간주되었다. 육조 대로(혹은 육조 앞길)는 이제 태평통이라는 새 이름을 달고 황토마루(현 세종로 일대)를 거쳐 남대문까지 일직선으로 이어지고, 거기서 다시 남대문 정거장까지, 거기서 다시 일직선으로 조선 주둔 일본군 사령부가 있는 용산까지 뻗어나간다. 그것이 식민지를 구성하는 문명의 방식이었다. 경성부의 주요 도로망이 사통오달과 정정유조[*]의 기조 아래 바둑판처럼 격자형으로 구축되었던 것도 총독부의 이러한 '철학'을 반영한다.[4]

공진회가 닥쳐오자 서울은 일대 공사판으로 바뀌었다. 서울의 관문인 남대문 정거장에서 도심부를 잇는다는 상징성이 큰 남대문–남대문정거장 구간 공사를 시작으로, 태평통, 남대문통, 돈화문통의 개보수가 속전속결로 이루어졌다. 1914년 7월에는 일명 서대문통이라고 불린, 경희궁 앞에서 독립문통(현 의주로)에 이르는 구간의 간선 도로를 착공했다. 이때 총독부는 비용이 많이 든다는 이유로 서대문 철거를 강행했다. 그리하여 공진회가 열리기 직전의 초여름, 옛 한양의 유서 깊은 서대문은 흔적도 없이 사라졌다.

---

[*] 정정유조(井井有條): 질서정연하다는 뜻. 중국의 옛 토지 제도인 정전제에서 토지를 우물 정 자처럼 9등분한 데서 쓴 말.

1923년 10월에는 조선부업품공진회를 열었다. 이때 광화문을 지키고 서 있던 해태가 사라졌다. 때마침 일본에서는 관동대지진(9월 1일)이 일어났고, 그 와중에서 조선인들이 무자비하게 학살당했다. 김기진은 여름 방학을 맞이해 돌아와 있어서 참상을 피할 수 있었다. 그래도 그의 귀에는 억울하게 희생당

서대문(돈의문) 앞을 지나는 전차.
그러나 조선물산공진회(1915)를 앞두고 전격 철거된다.

한 조선인 동포들의 비명이 파고들었다. 그 통곡은 해태의 것
이기도 했다. 그는 대지진의 피해 조선인들을 위해 공개적으로
울 수는 없는 처지였다. 대신 해태를 위해 또 울었다.

아아, 해태는 어디로 갔느냐. 해태는 울고 있다. 남모르게

174

어느 구석에서 햇볕도 보지 못하고, 침침한 그늘에서 목을 놓고 울고 있을 것이다. 가을이 깊어가자 해태의 울음이 사방에서 들리어온다. 남산에서도 들리어온다. 북악산에서도 들리어온다. 전 조선이 해태의 울음으로 가득히 채워졌구나![5]

나중에 그 해태의 행방을 찾아냈다.『동아일보』1925년 9월 15일자 기사는 마침내 새로 지은 총독부 서편 담장 밑에서 "무슨 하늘도 못 볼 큰 죄나 지은 것처럼 거적저리를 둘러쓰고 고개를 돌이켜 우는 듯 악쓰는 듯 반기는 듯 원망하는 듯한 해태를 발견하고 가슴이 뜨끔하였습니다"라고 적고 있다. 알고 보니 공진회 개막에 발맞춰 개통된 전차와 관람객의 동선에 방해된다는 이유로 제멋대로 철거한 것이었다. 말하자면 거적때기에 덮여 궁궐 한구석에 아무렇게나 내팽개친 해태의 초라한 몰골이 식민지 조선의 민낯이었다. 그때 또 광화문에서 영추문까지 이어지는 전차 노선을 확보해 관람의 편의를 도모한다는 명목으로 서쪽 모서리에 서 있던 서십자각과 그 주위 광장을 허물었다.

반면, 조선 총독부의 의도는 적중했다. 공진회가 열릴 때마다 서울은 물론 삼천리가 들썩거렸다. 1915년의 첫 번째 공진회부터 각 언론을 통해 홍보하고 전국의 읍면 단위로 단체 관

사라지기 전 광화문 앞의 해태상.
바로 뒤 건물은 조선물산공진회(1915)를 위해 세운 매표소다.

람도 유도해, 총 50일간 무려 116만 명에 이르는 관람객이 행
사장을 찾았다. 덩달아 장충단 앞 신마치 유곽도 30만 원을 버
는 등 전에 없는 호황을 누렸다. 1929년에는 내지(일본)에서
도 적극적으로 참여했다. 도쿄, 오사카, 나고야, 사할린, 홋카이
도, 규슈 등지에서 전시관을 열었고, 심지어 일본 육군과 해군
도 독립적인 전시관을 세웠다. 요즘 같으면 놀이공원에서나 볼
수 있는 각종 놀이 기구가 남녀노소 손님들의 발길을 잡아끌었

다. 그 결과 구름처럼 인파가 몰려들어, 관람객 연인원은 140만 명에 이르렀다. 이때도 역시 신마치 유곽과 그 옆 조선인 유곽의 창기 562명이 82만 7,370원 37전을 벌었는데, 평소보다 두세 배의 이익을 얻어 돈벼락을 맞았다는 소리가 공공연히 흘러나올 정도였다.[6] 이런 공진회나 박람회가 조선의 경제에 긍정적 영향을 미친다고도 선전했지만, 실제로는 신마치 유곽을 제외하면 본정통의 일본계 백화점들이나 떼돈을 벌었다. 매상이 평상시에 비해 50퍼센트나 올랐다는 보도도 있었다.

계용묵의 단편 「인두지주」(1928)는 S시에서 열린 산업 박람회를 배경으로 한다. 거기서도 구경이라면 머리를 동이고 달려드는 사람들로 너른 터전이 인산인해를 이룬다는 묘사로 첫 장면을 시작한다. 각처에서 마술단이니 연극단이니 죄 모여들어 그런 놀음놀이가 따로 없었다. 지게꾼 경수는 이날 혹시 무슨 벌이가 있을까 해서 광장을 빙빙 돌다가 허탕을 치고 그만 발길을 돌리려 했다. 그때 홀연 "사람 거미"를 외치는 소리가 들려와 그의 발목을 잡아챘다.

"자— 구경하시요! 5전씩. 남양 인도산 사람 거미—대가리에 거미 몸뚱이란 이상한 짐승이올씨다…."

경수는 호기심에 돈을 내고 안으로 들어갔다. 과연 사람 거미였다. 함께 들어간 관객들 중에서 어떤 여자는 그것이 제게 달려드는 시늉을 하자 혼겁을 하고 뒷걸음질을 쳤다. 다들 재미있다는 듯 폭소를 터뜨렸다. 경수는 아무래도 미심쩍은 생각이 들어 사람 거미에게 나이를 물어보았다. 괴물은 머리를 가로저었다. 그러더니 한참이나 경수의 얼굴을 뚫어져라 쳐다보는 거였다. 마침내 그 눈에서 눈물이 펑펑 쏟아졌다.

사람 거미는 놀랍게도 경수의 고향 친구 창오였다. 그는 가난하지만 성실하게 살았는데 목구멍에 풀칠하기도 어렵게 되자 일본으로 건너갔다. 그런데 하필이면 관동 대지진을 만나 죽다 살아났다. ○○서에서 한 달여를 있다가 풀려나서는 도쿄라면 진저리도 나고 먹고는 살아야 해서 이번에는 탄광으로 가 광부가 되었다. 하지만 거기서 굴이 무너지는 바람에 두 다리를 잃고 앉은뱅이가 되고 말았다. 이태 만에 겨우 조선에 돌아온 그는 함께 사고를 당한 동무와 함께 먹고살 궁리를 한 결과 거미 탈을 뒤집어쓰고 사람 거미 흉내를 내게 되었던 것이다.

염상섭은 1929년 가을의 조선박람회를 구경했다.[7] 처음엔 초청을 받은 것도 아니고, 신문 기사를 쓰러 간 것도 아니었다. 평생 호기심이 없는 터였지만, 그 박람회만큼은 소설가로서 꼭 봐두어야 할 것 같아서 애써 마음을 다잡고 집을 나섰다. 경복궁 앞 육조 거리는 벌써 인산인해였다. 도무지 제대로 줄을 서서는 안으로 끼어들 엄두조차 나지 않았다. 인사동 도서관으로 발길을 돌렸다. 경성도서관은 원래 남미창정(현 남창동)에 있었는데, 1919년 경영난으로 폐관했다. 폐관 당시 장서 수가 1만

6,000권에 달했다. 그 대부분이 1920년 취운정의 새 도서관으로 계승되었다. 경성도서관은 이후 그곳을 분관으로 두고, 탑골공원 옆 옛 한국군악대 부지에 신축 건물을 지어 본관으로 사용했다. 분관은 1923년 7월 폐관되었고, 본관 역시 재정난을 견디지 못해 1926년에 경성부에 양도해 경성부립도서관 종로 분관이 되었다. 염상섭이 찾아간 게 바로 그 도서관이었다. 그는 아수라판에도 고요히 독서에 매진하는 학생들의 모습이 흐뭇했다고 감회를 적었다.

염상섭은 오후에 다시 출입을 시도했다. 이번에는 신문사에 가서 취재 명목으로 배지를 얻어 단 덕분에 수월하게 들어갈 수 있었다. 일금 400만 원의 박람회를 단돈 너 푼도 안 들이고 구경하는 주제였지만, 첫눈에 들어오느니 오직 '추악醜惡'이었다. 문루부터 조선의 그것이 아니었고 조선 사람의 솜씨가 아니었다. 부아가 치밀었다.

조선의 건축이 사벽을 둘러싼 동십자각같이 원체 숨도 못 쉬게 된 것은 오늘에 비롯한 일이 아니지마는, 이왕이면 4백만 원이나 들였고 이름이 조선박람회라면야 좀 조선 맛을 낼 요량도 있어야 할 것이 아닌가. 동십자각을 싸서 가두고 개칠한 광화문을 봉쇄하면서 기껏 솜씨가 그뿐이라는 것은 자다가 생각을 하여보아도 딱한 일이다. 여편네가 석판 인쇄소에 가서 색지를 사다가 반짇고리를 바르듯이 처덕처덕 발라놓고 가라사대 조선식 건물, 조선 맛, 조선 솜씨라서야 조선인 된 놈의 낯짝도 낯짝이지! 4백만 원이 어느 구멍에서 나왔는가? 어차어피에 우리 주머니에서 나온 것이다. 남의 돈 맡아서 세간살이를 하여 주거든 그집 가풍에 따라서나 하여주어야 할 일이 아닌가. 돈은 돈대로 쓰이우고 주인의 체면은 뚱친 막대기를 만들어주면야 잔소리하는 사람이 심하다고는 못할 테지!

원체 박람회니 공진회니 하는 것은 모두 그 뻔세인지는 모르겠지만 조선 것을 하나씩이라도 없애는 회가 아닌가? 연전의 부업 공진회 때는 '해태'를 집어치우고 광화문 앞 돌층계와 돌난간을 없애버리더니, 이번에는 최후의 경복궁 유물인 동십자각과 광화문을 싸버리고 집옥재는 식도원 명월관의 주방이 되고 말았구나!

이런 형편이니, 대한제국 중추원 참의 염인식의 손자이며 가평 군수 염규환의 아들인 서울 토박이 염상섭은 '조선의 그림자 없는 조선박람회'를 보고서도 기어이 보지 못했노라 우길 도리밖에 없었던 것이다.

염상섭은 이 조선박람회 기간에 새 장편 소설 『광분』을 연재하기 시작했다.[8] 거부 민병천의 재산을 탐내는 가족과 주변 사람들이 벌이는 암투를 추리 기법으로 쓴 소설이다. 작가는 연재 전 「작가의 말」[9]에서는 이 소설이 인생의 가장 중요한 두 가지 문제, 즉 먹는 문제와 성욕 문제 중에서 특히 성욕 문제를 다루는 데 힘을 들일 거라고 밝혔다. 그런데 연재 기간 중 두 가지 중요한 사건이 터진다. 하나는 경복궁에서 열린 조선박람회요, 다른 하나는 10월 30일 전라도 나주에서 조선 학생과 일본 학생들 간의 충돌에서 비롯한 광주 학생 운동이다. 처음 구상이 어쨌든지 간에 집필 기간에 일어난 두 사건이 작가 염상섭에게도 크게 영향을 미쳤다. 그리하여 소설에서는 민병천의 집에서 기숙하던 의대생 이진태가 8월 1일 조선박람회장 밖에서, 마침 남조선의 조그만 도읍에서 비롯해 삽시간에 '전조선 학생계의 대동란'이 된, 그러나 보도 통제가 된 모종의 사태에 관해 연설을 하려다가 붙잡힌다. 박람회장 안팎이 한바탕 혼란의 소용돌이에 휘말리는 건 말할 나위가 없다. 여름 방학이 끝나고 9월 1일 개학날이 되자 다시금 소요가 일어나는데, 이번 역시 경복궁에서 열리는 박람회 개장식*과 맞물려 한층 흥분이 고조된다. 실제로도 북촌 일대에서는 서울 학생들이 광주 학생들의 의거를 이어받아 곳곳에서 격렬한 시위를 전개했다. 특히 12월 9일에는 중앙고보 학생들이 대거 시위를 전개해 무려

* 실제로 조선박람회는 9월 12일 '개장식'에 이어 '시정기념일'인 10월 1일에도 근정전에서 '개회식'을 거행했다.

500여 명이 체포되기도 했다. 경신, 보성, 휘문 등에서도 학생들이 시위에 참가했다. 이후에도 도처에서 동맹 휴학과 시위가 잇달았다. 보성고보 출신인 김학철의 장편 소설 『격정시대』(1986)에도 서울 학생들의 연대 시위와 동맹 휴업 장면이 등장한다.

민족운동의 구심점으로서 1927년에 창립한 신간회가 전국적인 차원의 조사 활동을 벌이는 것도 그 무렵이었다. 홍명희는 신간회의 책임자로서 민중 대회를 기도했다는 이유로 구속을 피하지 못했다.

13

굶주린 서울

전 세계적으로 대공황의 여파가 여전한 1930년대 초, 서울은 바야흐로 계급 투쟁의 최전선이었다. 일본 자본의 침투로 조선에서도 임금 노동자가 점차 증가했지만, 조선인 노동자들은 대개 하위직에 종사했다. 1928년의 경우, 토목 건축 노동자가 전체의 38퍼센트, 광산 노동자가 2퍼센트, 공장 노동자가 3퍼센트에, 나머지 50퍼센트 이상은 도시의 잡업 노동자였다. 말하자면 도시에 사는 조선인 노동자 대부분은 막벌이꾼, 등짐꾼, 심부름꾼, 우마차꾼, 여급 따위로 근근이 먹고사는 처지에 지나지 않았다. 한 조사에 따르면, 1926년부터 1931년까지 빈민의 비율은 전체 인구의 11.3퍼센트에서 26.7퍼센트로 급증했다. 총 인구의 4분의 1을 넘어서는 엄청난 비중이었다. 1931년의 조선인 실업률은 15퍼센트로 조선 내 일본인의 두 배가 넘었다.[1] 도시는 그런 하층 노동자와 빈민과 실업자들로 넘쳐났다. 집 없는 서민들은 도시 곳곳에 선사시대 움집 같은 토막을 짓고 살았다. 거적 한 장이 지붕이고 판자 한 장이 벽이었다. 동부의 숭인동, 창신동, 신당리 일대와 마포의 도화동, 용산 청엽정(청파동)에는 아예 토막촌이 형성되었다. 신당리 같은 경우에는 오물 처리장이나 공동묘지 근처에 자리를 잡고 있었는데, 다른 지역에 비해 상대적으로 시비도 적고 간섭도 적기 때문이었다. 심지어 밤새 뚝딱 하면 토막 한 채가 늘어나곤 했다. 현덕의 「군맹」(1940)은 경성 시가지 계획에 따라 철거가 예정된 낙산 일대의 창신동 토막촌을 배경으로 한다. 작가는 자신이 실제 살았던 경험을 바탕으로 그 지역의 주거 실태를 생생하게 묘사할 수 있었다.

> 남향을 하고 밋밋이 흘러내린 두던은 갑자기 찍어낸 듯 급각도로 비탈이 져 끝이 잘렸다. 전에 채석을 하던 자리로 군데군데 부자연하게 모진 암면이 얼굴을 드러냈다. 그 깎아지른 측면을 의지하고 양철 지붕 거적 지붕의 토막이 한 채의 고층 건물처럼 거진 지붕 위에 거적담 조각 판장이 연해 층층이 올라앉았다.
> 지붕과 담 사이를 길게 금을 긋듯 좁다란 길이 집집의 수채물을 받아 흘리며 항상 질척질척 나선형으로 감아 올라갔다. 그 길은 동시에 각각 뜰이 되고 정지간도 되며 고무신짝 다비짝이 구르고 냄비가 걸린 화덕, 오지항아리, 사기 사발 조각이 놓이고 새끼 부스러기, 나무토막이 쌓이고 그리고 자기네들의 광고폭처럼 헌 누더기가 널리 퍼덕퍼덕, 코를 찌르는 악취가 또한 그래 한 덩어리의 쓰레기 더

미란 감이다.

혹시 낯선 타처 사람이 이 길에 발을 들여놓게 될 때 여간 무신경한 자가 아닌 외엔 그는 태평한 마음으로 걸음을 걷지 못하리라. 알몸뚱이를 드러내듯 컴컴한 방 안에 중게중게 더벅머리가 들여다보이고 부뚜막 앞에 엎드린 여인의 궁둥이를 밀게도 된다. 따라서 그곳 주민들은 낯선 행인들을 예사로 보지 않았고 이웃간에는 뉘 집은 아침에 뭘 먹고 저녁엔 뭘 하고까지 서로 통했다. 그것은 동시에 서로 빈 구석을 노리고 약점을 잡아 자기들끼리 뜯고 비웃거리는 요점도 되었다.[2]

그곳 '주민'들은 새벽이면 세상에서 제일 먼저 일어나 있으면 먹고 없으면 굶은 채로 정한 곳 없이 일을 찾으러 나갔다가 밤늦게야 돌아오는데, 벌지 못한 날은 당연히 굶고 요행히 몇 십 전이라도 생긴 날은 좁쌀 한 봉지를 사가지고 돌아온다. 철 모르는 아이와 불쌍한 아내는 그런 남편의 그림자가 들어오기만을 기다린다.[3] 그런 토막에서나마 맘 편히 지내지 못하고 철거되는 경우가 비일비재였다. 신당리 토막민들은 경성부청으로 몰려가 눈물로 울부짖었다.

"우리가 오죽하면 이 같은 누누중총(무덤 많은 곳)에 와서 뼈를 골라내고 그 위에 집을 짓고 살겠느냐. 우리의 궁상을 모르고 집을 헐어버렸으니 우리는 어디로 간단 말이냐."[4]

거기서도 쫓겨난 도시 빈민들은 결국 더 궁벽한 곳, 예컨대 당시로서는 심산유곡에 다름없던 홍제동과 정릉 일대로 강제 이주할 수밖에 없었다.

이제 막 본 궤도에 오르기 시작한 한국 문학 역시 그런 가난과 남루로 도배되다시피 했다.

일찍이 전영택이 「화수분」(1925)에서 끔찍스러운 현실을 고스란히 드러냈다. 같은 서울 하늘을 이고 살지만, 집주인인 나와 행랑에 사는 행랑아범 화수분의 처지는 그야말로 하늘과 땅 차이다.

> 그들(화수분과 그 아내-인용자)에게는 지금 입고 있는 단벌 홑옷과 조그만 냄비 하나밖에 아무것도 없다. 세간도 없고 물론 입을 옷도 없고 덮을 이부자리도 없고, 밥 담아 먹을 그릇도 없고, 밥 먹을 숟가락 한 개가 없다. 있는 것이라고는 보기 싫게 생긴 딸 둘과 작은애를 업는 홑누더기와 띠, 아범이 벌이하는 지게가 하나, 이것뿐이다. 밥은 우선 주인집에서 내어간 사발과 숟가락으로 먹고, 물은 역시 주인집 어린애가 먹고 비운 가루 우유통을 갖다가 떠먹는다.

호구지책이 어렵게 되자 화수분 부부는 기어이 딸 하나를 팔

1929년 삼청동길과 중학천. 건춘문 뒤로 멀리 동십자각이 보인다.

아버린다.

이효석은 「도시와 유령」(1928)에서 서울을 도깨비굴로 그렸다. 화자는 겉으로는 문명을 자랑하는 서울에 유령과 진배없이 사는 저 숱한 거지들을 대체 어쩔 거냐고 시비라도 걸듯 목소리를 높인다. 사실, 화자라고 나을 바 없었다. 그 역시 날마다 미장일을 하러 다니기는 해도 정해놓은 거처 없이 밤마다 노숙을 해야 하는 신세였다. 컴컴한 동묘도 그중 한 곳이었다. 어느 날 '나'는 처마 밑에서 자는 사람들을 피해 동묘 안으로 들어갔다가 도깨비불과 산발한 노파에게 혼비백산해 달아난다. 나중에 밝혀지지만, 그 유령의 정체는 가난한 데다가 교통사고까지 당해 오도 가도 못 하는 거지 모자였다.

아침을 먹고 나면 저녁을 걱정하는 게 당시 서울 서민들의 일이었다. 최서해의 저 유명한 빈궁 문학은 주로 간도를 무대로 삼고 있지만, 그는 그 가난과 궁상을 서울까지 끌고 온다. 「무명초」(1929)에서는 한때 잘나가던 잡지사에 다니는 주인공 춘수조차 그런 처지를 면하지 못한다. 저녁거리가 떨어지자 그는 결국 중학동 천변*에 있는 어떤 집에 들어갔다. 그리고 두 시간 만에 풀 죽은 모습으로 돌아나왔다. 그래도 그의 호주머니에는 친구에게 죄 없는 어린 것이 앓는다고 빙자해 빌린 돈 1원 지폐 한 장이 들어 있었다. 저와는 같은 연배이건만 죄송스러운 목소리로 종이 상전 앞에 나선 듯이 구걸하던 자기의 그림자가 눈앞에 떠오를 때 그는 제 얼굴에 가래침을 뱉고 싶었다.

이러고 살아서 무얼 하나.

그는 그날부터 사흘을 꼬박 앓아눕는다.

---

* 예전에는 삼청동에서 내려오는 개천이 경복궁 담장 옆을 타고 흘렀다.

189

송영의 단편 「인왕산」(1936)에서는 진저리 나도록 젊은 놈을 못살게 구는 서울을 떠나 도쿄로 가겠다는 친구 용철이를 배웅하러 역에 나온 재천이가 제 입고 있던 재킷을 벗어 입히는 장면이 나온다. 그때까지 용철이는 검정 고쿠라 스메리 학생복을 입고 옹송그리고 있었던 것이다.

"아니 자네는 뭘 입고?"

하고 용철이가 묻자, 제천이는 이렇게 대답한다.

"나, 나는 그래도 고향이라고 있으니 좀 낫지."

조선시대 최고의 화가 중 한 명인 겸재 정선이 걸작 〈인왕제색도〉(1751)를 남겼다. 무엇보다 짙은 먹물로 거대한 바위의 육괴를 잘 표현했다. 산 중턱을 따라 흐르는 안개 또한 한양의 산 하나를 곧 어디 꿈속의 별천지인 양 꾸미고 있다. 하지만 식민지 지식 청년들에게 겸재의 인왕산은 너무나 멀었다. 사실 송영 소설 속 두 친구는 젊은 시절 우울할 때면 인왕산 높은 감투바위에 올라 언제든 황혼에 물든 서울을 내려다볼 수 있었다. 그때 서울은 오직 쓸쓸하고도 슬플 따름이었다. 더욱이 황토현 넓은 길에 우두커니 서 있는 두 해태 그리고 그것들 옆에 있는 '조선보병대*' 속에서 흘러나오는 저녁 나팔 소리라도 들으면 한층 감상적이 되곤 했다.

---

* 조선보병대: '이왕가'로 쪼그라든 조선 황실의 마지막 근위대였다. 1931년 4월 8일에 해산식을 갖고 역사의 뒤편으로 완전히 자취를 감추고 만다.

안회남은 아직 학창 시절 밤마다 갈 곳이 없어서 서울 거리를 헤매던 쓰라린 기억을 한 산문에 기록해두었다.[5] 한 칸 방에 세간이 꼭 차 있는데 동생과 매부가 자고 어머님이 주무시면 고만이므로 '나'는 그야말로 밤이면 밤마다 잠자리를 찾아서 헤매지 않으면 안 되었다. 심지어 추운 겨울 눈 오시는 날 밤에도! 하지만 자존심 강한 소년은 어느 동무의 집에 가서 몇 시간이고 동무가 오기를 기다리기도 하고, 혹은 들어와 밥을 먹으라는 말에도 진작 저녁을 먹고 왔다고 말하곤 했다.

김유정은 흔히 농촌을 배경으로 한 소설들, 즉 「뽕」, 「만무방」, 「봄봄」, 「동백꽃」 따위로 알려졌지만, 사실 서울을 배경으로 쓴 소설도 적지 않다. 가령 「심청」(1936)은 아주 짧은 작품이지만 종로에 화려한 상점들만 있는 게 아니라 거지 또한 수두룩한 사실을 보여준다. 화자가 지나가자 거지가 따라붙으며 구걸을 한다. 못 들은 척 길을 계속 가니 골이 났는지 점점 더 끈질기게 달라붙으며 "나리! 왜 이럽쇼, 왜 이럽쇼" 한다. 결국 나도 이 모양이다 하면서 꾀죄죄한 두루마기 속을 펼쳐 보이니 그제야 걸음을 돌린다. 그런 화자의 눈길에 벽에 기대앉은 소년이 눈에 띄는데, 얼굴은 누런 게 말라빠진 노루 가죽이 되고, 눈매는 개개풀린 게 병이 있는 게 분명했다. 얼마나 굶었을지 금세 숨이 끊어질 것만 같았다. 게다가 네다섯 살쯤 된 어린 거지는 시르죽은 고양이처럼 큰놈의 무릎 위로 기어오르며 울 기운조차 없어 입만 벙긋벙긋하며 투정을 부린다. 화자는 이 '벌레들'을 누가 좀 안 치워주나 하는데, 마침 저쪽에서 전문적으로 거지들을 쫓아내는 사내가 나타난다. 알고 보니 그는 화자와 동창으로 그가 이제 거지들을 아주 쉽게 뒷골목으로 내쫓는다. 그 거지 중 한 놈은 단편 「봄과 따라지」(1936)에 더욱 집요한 거지로 등장해 지나가는 신여성들의 치마를 붙들고 늘어진다. 봄이 화려하니 도시의 따라지는 더 초라하다.

서울은 현진건의 「빈처」(1921)나 「운수 좋은 날」(1924)의 시절부터 거의 나아진 것이 없는 것 같았다. 사내들은 여전히 전당포에 맡길 것이 무엇이 남았나 아내의 눈치를 슬슬 보다가 결국에는 '나에게 위안을 주고 원조를 주는 천사'의 등골을 다시 파먹었고, 병든 아내를 두고 일 나간 동소문 인력거꾼 김 첨지들은 여전히 "괴상하게도 오늘은 운수가 좋더니만…" 하고 탄식하며 제가 기분이 좋아 술 한 잔 걸치는 사이에 죽어버린 아내의 뻣뻣한 얼굴에 대고 미친 듯 얼굴을 비벼댔다. 갓난쟁이 개똥이들은 그런 어미의 빈 젖을 빨다 지쳐 다시 울었다.

당시 신문에는 만일 전당포가 없다면 아침저녁을 굶을 사람이 경성의 조선 사람 18만 중 적어도 6만은 될 거라고 하면서, "이와 같이 전당포라 하는 것은 가난한 사람에게는 없지 못할 큰 기관일 뿐 아니라 오히려 가난한 사람에게는 전당포 한 집이 조선은행이나 한성은행 100개보다도 필요하고 전당놀이

1930년대 전당포.

하는 사람은 어느 방면으로 보면 소위 겉으로 꾸미고 떠벌이는 자선가나 공익 사업을 한다는 사람보다는 훨씬 정직한 자선가라 할 수도 있고 정직한 공익 사업을 하는 사람이라고도 할 수 있다"(『동아일보』, 1920.7.7)고까지 전할 정도였다. 심지어 염상섭 같은 작가마저 『삼대』를 쓰던 무렵(1931)까지도 스스로 전당포와 인연이 가깝게 지낸다며, "아침에 땔나무가 없어도, 또 저녁에 솥에 넣을 쌀이 없어도 부득이 의복이나 기구를 들고 행랑 뒷골 전당포 문을 두드리지 않을 수 없다"고 고백한다. 그렇게 고백할 당시 그는 전당표 여덟 장을 가지고 있었으며, 그중 하나는 아내의 결혼반지까지도 잡아먹히고 받은 것이었다.[6] 그런 경험 때문인지 염상섭은 자신의 장편 『이심』 (1928~1929)에 지금으로선 상상하기 어려운 '전당물'마저 등장시킨다. 창호의 아내 춘경이가 남편이 돌아오지 않아 전화를 걸러 나가야 하는데, 치마저고리를 전당포에 맡겼기 때문에 나갈 수가 없다. 마침 친정어머니가 와서 준 돈으로 겨우 옷을 찾아오게 된다. 그래도 실제로 작가인 염상섭이야 무어 맡길 물건이라도 지니고 있었고, 궁하면 돈을 빌릴 벗이나 지인도 있고 또 그만한 신용을 지니고 있었으니, 아무리 그가 궁기를 말해도 당대 서민들하고 바로 비교할 수는 없었을 것이다.

194

14

종로 네거리의
순이

염상섭의 장편『사랑과 죄』
(1927)의 첫 장면에는 서울을 휩쓸고 간 을축년(1925) 대홍수
로 처참히 무너진 서울이 등장한다.[1] 7월 초순부터 줄기차게 퍼
부은 장마로 서울은 말 그대로 초토가 되었다. 연간 강수량의
거의 80퍼센트에 달하는 폭우로 인해 급기야 한강이 범람, 서
울에서만 사망자가 647명 발생하고 가옥 1만 7,045채가 무너
졌으며 침수 피해는 근 5만여 채에 이르러 이재민은 그 수를
쉽게 헤아리기 어려울 정도였다.

　보름 만에 가까스로 햇볕이 나자 사람들은 이제 물 구경을
하기 위해 한강으로 우르르 몰려갔다. 한쪽에서는 인부들이 남
대문 동편 벽에서부터 남산으로 향해 시원스럽게 뻗어올라간
조선 신궁의 신작로를 보수하느라 진작부터 땀범벅이다. 그 꼴
을 하늘 밑까지 치올라간 신궁 앞 축대 위에서나 남대문 문루
위에서 내려다보면 마치 개미 새끼들이 달달 볶는 가마솥 바닥
에서 아물아물하는 것 같을 터였다. 그러나 이 개미 새끼들의
볕에 익은 얼굴에는 질서도 훈련도 없이 오직 피곤만이 가득
드리워 있을 뿐이었다.

　"…장안에 높기론 부악산의 아방궁, 남산의 조선 신궁! 에헤

196

에헤 에헤야-넓은 길엔 자동차요 좁은 길엔 외씨 같은 발씨로 아장아장… 엘넬네 상사듸아. 에-에헤두 좋구나 기생 아씨님네 소풍하실 길 또 하나 생겼단다… 에헤라엥….”

인부들은 웃지도 않고 실없이 달뜬 기색도 없이 이렇게 입에서 나오는 대로 매기고 받아치며 달구질을 할 뿐이었다. 이제 소설은 이렇듯 무기력한 서울이 실은 그 이면에 얼마나 광적인 탐욕을 예비하고 있는지 드러내는데, 그리고 그렇게 해서 입증되는 서울의 근대, 혹은 타락이 부악산(북악산)의 아방궁, 즉 조선 총독부와 하늘 밑까지 치올라간 남산의 조선 신궁과도 무관할 수 없다는 사실을 함께 드러내는 데 온 힘을 기울일 것이다.

일용 근로자 이외에 공장에서 일하는 임금 노동자 계층의 형성 또한 거스를 수 없는 시대의 추세였다. 1921년 전국에는 2,384개 공장에 종업원 4만 9,302명이 있었는데, 1930년에는 4,261개 공장에 종업원 수는 10만 명을 돌파한다.[2] 경성부 내만 하더라도 각 공장에 취업한 직공 수는 1920년대에 들어서면서 벌써 1만 명 선을 넘어섰다.[3]

1929년 경성고공을 졸업한 김해경은 조선 총독부 내무국 건축과에 들어가 기수가 되었는데, 그해 가을에 몇 달간 경성전매지국 의주통 공장의 재건축 현장에서 일했다. 거기서 주로 건물 배선 공사에 종사했다. 당시 공장에는 남녀 직공 약 600여 명이 근무하고 있었다. 퇴근 시간이 되어 직공들이 한꺼번

연초 공장에서 직공들이 담배를 포장하고 있다.

에 몰려나올 때면 특히 여직공들이 많아 할 일 없는 서울 사람들의 눈길을 끌었다. 그들은 마치 하이칼라 여학생이나 모던 걸처럼 차리고 다니는 경우가 많았지만, 사실 한 꺼풀만 뒤집어보면 식민지 자본주의의 가장 밑바닥에서 하루 종일 과도한 노동

착취를 감내할 수밖에 없는 처지였다. 일이 아무리 힘들고 고되더라도 자기들만 바라보고 있는 식구들의 눈을 외면할 수 없었기 때문이다.

박태원의『천변풍경』(1936~1937)에서 '관찰자'로 나오는 이발소 소년은 그들의 정체를 아주 쉽게 알아차린다.

> 웃고 재깔이며 십칠팔 세씩 된 머리 땋아 늘인 색시가 세명, 걸음을 맞추어 남쪽 천변을 걸어 내려온다. 흡사 학생같이 차렸으나, 손에들 들고 있는 것은 벤도 싼 보자기로, 조금 전 다섯 시에, 전매국 의주통 공장이 파한 것이다. 모두 묘령들이라 그리 밉게는 보이지 않아도, 특히 가운데 서서 그중 웃기 잘하는 색시가 가히 미인이라 할 인물로, 우선 그러한 공장 생활을 하는 여자답지 않게 혈색이 좋은 얼굴이 참말 탐스럽다. 교직 국사 저고리에, 지리뎅 검정 치마를 입고 납작 구두를 신은 맵시도 썩 어울리는 그 처녀는, 수표다리께 사는 곰보 미장이의 누이로, 소년은, 그가 얼굴값을 하느라고 행실이 단정하지 못하다는 소문을 들어 알고 있었다.

서울에는 연초 공장 말고도 경성방직, 동양방직, 종연방적 등 대규모 방직 공장과 제사, 고무, 양조, 제분 공장 따위가 있었으며, 통계에는 쉽게 잡히지 않는 가내 수공업도 꾸준히 늘어났다. 조선인 노동자들의 상황은 몹시 열악했는데, 그중에서도 여공들의 사정이 특히 나빴다. 하루에 열두 시간씩 일하면서도 이들 여성 노동자들이 받는 임금은 초임 25전(일급)에 평균적으로 44전에 불과했다.[4] 같은 직종의 남성 노동자들에 비해서는 반 정도였고, 특히 일본인 노동자들에 비해서는 터무니없이 낮은 임금이었다. 일본인 남성 노동자의 임금에 비해 조선인 남성은 약 2분의 1, 여성은 약 4분의 1을 받는 게 일반적이었다. 노동 조건 또한 형편없었다. 군수 공업 노동자들의 경우 하루 평균 무려 17시간을 근무했다는 기록[5]도 존재한다. 방직 공장의 경우 특히 여름에는 공장 내부의 높은 열기로 숨을 헐떡거려가며 일을 해야 하는 형편이었다. 그러나 여성 노동자들에게 무엇보다 견디기 힘들었던 것은 작업장에서 상시적으로 가해지는 폭력과 학대, 인격적 모멸 따위였다.

"오만하고 횡포한 고주들을 상대로 감독이나 검사란 자들이 우리에게 대하는 태도는 실로 메스꺼움이 날 지경이지요. 또 추잡한 언동이 많습니다. 여직공도 사람인 이상 소, 말과 같은 대우를 어찌 참겠습니까? 그저 구복이 원수가 되어서 부모에게도 듣지 못하던 가지가지의 욕설과 당하지 못해본 구타까지 당하여가면서도 일하던 것인데…"[6]

이런 상황에서 조선인 노동자들은 여러 가지 방식으로 저항했다. 1923년 시내 광희문 밖에서 벌어진 고무 공장 네 곳의 여직공 연대 파업에는 아사동맹이라는 말이 붙었다. 7월의 뜨거운 불볕 아래 그들 120여 명의 노동자들은 길가 풀밭에 주저앉아 이래 죽으나 저래 죽으나 마찬가지라면서 스스로 곡기를 끊고 파업에 돌입했다. 열서너 살 나이 어린 소녀들로부터 사오십 대 중년 부인들까지 두루 참가한 이 아사동맹의 파업 소식은 삽시간에 서울 장안에 퍼졌다. 노동연맹에서는 천막을 가져왔는데 경찰의 저지로 설치하지는 못했다. 인력거 조합, 양말직공조합 등지에서도 연대의 표시로 현금은 물론 모기향, 양초, 담배, 약품 따위를 보내왔다. 마침 고국을 방문한 하와이 동포 학생들도 음악회를 열어 얻은 수익금을 연대의 뜻으로 전달했다. 결국 동양과 한성고무 두 조선인 공장에서 먼저 손을 들었고, 연이어 일본인 업자들도 타협안을 받아들일 수밖에 없었다.[7] 경성 트로이카로 알려지는 사회주의 계열의 운동가 이재유, 이현상, 김삼룡은 서울과 인천에서 노동 운동을 조직했다. 이들은 1933년 별표고무 공장의 파업을 주도했다. 현장에서는 동덕여고보 출신의 이종희가 파업을 이끌었다. 청파동의 소화제사, 고려고무, 동명고무, 그리고 동대문 숭인동의 조선견직 등에서도 파업이 이어졌다. 9월에는 철도 부품을 만드는 용산공작소의 영등포 공장에서 남성 노동자들이 파업을 일으켰지

종연방적 파업을 주도한 이효정의 서대문형무소 수형 카드.

만 경찰의 탄압으로 쉽게 진압되고 말았다. 하지만 같은 날 서
울에서 가장 큰 방직 공장인 종연방적에서 일어난 여성 노동자
중심의 파업은 쉽게 끝나지 않았다. 경찰의 탄압에도 노동자들
은 완강히 저항했고, 경찰서로 끌려가자 거기서도 농성을 전개
했다. 역시 동덕여고보 출신의 이효정과 그 조카 이병희(경성여
상 중퇴)가 파업을 이끌었다. 신문은 이 사건을 대대적으로 보
도했다. 이효정과 이병희는 함께 경찰에 끌려가 모진 고문을

받았지만 저들이 요구하는 대답은 한마디도 하지 않았다. 어려서부터 집안 어른들이 독립운동에 가담해 보고 들으며 자란 배경이 있어서였다. 그들이야말로 종로 네거리에 나타난 또 다른 종류의 신여성이자 새로운 계급이었다. 이효정은 1935년에도 다시 적색 노조 활동으로 체포되어 서대문형무소에서 형을 산다. 1936년 끔찍한 고문을 거친 다음 서대문형무소에 수감될 때 이병희의 나이는 고작 열아홉이었다. 그녀는 2년 4개월의 수형 생활을 견뎌냈다. 나중에는 중국으로 건너가 활동하다가 다시 붙잡혔다. 베이징 일본 영사관 감옥에서 친척 아저씨뻘인 이육사의 시신을 제일 먼저 확인한 것도 그녀였다.

임화는 낙산 언저리에서 태어나 보성학교를 다녔다. 그 역시 서울 한복판에서 새로운 계급의 등장을 목격했다. 그것이 시대의 추세였다. 이제 종로 네거리는 굴종과 모멸만이 교차하는 공간이 아니었다. 비록 모든 상황이 열악하고 힘들지만, 그럴수록 연대의 힘으로 새로운 내일을 구성해가야 할 희망의 원점이기도 했다. 「네거리의 순이」(1929)의 시적 화자는 노동운동을 하다 감옥에 간 사내를 연인으로 둔 누이동생을 이렇게 격려한다.

눈바람 찬 불쌍한 도시 종로 복판에 순이야!
너와 나는 지나간 꽃 피는 봄에 사랑하는 한 어머니를

눈물 나는 가난 속에서 여의었지!

그리하여 너는 이 믿지 못할 얼굴 하얀 오빠를 염려하고,

오빠는 가냘픈 너를 근심하는,

서글프고 가난한 그날 속에서도,

순이야, 너는 마음을 맡길 믿음성 있는 이곳 청년을 가졌었고,

내 사랑하는 동무는…

청년의 연인 근로하는 여자 너를 가졌었다.

겨울날 찬 눈보라가 유리창에 우는 아픈 그 시절,

기계 소리에 말려 흩어지는 우리들의 참새 너희들의 콧노래와

언 눈길을 걷는 발자국 소리와 더불어 가슴속으로 스며드는

청년과 너의 따뜻한 귓속 다정한 웃음으로

우리들의 청춘은 참말로 꽃다웠고,

언 밥이 주림보다도 쓰리게

가난한 청춘을 울리는 날,

어머니가 되어 우리를 따뜻한 품속에 안아주던 것은

오직 하나 거리에서 만나 거리에서 헤어지며,

골목 뒤에서 중얼대고 일터에서 충성되던

꺼질 줄 모르는 청춘의 정열 그것이었다.

비할 데 없는 괴로움 가운데서도

얼마나 큰 즐거움이 우리의 머리 위에 빛났더냐?

그러나 이 가장 귀중한 너 나의 사이에서

한 청년은 대체 어디로 갔느냐?

어찌된 일이냐?

순이야, 이것은 …

너도 잘 알고 나도 잘 아는 멀쩡한 사실이 아니냐?

보아라! 어느 누가 참말로 도적놈이냐?

이 눈물 나는 가난한 젊은 날이 가진

불쌍한 즐거움을 노리는 마음하고,

그 조그만 참말로 풍선보다 엷은 숨을 안 깨치려는 간지런 마음하고,

말하여보아라, 이곳에 가득 찬 고마운 젊은이들아!

순이야, 누이야!

근로하는 청년, 용감한 사내의 연인아!

생각해보아라, 오늘은 네 귀중한 청년인 용감한 사내가

젊은 날을 부지런한 일에 보내던 그 여윈 손가락으로

지금은 굳은 벽돌담에다 달력을 그리겠구나!

또 이거 봐라, 어서.

이 사내도 네 커다란 오빠를…

남은 것이라고는 때 묻은 넥타이 하나뿐이 아니냐!

오오, 눈보라는 '튜럭'처럼 길거리를 휘몰아간다.

자 좋다, 바로 종로 네거리가 예 아니냐!

어서 너와 나는 번개처럼 두 손을 잡고,

내일을 위하여 저 골목으로 들어가자,

네 사내를 위하여,

또 근로하는 모든 여자의 연인을 위하여…

이것이 너와 나의 행복된 청춘이 아니냐?

　　─「네거리의 순이」에서

　염상섭의 장편 『무화과』는 『삼대』의 후편처럼 읽힌다. 다만 여기서는 조덕기처럼 조부의 재산을 물려받은 이원영이 당대의 현실 속으로 뛰어들어가 훨씬 구체적으로 일궈내는 서사가 주를 이룬다. 이원영은 신문사에 막대한 돈을 투자하면서 나름대로 어려움에 처한 주변 사람들을 돕는다. 그렇게 만난 사람 중에서 가장 나이가 어리면서도 독특한 등장인물이 김완식이다. 『무화과』에 나오는 많은 주의자가 하나같이 경제적으로 자립을 하지 못한 채 부르주아 계급인 이원영에게 기생하는 데 반해, 김완식은 철공소에 다니는 노동자로서 오직 자신의 힘만으로 세상과 마주한다. 예컨대 그는 늑막염에 걸려 몸을 움직이면 안 되는 지경에서도 집안을 생각해 스스로 일을 해서 먹고살아야 한다는 자각이 아주 뚜렷하다. 그렇다고 그가 당대의 많은 프로 문예 이론가의 입맛에 맞을 만큼 각성한 '계급의 전위'인 것은 아니다. 젊은 그에게는 아직 시간이 많이 남아 있지만, 안타깝게도 세상 역시 그에게 점점 적대적이 되어간다.

(15)

남촌,
소시지의 거리

아동 문학가 어효선은 1925
년생으로 종로 토박이였다. 그의 기억에 전차가 땡땡 지나다니
는 큰길 뒤로 개천이 있었는데 언제나 구정물이 흘렀다. 이따
금 아이들이 놀다가 개천에 빠지는 적이 있었다. 그럴 때면 어
른들이 얼른 들어가 구정물을 뒤집어쓰고 우는 아이를 건져냈
다. 유치원을 다닐 때에는 분홍이나 옥색 두루마기를 입었다.
남빛 옷고름은 돌띠라고 해서 등 뒤로 돌려 맸다. 두루마기 위
에 남빛 전복을 입고 복건을 쓰기도 했다. 교동보통학교에 들
어가서도 교복이 나올 때까지는 몇 년 동안 한복을 입었다. 나
중에 알게 된 바이지만, 어효선의 반에는 대원군의 손자를 비
롯해 박영효, 민영휘, 유길준의 손자들도 있었다. 그 아이들은
어른처럼 하이칼라 머리를 했고, 다른 아이들은 죄 빡빡머리였
다. 골목은 아이들로 바글바글했다. 학교를 마치고 돌아오면 가
방을 내던지고 나가 눈이 떼꾼해질 때까지 뛰어놀았다. 남자아
이들은 술래잡기, 말타기, 땅뺏기, 구슬치기, 자치기, 사방치기
등을 하며 놀았고, 여자아이들은 줄넘기나 공놀이, 소꿉장난 등
을 했다. 겨울에는 팽이치기와 제기차기를 했다. 개천이 얼면
썰매를 타고 얼음을 지쳤다. 아이들이 노는 사이로 온갖 행상

209

들이 지게를 지고 지나갔고, 이따금 자전거와 수레도 지나갔다. 자전거가 신기해 바퀴를 돌려보다가 손가락이 톱니에 물려 엉엉 우는 아이들도 있었다. 오후 서너 시쯤에는 수염이 허연 양코배기 노인이 아코디언을 빵빵 울리며 나타났다. 파란색 액체 화장품인 미안수를 팔러 다니는 백계 러시아인이었다. "이쁜이도 발라보고, 복순이도 발라봐요." 우리말도 조금 할 줄 알았는데, 안경 너머 움푹 들어간 두 눈이 또랑또랑했다. 귀엽다고 머리를 만져줄라 치면 여자아이들은 저만큼 달아났다. 큰 손등에 검숭검숭 난 빨간 털이 징그러워서였다. 저녁이 되면 온 데 집에서 엄마들이 아이들을 불러들였다. 밥을 먹은 아이들은 숙제도 다 하지 못한 채 쓰러져 잤다. 광교 다리 밑에는 땅꾼이 있었다. 돌기둥에 '뱀 살무사 구렁이'라고 써놓고 손님을 받았다. 청계천에서는 빨래하는 아낙네들의 웃음소리와 방망이 두들기는 소리가 여간 시끄럽지 않았다.[1]

북촌과 남촌을 가르는 경계선이 청계천이었다. 일본인들은 주로 청계천 아래 이른바 남촌에 집단적으로 거주했다.[2] 서울에 일본인들이 처음 들어올 때 일본 공사관 부지에 이웃한 진고개(현 충무로) 일대가 공식적인 거류 구역이었기 때문이다. 처음에는 그 지역이 중국인들이 전부터 상권을 장악한 터였기에 운신의 폭이 크지 않았다. 그러던 것이 청일전쟁을 기화로 전세는 역전되었고, 20세기에 들어서는 완전히 일본인들의 집단 거류지로 바뀌었던 것이다. 동쪽으로는 진고개 끝까지(충무로 1~5가), 또 대화정(필동), 병목정(쌍림동)까지, 서쪽으로는 남산, 욱정(회현동), 북창미정(북창동), 남창미정(남창동), 장곡천정(소공로), 길야정(도동), 어성정(양동), 고시정(동자동) 일대까지였다. 남촌의 일본인들은 주로 상업에 종사하면서 부를 쌓았다.

강제 병합 이후 서울 거주 일본인의 인구도 폭증한다. 1914년 서울의 총 인구 24만 6,000여 명 중에서 일본인은 벌써 6만여 명으로 약 25퍼센트였다. 서울 사람 네 명 중 한 명이 일본인이라는 이 놀라운 통계는 1920년 26.2퍼센트, 1930년 26.8퍼센트, 1935년 28퍼센트로 계속 높아진다. 서울로 오는 조선인들도 물론 늘어나지만 그들은 대부분 생계를 구하기 위해 찾아드는 빈민 계층이었다. 반면 일본인들은 관리나 대소 상인, 기타 기업인들이 대부분을 차지했다. 이런 인구 구성은 자연히 "소비자, 피고용인, 피치자로서의 조선인" 대 "판매자, 고용주, 치자로서의 일본인"이라는 차별 구조를 점점 강화한다. 조금 뒷날의 일이지만, 예를 들어 이태준의 『성모』(1936)에는 주인공 안순모와 함께 살게 되는 고아 출신의 가난한 화가 박정현이 생활고에 시달리다 못해 아직 덜 굳은 그림이라도 팔러 나가는 장면이 나온다.[3] 그런데 종로 이북에는 서양화를 걸어서 어울릴 만한 주택들이 별로 없어서 남촌으로 발걸음을 돌린다. 남산정 일대와 왜성대 부근으로 좀 서양풍인 듯한 집이면 현관으로 들어가 무작정 주인을 찾았다. 딱하게도, 그 집을 지키고 있던 하녀나 안주인들은 하나같이 바깥주인이 돌아와야 한다고 막아선다. 그 바깥주인들이란 죄 '관청'에 출근하고 없는 것이다. 저녁이 다 되도록 허탕을 친 박정현에게 남은 건 악밖에 없었지만, 집에서 기진해 쓰러져 있을 순모를 생각하고선 결국 아직 문을 닫지 않은 전당포를 찾아서 단돈 2원에 제 그림을 맡긴다.

당연히 토지 소유에도 커다란 변화가 일어난다. 시골에서 올라온 조선인들은 남의 집에 세 들어 살거나 행랑 인구가 되게 마련이었고, 그것도 불가능하면 교외로 나가야 했다. 반면 일본인들은 경제력을 바탕으로 토지를 계속 매입해나갔다. 1920년 대에 들어서면 이미 경성 시내 땅의 절반 이상이 조선인 소유가 아니었다. 게다가 명목상 조선인 소유로 되어 있는 것들 중에도 상당수가 저당권이 설정되어 실제론 '십의 칠팔'은 남의 땅이라는 연구도 있다.

경성 YMCA의 총무와 회장을 지낸 윤치호는 일본인의 이른바 '모범 거류지' 용산에 대해 일기에 이렇게 썼다.

1920년 3월 10일 수요일
집에서 시간을 보내다가 오후 3시 30분에 조선군 사령부에서 거행되는 육군 기념 기념식에 참석하려고 집을 나섰다. 지난 10년 동안 일본인이 모범적인 거류지로 탈바꿈시킨 용산은, 조선 치하에서는 무덤으로 뒤덮인 형편없는 황무지에 불과했다. 이론적으로만 본다면, 무덤 주인들로부터 용산을 빼앗아서는 안 된다. 그러나 일본인이 섬뜩하기만 했던 지역을 아름다운 읍내로 변모시킨 건 엄연한 현실이다. 이 세상을 움직이는 건 이론이 아니라 현실이다. 우리 조선인이 이런 진리를 좀 더 빨리 깨달을수록 더 현명해질 것이다.

이렇듯 '성장'하는 남촌에 비해 북촌은 도시 행정의 모든 면에서 상대적으로 푸대접을 받았다.[4] 예를 들어 1920년대에 수도는 남촌의 전유물이어서 북촌에서는 여전히 우물물을 길어먹었다. 대소변이나 쓰레기를 치우는 문제에서는 북부와 남부 사이에 마치 국경선이라도 있는 양 차별이 심했다. 가령 남부에 청소 담당자가 16인인 데 비해 지역이 더 넓고 인구도 더 많은 북부엔 고작 두 명이었다. 변소와 도로의 개수, 살수 청소 문제 등에서도 마찬가지였다.

더 큰 문제는 시간이 흐름에 따라 일본인의 세력이 청계천을 넘어서까지 북상한다는 사실이었다. 조선 총독부 청사 신축은 이와 같은 추세에 불을 질렀다. 경제의 중심은 여전히 남촌에 있었지만, 행정의 중심은 북으로 올라가 서대문과 사직동 방면에는 관사들이 대거 들어섰다. 이에 따라 전통적인 조선인 상권에도 커다란 변동이 일어난다. 예컨대 종로 옛 시전 거리에서도 조선인은 더 버티지 못하고 무더기로 빠져나갔다. 관철동의 경우 1924년 한 해 사이에 무려 300여 호의 조선인이 빠져나갔다는 기록도 있다.

염상섭의 『삼대』에서 김병화는 피혁이 주고 간 돈 400원으로 효자동 전차 종점 근처에서 산해진이란 일본 식료품 상점을 인수한다. 이것은 말하자면 일본 사람의 동네가 되어가던 그 좌처의 분위기를 고스란히 보여준다. 입만 열면 일본의 시정을 그토록 칭찬한 윤치호마저 "일본인의 민간인 주택과 관저가 들어서면서 일본인이 경복궁 인근 지역을 빠르게 점유해가고 있다. 몇 년 후면 경복궁 근처에 사는 조선인은 한 사람도 없게 될 것"(1925.10.23)이라고 쓸 정도였다.

반면 남촌의 풍경은 날로 화려함을 더해갔다. 밤에도 불이 꺼지지 않았다. 북촌에서는 밤에는 걸어 다닐 수도 없게 길이 울퉁불퉁하고 곳곳에 돌부리도 발에 걸어차이는데, 진고개에서는 어찌나 길이 반질반질하고 가로등은 또 어찌 그리 많은지 오히려 발이 놀라서 미끄러질 지경이었다. 이런 식으로 두 지역을 비교하는 기사도 심심찮게 신문 지면을 장식했다.

남촌 개발은 대표적으로 황금정길(현 을지로)이 건설되면서 본격화되었다.[5] 그 길은 조선에서 최초로 보도와 차도가 구분

된 도로였으며, 이후 그 주변에 동양척식회사(동척)와 조선식
산은행(식은) 같은 대규모 금융 시설들이 속속 들어선다. 이후
1912년에 조선은행이, 1915년에 경성우편국이 들어서면서 그
앞에는 이른바 '센킨마에鮮銀前'라는 대규모 광장이 조성된다.

　특히 진고개는 본정本町, 혼마치이라는 새 이름에 걸맞게 서울의
새로운 소비 중심이자 문화 중심을 자처하기에 충분했다. 무엇
보다 1930년대를 전후해 미나카이, 히라타, 미쓰코시, 조지아
따위 기존의 대형 소매 상점들이 차례로 백화점 건물을 건설
하면서 이른바 백화점 거리로 성장했다. '화신상회(화신백화점)'
가 덜렁 하나 서 있는 종로하고는 비교 자체가 불가했다. 본정
통으로 들어가는 입구에는 커다란 아치를 설치하고 본정이라
는 이름을 달아놓았는데, 그 한복판 꼭대기에는 국화 문양이
있어 그곳이 일본의 영토임을 새삼 각인시켰다. 안으로 들어서
면, 르네상스 양식의 3층짜리 세야마 악기점과 시노자키 문구
점, 야마기시 약국, 야마토켄 과자옥, 마루이치 오복점, 오사와
사진기점, 히노마루 잡화점 등 일본을 고스란히 옮겨놓은 듯한
상점가가 각종 음식점, 다방, 제과점, 카페, 끽다점 따위와 함께
행인의 발길을 붙잡았다.[6] 또 본정의 경성극장과 아사히극장을
비롯해 남촌에는 황금좌, 중앙관, 대정관, 약초영화극장, 명치
좌 등이 두루 자리를 잡아 제국의 문명을 과시했다.

　임화는 조선은행의 옆길로부터 경기부청 앞에 이르는 장곡

천정 거리나 덕수궁 앞으로부터 광화문에 이르는 거리가 청결하고 시원시원한 데다가 특히 질릴 만큼 올려다볼 수 있는 푸른 하늘과 밤하늘이 좋다고 했다. 거기에 늘 푸른 플라타너스 가로수까지 더해서, 실로 경성에서 사계절을 통틀어 그만큼 아름다운 거리는 없노라 했다. 그러면서도 사람들이 예나 지금이나 오로지 "본정으로!"를 외치는 까닭이 있으니, 바로 그곳의 휘황한 상업 시설 때문이었다. 현해탄을 건너온 박래품들이 경부선을 타고 올라와 경성역에 닿기 무섭게 제일 먼저 깔리는 곳이 바로 본정이었다.[7]

염상섭도 그 거리를 구경하러 나갔다. 결혼하던 해 여름이었으니 아마 아내와 함께 산책을 나간 것인지도 모르겠다.

여름 밤, 불바다, 사람의 물결….
하루 동안 고열에 시든 감각의 후줄근한 졸음을 새로운 자극에 눈 띄우려고 모주꾼이 석양판의 선술집에 꼬이고, '침쟁이'가 졸며 걸으며 아편굴로 기어들듯이, 이 불야성으로 불야성으로 모여든다. (중략) 1백 촉의 텅스텐, 1천 와트의 일루미네이션이 밑으로 뽀얗게 깔린 마돈나의 갸륵한 양 볼兩頰…. 대관절 오늘 이 밤에 몇 볼트의 전기가 녹아버리고 클럽 백분白粉, 레-트 크림은 몇 만 병이나 경대 앞에서 쏟아져버렸는가? 그러나 누가 눈이 부시다 하고, 누가

분 냄새에 느긋하다고 하는고? 결코 결코 싫다는 것은 아니다. 고마운 주인이여, 생광스러운 아메리카니즘이여, 나도, 인왕산 밑에 '선인鮮人'도, 덕택에 4천 년 대물린 값진 두루마기를 떨치고 여택餘澤을 빌고자 이처럼 헤엄치듯 지칫지칫 밀려오도소이다!

소시지 속에 꾸역꾸역 틀어박히는 순대 소의 희끗희끗 눈에 띠는 '숙주나물' ─ 이것이 이 바닥의 백의白衣 '센진' ─ 그래도 '현대 냄새'에 주린 것을 어찌하랴! 창자가 고르면 감각은 한층 더 예민하여지는 것이다. 레스토랑의 주방에서 흘러나오는 고기 냄새는 북촌에서 이민하여 간 개 떼의 차지요, 소시지 길거리의 왕양한 불 홍수는 서울의 원거리에서 귀양살이 하는 백의 '센진'의 감각적 욕장浴場이나, 그들은 감칠 듯한 현대 냄새에 최면술이 걸려서 몽유병자 모양으로 지칫지칫 헤매는 것이다. 그래도 세든 감각을 그대로 말려버리기는 아쉬운지라 찬바람 만난 나팔꽃이 남은 이슬에 배배 틀린 대로라도 마지막 한 번 피어보려고 기를 쓰듯이.[8]

소시지같이 화려한 그 거리에 순대 소, 다시 그 속의 숙주나물 같은 흰옷 차림의 조선인들이 드문드문 박혀 있다. 이제는 제법 이름을 얻은 작가 염상섭이라고 다르지 않았다. 그렇지만 그의 냉소적인 눈길은 삼월 오복점*에서 불과 두세 걸음 지난 명치정 모퉁이 우체통 받침돌 위에 웅크리고 앉아 있는 '괴물'을 찾아낸다. 그것은 "묻지 않아도 현대 문명의 사생자, 현대 도회의 가엾은 십이지장충"이었다. 눈먼 아비는 울상으로 퉁소 소리를 쥐어짜며 한 끼 적선을 구걸하고, 어린 아들은 그 아비의 무릎에 두 팔을 짚고 꾸벅꾸벅 존다. 그러나 현대 냄새에 도취된 '센진'들은 누구도 그들을 알아차리지 못한 채 바삐 걸음을 옮길 뿐이다.

거기서 좀 더 나아가면, "광당포**치마에 게다짝 끌고 뭇 발길에 걷어차이며 쇼윈도에서 쇼윈도로 갈팡질팡 어릿어릿 천방지축 지싯거리는 '오모니***'"들이 나타나는데, 그들은 "식민지의 신시가에 역식민해온 토착민의 유일한 산업단"이다. 조선인으로서 조선인 이외 인종에게서 돈푼이나마 벌어들이는 사람은 이 사람들이 아니면 이 사람들의 따님네들이 유일하다. 남산 막바지의 '특수 부락', 즉 유곽이 그 따님네들의 직장이다.

이 빠진 어머니는 진고개 밥어미로
분 바른 따님 아가씨는 신마치 갈보로…⁹

---

*   삼월 오복점: 미쓰코시 백화점.

** 광당포: 광목(廣木)과 당목(唐木).

***오모니: オモニ. 조선에 거주하는 일본인 가정에 고용된 조선인 여성을 일컫는 말.

경성 신정(신마치) 유곽. 현재의 묵정동 부근이다.

    정확히 말하면, 신마치 유곽은 일본인들의 공간이었다. 조선
인 유곽은 1916년부터 그 옆에 붙어 병목정에 형성되었다. 두
유곽은 한눈에도 차이가 났다. 일본인 유곽은 일본식 이층집,
삼층집이 즐비한데, 집집마다 마치 활동사진관 문 앞에 배우들
의 브로마이드를 걸어놓듯 창기들의 인형 같은 사진을 진열해
놓았다. 사실 그 일본인 유곽은 처음부터 계획에 따라 만들었
기 때문에 조선인 거리처럼 난잡스럽지 않고 또 '위생적'이었

다. 이태준의 소설「아무 일도 없소」(1931)에서는 잡지 '에로' 특집호 기사를 쓰기 위해 기자 K가 그곳을 찾는데, 그곳 창기들은 "몸으로써 사내를 꾀이기에는 너무나 털도 벗지 않은 살구처럼, 이제 십오륙 세짜리들이 머리채를 흥얼거리며 이 녀석 저 녀석에게 추파"를 던졌다. 반면 병목정 조선인 유곽은 훨씬 어두컴컴했고 골목도 미로 같았다. K는 그곳을 지나다가 어두운 골목 남의 집 담장 밑에서 혼자 영업을 하는 여인을 만나 그가 이끄는 대로 어느 집으로 들어간다. 다 쓰러져가는 오두막이었다. 방 안은 세간 하나 없이 쓸쓸했고, 여자의 붉은 눈알과 부석부석한 눈꺼풀만 크게 눈에 띌 뿐이었다. K는 곧 그녀로부터 저간의 사정을 듣는다. 아버지가 대동단에 끼어 중국으로 간 후 10년이 되도록 소식이 없어 결국 어머니와 둘이서 수송동의 집을 팔아 5~6년을 먹고살았다. 그 후에는 자기가 공장을 다니며 근근이 목구멍에 풀칠을 했는데, 얼마 전 옆집 싸전 하는 놈에게 속아 몸을 버리고 성병까지 옮았지만 병원에 갈 돈도 없다, 그래서 이렇게까지 나선 일이니 그냥 돌아가시라 하며 흐느낀다. K는 얼음장같이 차가운 방바닥에 얼마 안 되는 시재를 털어놓고 소리라도 지를 것처럼 주먹을 쥐고 그 집을 빠져나온다.

16

성북동의
한 상고주의자

1930년 결혼해 서대문에서
살던 상허 이태준이 성북동으로 이주한 것은 1933년의 일이었
다. 그때 성북동은 서울이라고는 해도 성저십리城底十里에 가까웠
다. 성저십리란 조선 시대 당시 한성부 도성으로부터 십리, 즉
4킬로미터 이내의 지역을 가리켰다. 동 이름 그대로 서울 도
성의 북쪽 끄트머리였던 것이다. 그런 만큼 눈에 담는 경치가
서울에 그만한 데가 없었다. 봄도 성북동의 봄은 고스란히 순
동양적, 순조선적 봄이어서 좋았다. 꼴같잖은 양옥을 지어놓고
어울리지도 않는 사쿠라를 심어놓은 풍경하고는 격이 아예 달
랐다.[1]

상허는 거기에 집을 지었다.

다행히 첫아이를 낳기 전에 월급은 제대로 나오는 『동아일
보』에 한자리를 얻고, 또 신문 소설이라도 한옆으로 써내는 기
술을 가져 그럭저럭 셈을 맞출 여유가 생겼다. 그곳이 아직 한
평에 2~3원 하던 때라 200여 평을 마련했다. 그 후 그 땅이 부府
로 편입되고, 집을 지을 때가 되니 그새 시세가 올라 있었다. 그
래서 반을 뚝 떼어 넉넉히 열 칸짜리 기와집을 짓자고 했던 것
이다(소설 「토끼 이야기」). 비록 소설에 쓴 이야기라지만, 전후

이태준 가족사진.

사정이 얼추 맞을 터였다. 아무튼 집주인이 될 무렵, 상허는 마땅히 어린 시절을 보낸 고향 철원 용담의 옛집을 떠올렸을 것이다. 벼르고 벼르던 안채를 물자가 제일 귀한 해에, 그것도 하필이면 초복에 시작해서 말복을 통해 치목을 하며 달구질을 하며 참으로 집 귀한 맛을 골수에 느꼈다. 그 집을 꾸며준 목수가 다섯인데, 그중 넷이 육십객들이다. 또 그중에서도 '선다님'으로 불리는 탕건 쓴 이는 일흔이 머잖은 노인으로 서울 바닥의

223

모든 목수들이 그를 선생님으로 모신다고 했다. 무슨 대궐을 지을 때, 남묘 동묘를 지을 때 힘과 재주를 보탰으니, 이제는 어디 일터를 가든 먹줄만 치고도 먹고산다는 거였다. 그들은 여러모로 시속과는 먼 거리에 뒤진 공인이었다. 탕건에, 장죽 담뱃대에, 합죽선에, 솜버선에 헝겊 편리화 차림들이다. 톱질꾼 두 노인은 아예 짚신이었다. 톱, 대패, 자귀, 먹통 등이 모두 아무 상호도 붙지 않은, 자기들이 직접 만든 수제품이었다. 주고받는 말들이 또 구수해서 금방 배워 소설에 써먹고 싶은 것들뿐이었다. 그런 노인들이 왕십리 어디 산다는데 성북동 구석에를 해뜨기 전에 대어와서는 해가 져 먹줄이 보이지 않아야 일손을 떼었다. 젊은이들처럼 재빠르지는 못하나 꾸준했다. 그들이 남기는 연장 자국은 무디나 미덥고 자연스러웠다(「목수들」).

마침내 언제나 나무 있는 뜰 안을 거닐며 살아보나 하던 소원이 이루어졌다. 몇 평 아니 되는 마당이지만, 울타리 삼아 10여 그루의 앵두나무를 비롯해 감, 살구, 대추나무와 모란, 백화를 심었더니 식구들이 떠받들어야 옳을 새 집의 귀한 손님이 되었다(「수목」). 보성고보부터 버스 종점까지 혜화보통학교 외에는 집도 별로 없었다. 김장 배추밭이 시퍼런 것을 보고 다녔다(「집 이야기」). 이웃에서 파초를 한 그루 사와 심었더니 그게 금방 자라 심은 당년으로 성북동에서 제일 큰 파초가 되었고, 이듬해 봄으론 새끼를 다섯이나 뜯어냈다. 지나는 사람마다 "이렇게 큰 파초는 처음 봤군!" 하며 감탄한다. 또 어떤 이는 불쑥 들어와 무작정 팔라고 재촉했다. 팔 게 아니라고 했더니 한 5원쯤 받아서 미닫이에 비 뿌리지 않게 챙이나 해달라고 한다. 고개를 저었다. 챙을 하면 파초에 비 맞는 소리가 안 들린다고 하자 도무지 이해하지 못하고 발길을 돌렸다(「파초」).

　무엇보다 기막힌 것은 성이었다.

　　아침마다 안마당에 올라가 칫솔에 치약을 묻혀 들고 돌아서면 으레 눈은 건너편 산마루에 끌리게 된다. 산마루에는 산봉우리 생긴 대로 울멍줄멍 성벽이 솟기도 하고 떨어지기도 하여 있다. 솟은 성벽은 아침이 첫 화살을 쏘는 과녁으로 성북동의 광명은 이 산상의 옛 성벽으로부터 퍼져 내려오는 것이다. 한참 쳐다보노라면 성벽에 드리운 소나무 그림자도, 성돌 하나하나 사이도 빤히 드러난다. 내 칫솔은 내 이를 닦다가 성돌 틈을 닦다가 하는 착각에 더러 놀란다. 그러다가 찬물에 씻은 눈으로 다시 한 번 바라보면 성벽은 역시 조광朝光보다는 석양의 배경으로 더 아름다울 수 있는 것을 느끼곤 한다.
　　저녁에 보는 성곽은 확실히 일취一趣 이상의 것이 있다. 풍수에 그은 화강암의 성벽은 연기 어린 듯 자욱한데 그 반허리를 끊어 비낀 석양은 햇빛이 아니라 고대 미술품을 비추는 환등 빛인 것이다.

나는 저녁 먹기가 아직 이른 때면 가끔 집으로 바로 오지 않고 성城 터진 고개에서 백악순성로*를 한참씩 올라간다.(「성」)

상허는 성곽을 따라 걸으며 성벽에 뿌리박고 자란 소나무의 솔씨를 생각하고, 성을 지을 때 돌 개수만큼이나 무수히 동원되었을 백성들의 공력을 생각한다. 성자성민야**라 한 말의 무거움을 새삼 가슴으로 느끼는 것이다. 팔도강산 방방곡곡에서 모여든 방언들이 얼마나 이 산속에 소란했을 것이며 돌 다듬는 정 소리와 목도 소린들 얼마나 귀가 아팠을 것인가. 그러나 이제 그런 소리들은 어디에도 없다. 허물어진 성터에 앉아 가만히 귀를 밝히면 들리는 건 오직 솔바람 소리와 산새 소리뿐이다.

그 성북동에 오기까지 상허는 참으로 길고 긴 세월을 돌아왔다. 아버지를 망명지인 노령 해삼위(블라디보스토크)에서 잃었고, 어머니를 함경북도 웅기 소청의 얼어붙은 땅에 묻었다. 고

---

* 백악순성로(白岳巡城路): 백악은 북악산. 곧 북악산을 성곽을 따라 한 바퀴 도는 둘레길.

** 성자성민야(城者盛民也): 성이란 무수한 백성들이다. 곧 성은 무수한 백성의 힘과 정성으로 만들어진 것이라는 뜻.

아가 되어 고향 철원에 돌아가서도 남의 눈칫밥을 먹어야 했다. 홀로 어머니 산소를 찾아 나섰다가 원산에서 부두 객줏집 심부름꾼 노릇도 했다. 거기서 서울을 마음에 품었지만, 우연히 만난 고향 아저씨를 찾아 발길은 거꾸로 북을 향했다. 그렇게 압록강을 건넜다가 사기를 당해 무일푼으로 도로 강을 건넜고, 평안도 순천에서는 뱃사공 영감의 집에서 겨울을 났다. 서울로 향하는 것은 그 이후에나 가능했다.

그런 그가 이제 결혼도 하고 아이도 낳아 버젓이 가정을 꾸렸다. 작가로서 이름도 웬만치 나고, 또 이화여전을 비롯해 몇 학교에 출강도 하게 되니 살림도 크게 궁색하지는 않았다. 정처 없던 부평초가 이제 스스로 제 마당에 정원을 꾸미고 갖가지 꽃과 나무를 키우고 보는 재미까지 즐기게 되었다. 그것들 외에 무엇보다 그의 관심을 끈 것은 '옛것'들이었다.[2] '책'도 그에게는 '冊'이었다. 그 편이 훨씬 아름답고 또 책다웠다. 불가피 만년필로 글을 쓰지만 가장 정성스럽고 가장 운치 있는 문방사우였던 먹을 빼앗아간 것도 만년필이었다. 한남서원의 곰팡내 나는 책장을 뒤지는 맛도 좋았다. 완당 김정희라면 표구하는 데까지 뒤지고 다닌다는 이를 따라 글씨 구경도 다녔다. 방의 문갑 위에는 조선 때 제사 그릇 하나를 놓았다. 그리 오랜 것은 아니로되, 거미줄처럼 금 간 틈틈이 옛사람들의 생활의 때가 푹 배어 있다. 가끔 옆에서 그 그릇이 어디가 좋으냐고 묻는 이가 있다. 말로 설명할수록 번번이 안 하느니만 못하게 부족함을 느낄 따름이다. 말 그대로 선승들의 불립 문자로나 가당할까. 그래도 대답을 재촉하면, 그저 "거 좀 좋으냐" 하고 만다. 일찍이 고아가 된 터라 집에는 웃어른이 없어 때로 거만스러워진다. 집에서 저보다 나이가 더 높은 거라곤 아버지가 쓰시던 연적이 하나 있을 뿐이다. 외할머니가 네 아버지 쓰시던 건 이것 하나라고, 허리춤에 늘 차고 다니시던 바로 그 물건이다. 그러니 어찌 귀하지 않겠는가.

상허는 옛것을 두루 좋아했지만, 딱히 비싼 것을 좋아한 것은 아니고 그럴 만한 여유도 없었다. 그가 좋아하고 즐긴 것은 주변에서 흔히 뒹굴다가 세월의 때가 켜켜이 묻은 것들이었다. 서화와 자기도 물론 좋지만, 문방구와 부엌세간 따위도 무시하지 않았다. 조청이나 밀가루를 담던 항아리도 명화와 명품 글씨 앞에 버젓이 놓일 가치가 있다. 하물며 인주갑, 필세筆洗*, 재떨이, 소금 단지, 숟가락 통 등등은 워낙이야 무엇의 용기였든 간에 그의 신원과 계급을 캘 필요가 없다고 생각했다. 아무리 비싼 물건이라도 골동품 신세여서는 재미가 적다. 골동의 '골骨'자란 화장장에서나 추릴 것 같은, 앙상한 죽음의 글자만 같다. 그러니 상허는 고리타분한 '골동骨董' 대신 '고완古翫'이라는 말을

---

* 필세: 먹이나 물감이 묻은 붓을 빼는 그릇.

더 좋아했다. 오래된 노리개 정도로 풀이하면 될 터였다. 주변에 오세창의 집과 간송 전형필의 집이 있었던 것, 특히 화가인 막역지우 근원 김용준의 집이 같은 성북동에 있었던 것도 그의 상고주의 식견을 넓히는 데 큰 도움이 되었으리라. 상허는 상허대로 근원의 집을 방문해 마당에 70~80년 된 늙은 감나무 두어 그루가 서 있는 것을 보고 '노시사老柿舍'란 별호를 붙여주기도 했다.[3]

그런 상허를 휘문 시절의 스승 가람 이병기가 불렀다. 시인 정지용이 중간에서 대신 엽서를 써 보냈다. 그 역시 휘문 출신으로 상허보다는 선배였다.

수일 못 뵈었습니다. 가람 선생께서 난초를 뵈어주시겠다고 22일 (수) 오후 5시에 그 댁으로 형을 오시게 좀 알려드리라 하십니다. 그날 그 시에 모든 일 제쳐놓고 오시오. 청향복욱淸香馥郁한 망년회가 될 듯하니 즐겁지 않으리까.[4]

그날, 그러니까 1936년 1월 22일, 상허는 성북동 집을 빠져나와 눈길을 달려 부지런히 계동 홍술햇골*로 가람 선생을 찾았고, 벗들과 함께 가람의 난을 완상했다. 그리고 나중에 깔끔

_____

* 홍술햇골: 가람 이병기의 집. 당시 가회동 250번지.

한 수필 「설중방란기」로 그날의 정취를 써 남겼다.

성북동에서 아침에 성을 보며 양치질을 할 때, 저녁에 노을을 볼 때, 정원에서 꽃나무를 볼 때, 그리고 옛사람의 글과 그림을 보거나 그도 아니면 옛사람이 쓰던 막사발 하나라도 어찌 구해 문갑 위에 올려놓고 들여다볼 때, 상허는 더 이상 식민지인이 아니었다. 가람이 불러 벗들과 함께 난의 자태와 향을 즐긴 날에는 더더욱 옛 조선인 선비 혹은 묵객이었다. 성북동은 이렇게 서울에 있되 서울의 현실과는 어지간히 거리를 두고 있는 셈이었다. 상허는 그 성북동을 진심으로 사랑했다.

상허는 성북동에서 제 문학의 절정기를 시작했다. 단편으로 「손거부」(1935), 「가마귀」(1936), 「복덕방」(1937), 「패강랭」(1938), 「영월영감」(1939), 「농군」(1939), 「밤길」(1940), 「토끼 이야기」(1941) 등을 썼고, 장편 『성모』(1935), 『화관』(1937), 『사상의 월야』(1941), 『별은 창마다』(1942) 등을 썼다. 차녀와 차남과 삼녀가 태어난 곳도 거기요, 잡지 『문장』의 편집자가 되어 민족어 신문들이 폐간된 이후의 문화적 폐허를 간신히 버티게 해주던 곳도 거기였다. 하지만 영광만 있던 게 아니었다. 사람 사는 세상, 집 담장을 쉽게 타넘는 이웃집 닭똥 냄새처럼 '욕辱'도 함께 따라왔다.

제일 먼저 제 사는 동네가 성북동에서 성북정으로 바뀌었다. 서울은 1911년 4월에 경성부의 행정 구역이 5부 8면제로 개편 될 때 행정동의 이름도 개정했다. 정町과 동洞, 통通과 로路의 체제로 바뀐 것이다. 청계천을 기준으로 남쪽은 정, 북쪽은 동이었다. 가로 구획은 정목町目으로 불렸다. 이러다가 1936년 4월 1일 조선총독부령 제8호와 경기도 고시 제32호로 그간 사용하던 동마저 모두 정으로 고쳤다. 상허의 성북동도 졸지에 성북정이 되어버렸다.

상허의 단편 「장마」는 1936년에 발표되지만, 거기서 주인공 '나'는 아직 '성북동'에 살았다. 소설을 쓸 즈음에 아직 행정명이 바뀌지 않았던 것인지, 일부러 성북동을 고집한 것인지는 알수 없다. 어쨌든 지루한 장마 끝에 모처럼 외출을 꾀한 그는 큰길까지 걸어 내려와 총독부행 버스를 탔고 이어 안국동에서 전차로 갈아탄다. 안국정이지만 아직 안국동이라야 말이 되는 것같다고 생각한다. 사실 그 '나'는 동이나 리를 깡그리 '정화町化'시킨 데에 불만이 무척 많았다. 비즈니스의 능률만 본위로 문화를 통제하는 것은 그릇된 나치스의 수법이라고 생각했다. 게다가 제 사는 성북동을 성북정이라 불러보면? 소름이 끼쳤다. '이 주사' 하고 불러야 할 어른을 '리 상' 하고 남실거리는 격이기 때문이다. 그런데 그렇게 되지 않았나!

'이러다가는 몇 해 후에는 이 가니 김 가니 박 가니 정 가니 무슨 가니가 모두 어수선스럽다고 시민의 성명까지도 무슨 방법으로든지 통제할는지도 모른다.'

미리 밝히지만, '나'의 이 불길한 예상은 머잖아 현실이 된다. 1939년 11월 10일, 조선 총독부는 '조선민사령'을 개정해 조선에서도 일본식 씨명제를 따르도록 규정하고, 1940년 2월 11일부터 8월 10일까지 '씨'를 정해서 제출할 것을 명령했다. 이른바 창씨개명의 시작이었다. 그러나 소설 「장마」를 쓸 당시 상허는 그저 툴툴거릴 뿐, 아직 그런 날이 진짜 오리라곤 저도 믿고 있지 않았다.

1937년 중일전쟁 이후 상허가 견뎌야 할 모욕과 곤욕과 치욕은 이보다 훨씬 많을 터였다.

17

이광수와
홍지동 산장

　　　　　　　　　　　　성북동에 상허 이태준의
수연산방이 들어설 즈음, 건너편 쪽 산 중턱에는 만해 한용운
의 심우장이 들어선다. 북향집이었다. 세간에는 만해가 총독부
를 보기 싫어 그렇게 터를 잡았다는 말이 돌기도 했다. 실제 주
변을 살피면 달리 방향을 잡기도 어려웠을 것이다. 서울의 동
북쪽 성북동 골짜기에는 그밖에도 안서 김억, 일엽 김원주, 팔
봉 김기진, 춘성 노자영, 홍효민 등 여러 문인이 살았다. 「성
북동 비둘기」의 시인 김광섭이 성북동에 깃든 것은 훨씬 훗날
(1961)의 일이다.

　서울의 서쪽 세검정 일대에도 그곳 못지않게 여러 문인이 살
았다. 빙허 현진건이 금세 눈에 띈다. 그는 1936년 『동아일보』
일장기 사건으로 옥고를 겪고 나서 곧바로 자하문 밖 부암동
(325번지 2호)에 자리를 잡았다. 거기서 양계나 하면서 살겠다
는 거였다. 상하이에서 활동하던 형 현정건이 붙잡혀 옥고를
치르고 나오자마자 곧 죽는데, 형수 윤덕경도 뒤를 이어 자결
했다. 그런 충격이 채 가시기도 전에 저도 다시 영어의 몸이 되
었던 것이니, 이제 닭이라도 키워야 세상의 시름을 견딜 수 있
을지 몰랐다. 그러나 그가 키운 닭들은 운이 좋지 못했다. 여기

저기서 벗들이 술병을 차고 몰려오니, 달걀을 낳으면 술안주요, 병든 닭은 모조리 복놀잇감이었다. 월탄 박종화, 노작 홍사용 등 문인들이 언론계와 예술계의 여러 벗과 함께 자하문 고개를 넘었다. 빙허도 동아일보사를 아직 다닐 때에는 매일같이 그 길을 넘어 황토마루까지 오가곤 했다. 그 중간 담피골(현 당주동)에 치롱집이라고 부르던 술맛 좋은 술집에서 어젯밤 술이 덜 깬 빙허가 그곳을 지나다가 아침부터 부르자, 주모와 사환들은 빙허의 주정이 무서워 신발을 부엌에 감추고 벽장으로 숨어버렸다. 아무리 불러도 대답이 없자 빙허가 안으로 들어갔고, 부엌에서 신발들을 찾아냈다. 화가 난 빙허는 아무 소리 없이 그 신발들을 죄 우물 속에 던져버렸다.[1]

세검정 개천 건너편 산자락에는 춘원 이광수가 소리 없이 찾아든다. 1934년 7월의 일이었다. 그의 나이 마흔둘. 그해는 그의 인생에서 가장 슬픈 해이기도 했다. 연초, 허영숙과 사이에서 낳은 아들 봉근이를 갑자기 발병한 패혈증으로 잃고 만 것이다.[2] 춘원 부부의 충격은 이루 형언키 어려울 정도였다. 춘원은 그게 자기의 죄, 자기의 업보라고 생각했다. 처음 허영숙과 결혼해서는 5년이나 아무런 소식이 없다가 마침내 낳은 아이였다. 그때 춘원은 죄 많은 몸이 새로 오시는 귀한 손님을 온전히 받을 자격이 있는지 스스로 묻고 또 물었다. 부모가 짝지워준 첫 번째 아내 백혜순을 버린 일, 신여성 허영숙과 벌인 사랑의 도피 행각, 그로 인해 상하이 한인 사회에 물의를 일으킨 일, 도산의 뜻을 저버리고 귀국한 일, 변절자라는 딱지, 그리고 「민족개조론」과 「민족적 경륜」(1924) 필화, 그밖에도 꼽을 허물이 하나둘이 아니었다. 그러나 그는 조부와 부모가 못나시기는 하였어도 살아생전 남에게 악한 일을 하신 적이 없어 그 덕을 제가 받는 거라고 생각했다. 그렇게 황송한 아이 봉근이가 하루아침에 사라져버린 거였다. 하필이면 그때 춘원은 병이 도져 사경을 헤매고 있었다. 그래서 아이의 얼굴도 볼 수 없었다. 의사의 명령이 아니더라도 제가 그 귀한 손님 곁에 있으면 부정을 탈 것 같아 황해도 안악 연등사로 정양을 떠났다. 거기서도 병이 더쳐 쉽게 거동도 못 하던 어느 날, 하필이면 궂은비가 추적추적 오던 초겨울날이었는데, 깊은 밤, 허영숙이 갓난아이를 업고 나타났다. 춘원은 절로 통곡하지 않을 수 없었다. 몸에 있는 눈물이 다 없어질 것 같았다. 하지만 아이가 귀하고 귀할수록, 예쁘면 예쁠수록 삼가야 했다. 춘원은 사흘 만에 모자를 돌려보냈다. 마침 바람 없고 볕 따뜻하던 날이었다. 춘원은 산국화 많이 핀 등성이에 앉아, 아이가 주지 노장의 등에 업혀 처네를 펄렁거리며 가물가물 동구를 빠져나갈 때까지 자리를 뜨지 않았다.

그러면서 이렇게 빌었다.

"내게 남은 목숨을 왼통 저 어린것에게 주시옵소서."

아이는 티 없이 잘 자랐다. 눈에 넣어도 아프지 않을 것 같았다. 하지만 인연은 거기까지였다. 아이는 세상에 온 지 불과 6년 8개월 만에 도로 세상을 저버렸다. 춘원은 무덤을 쌓고 통곡했다.

세검정 홍지동에 볕 잘 드는 땅을 구했을 때, 그리고 거기에 집을 짓기로 결정했을 때, 춘원은 실은 무엇보다 참척의 슬픔을 잊고 싶었을 것이다. 그는 새로운 인연을 찾았다. 장산사의 사주 정세권이 그 첫 번째 귀한 인연이었다. 그는 춘원의 아내가 효자동 175번지에 허영숙산원을 지을 때 거처가 마땅치 않자 가회동 집을 빌려준 인연이 있었다. 매사 하는 일이 그처럼 시원시원한 이였다.

정세권은 당대 유명한 부동산 개발업자였다.[3] 도시 개발에 밀려나는 옛 고관대작이며 양반 사대부들의 너른 집과 땅을 매입해 거기에 여러 채 작은 규모의 한옥을 지어 조선 사람들의 주거 지역을 마련했다. 그 덕에 전통 한옥의 골격을 살리면서도 생활에 불편하지 않게 개량된 집들이 대거 들어서게 되었다. 북촌 가회동이 시초였지만 그곳만이 아니었다. 익선동 166번지와 33번지는 각각 왕의 종친 이해승[*] 소유의 누동궁과 고종의 서자 완화군의 사저를, 창신동 651번지는 조병택의 대저

---

* 이해승: 심훈의 첫 번째 아내 이해영의 오빠로 일본으로부터 후작 작위를 받은 청풍군 이해승.

정세권이 조성한 북촌 도시형 한옥들.

택을 매입해 개발했다. 그때 정세권은 예컨대 이해승 소유의
익선동 166번지 1필지 땅을 무려 68필지로 나누어 개발했는
데, 그 결과 오늘날 우리가 보는 익선동 집단 한옥 지구가 형성
되었다. 말하자면 필지 분할을 통한 대규모 주택 건설이었다.
사실 1930년대에 들어서면 지난 10년간하고는 또 다르게 조선

인들의 경제 상황이 악화되어, 전 같으면 서른 칸 집도 무난히 팔렸지만 이제는 고작 너더댓 칸의 집을 찾는 이들이 제일 많았다. 여유가 좀 있는 사람도 열 칸 안팎의 집을 찾는 형편이었다. 이에 따라 부동산 개발업자들도 전략을 바꾸었다. 정세권은 체부동, 계동, 재동 같은 지역에도 조선 기와집을 수많이 짓고 고치고 다듬었다. 『경성편람』(1929)에는 그가 해마다 주택 300여 채를 신축했다고 나온다. 1934년부터는 새 건양주택의 이름을 내걸었다. 기존 한옥의 문제점들을 파악해, 예를 들어 수도를 내부에 설치하고, 부엌 바닥에 타일을 깔거나 석탄 아궁이를 설치하고, 햇빛이 잘 드는 남쪽 면을 넓게 설계하고, 식당, 세탁장, 하수구 등을 모두 물을 사용하는 주방에 가깝게 배치하는 식으로 해서 위생적이고 실용적이고 경제적인 점에 초점을 맞춘 것이 새 한옥의 특징이었다. 그런 작업들은 결국 일본인의 북촌 진출을 막아낸 공로로 이어진다.

그 정세권이 춘원의 홍지동 집을 짓는 역사를 총지휘했다. 바짝 깎은 머리처럼 빈틈없는 사람이었다. 그가 부리는 목수, 미장이, 도배장, 유리장, 차양장 등 모든 장색匠色도 그를 본받았다. 폐풍이 거의 없었다. 춘원은 집 짓는 현장에서 그들을 보는 걸 낙으로 여겼다. 그들이 어떻게 살아왔는지 일하는 손에 고스란히 드러났다. 물론 조금 못난 이도 있었고 조금 꾀를 쓰는 이도 있었다. 그러나 그런 이들이 두루 어울려 100일이나 힘을

이광수의 홍지동 산장.

합한 끝에 큰 탈 없이 마침내 집의 완성을 보게 된 거였다.

열두 간이라면 조그마한 집이언마는 나와 같이 덕과 복이 다박한 사람에게는 이 집도 과분하다는 황송한 감이 없지 아니하다. 만일 나만 능히 큰 닦음이 있을진댄 이 조그마한 집에도 조선의 모든 현인을 다 모을 수 있을 뿐더러 세계의 모든 성현과, 널리 말하면 삼천대천세계의 제불보살과 천인아수라를 다 모을 수가 있는 것이다. 나는 인제 사십삼 세다. 하루로 말하면 오정이 훨씬 넘은 때다. 이제사 비로소 정도正道에 눈이 떴으니 늦다고 하겠지마는, 이제부터라도 불퇴전의 바퀴를 굴리고자 나는 이 집을 지을 때에 오직 감사하고 오직 경건하는 마음으로써 하였다. 내 집을 위하여 짐을 지고 나무를 깎는 이들의 무의식중에 하는 부탁—내게 복을 주오. 나를 고해에서 건져주오—하는 부탁을 분명히 들었다.

나는 이 집에서 새 사람이 되지 아니하면 아니 되고 참 사람이 되지 아니 하면 아니 된다. 그렇지 못하면 나는 어언 일생을 허송하는 것이 되는 것이다.[4]

거기서 그는 새벽같이 일어났다. 그리고 밤새 제가 잠든 사이에 이루어진 우주의 놀라운 공사를 감사히 여겼다. 북극성만

이 변함이 없이 한자리에 있는 것을 보았다. 동動 중의 정靜, 변變 중의 항恒, 다多 중의 일一이 우주의 신비한 통일과 법을 느끼게 했다. 그는 새삼 제가 태어난 데 대해 하늘에 감사하며 하루를 시작했다.

18

'대경성'의 산책자들

1928년, 일본에서는 아쿠
타가와 류노스케, 다야마 가타이, 이즈미 교카, 시마자키 도손,
기타하라 하큐슈 등의 문인을 비롯해 여러 예술가들이 집필한
『대도쿄번창기』가 출간되었다. 그 이듬해에는 이른바 '고현학'
의 창시자 곤 와지로가 엮은 저 유명한 『신판 대도쿄 안내』가
선을 보였다. '도쿄'는 바야흐로 '대도쿄'로 가는 급물살을 타고
있었다. 1923년의 대지진 이후 불과 6~7년 만에 눈부신 부흥
을 이루어낸 자신감이 반영된 결과였다. 아울러 도시가 교외로
까지 급속히 확대되고 있던 상황도 이를 뒷받침했다.

이런 변화는 식민지 조선에도 영향을 미쳤다.

1929년 일제의 시정 20주년을 기념하는 조선박람회가 개최
되었을 때, 천도교단에서 만든 대중 잡지 『별건곤』은 '대경성
특집호'를 발간했다. 100쪽이 넘는 분량으로, 일종의 '대경성
안내서'와 다름없었다. 이렇듯 1930년대를 전후해서는 '대경
성'이라는 말이 공공연히 세인의 입에 오르내리기 시작했다.

경성부에서는 1926년에 이미 '대경성 계획' 제1차 안을 성안
했다. 30년 후 인구 60만 명을 수용하는 도시를 건설하겠다는
내용이었다. 하지만 곧바로 쇼와 공황기에 접어들면서 계획을

축소할 수밖에 없었다. 이후에도 '대경성'을 건설하자는 논의는 계속되었다.[1] 그러다가 1934년 6월 20일, '조선시가지계획령'을 정식 발표하게 된다. 이는 식민지 수도 경성 최초의 도시계획 법령으로, 목표 연도인 1959년까지 인구 110만 명의 대도시를 만든다는 게 골자였다. 이에 따라 도시의 대폭 확장도 이루어져, 조선 총독부는 1936년 4월 1일부터 시행된 시행령으로 동부(청량리), 서부(마포), 그리고 한강 이남(영등포) 지역을 경성부에 편입하는 조치를 단행했다.[2] 이로써 경성부는 면적이 3.5배 확장되어 일본 제6위로, 인구는 44만 명에서 65만 명으로 증가해, 도쿄·오사카·나고야·고베·요코하마·교토에 이어 일약 일본 제7위의 대도시로 급성장하게 된다. 이해 경성도시문화연구소에서 발간한『신판 대경성 안내』(일어)가 이러한 변화를 담아내고 있다.

이러는 가운데 대경성의 산책자로 나서는 문인도 하나둘 늘어났다.

1. 소설가 상허 씨의 일일[3]

성북동 집을 나와 안국동에서 전차를 갈아탄 소설가 상허 씨는 조선중앙일보사 앞에서 내렸다. 1년이나 근무하던 데라 일이 없어도 종종 들러본다. 종로 일대에서 가장 아는 사람이 많은 곳이기도 했다. 그래봐야 "재미 좋으십니까?" 소리밖에는 주고받을 게 없다. 늘 싱거움을 느낀다. 편집실 안 풍경이 눈에 훤하다. 여수 박팔양 같은 이가 사회부장 자리에서 강도나 강간 기사 제목에 눈살만 찌푸리고 앉아 있는 것은 아무리 보아도 비극이다. 그는 세속을 떠난 신선미가 어울리는 사람이 아니던가. 『동아일보』에서는 빙허 현진건이 그 자리에서 오래 썩고 있다. 수주 변영로는 부인 잡지에서 세월을 보낸다. 상허 씨는 다들 사람 볼 줄 모른다고 생각한다. 제가 사장 자리에 있으면 저마다 어울리는 자리로 재배치를 해줄 것인데….

"왜 벌써 가시렵니까?"

"네."

"거 소설 좀 몇 회치씩 밀리게 해주십시오."

"네."

대답만은 시원하게 하고 출판부로 내려간다. 거기서 '바다'라는 제목으로 수필 하나를 청탁받았다. '바다!' 멀리 쳐다보이는 것은 비에 젖은 북한산이다. 들리는 건 낙숫물 떨어지는 소리와 공장에서 윤전기 돌아가는 소리다.

신문사를 나와 바로 낙랑파라로 발길을 옮겼다.

조선호텔 건너편 장곡천정(하세가와쵸, 현 소공동) 초입에 양옥으로 지은 2층 건물이다.

문인들이 즐겨 찾았던 카페 낙랑파라.

낙랑파라 입구에서는 남양에서 이식해온 듯한 파초가 손님을 맞이한다.[4] 실내에 들어서면 대팻밥과 흰 모래로 섞은 토질 마루 위에다가 슈베르트며 디트리히 같은 예술가들의 사진을 걸어놓았다. 데생 작품도 몇 개 적당히 걸려 있다. 이상은 "이 것으로 낙랑은 이 도시의 배가본드들의 교실이 되었습니다" 운운하는 낙서를 벽에 남겼다. 그 '배가본드'는 당연히 그와 정신없이 어울려 다니는 화가 구본웅과 소설가 구보 박태원을 포함할 거였다. 모던 보이, 모던 걸이 즐겨 찾는 다방답게 등나무 의자와 테이블도 모던한데, 입구의 파초와 더불어 실내 분위기를 이국적으로 꾸미는 데 절대적으로 기여한다. 과연 서울에서 문인과 예술가가 가장 많이 찾는다는 끽다점답다. 사실 서울에는 1928년 종로에 영화배우 복혜숙이 개업한 '비너스', 1933년 극작가 유치진이 장곡천정에 개업한 '플라타느', 1933년 이상이 종로에 개업한 '제비' 등 문인과 예술가들이 직접 차린 다방이 제법 있었지만, '제비'의 사례로 알 수 있듯이 사업상 성공은 결코 쉽지 않은 일이었다. 낙랑파라는 이런 점에서 단연 독보적이었다.

소설에는 주인의 실명이 등장하지 않는다. 그는 화가 이순석으로, 상허 씨하고는 도쿄 시절의 친구였다. 2층에는 아틀리에를 두었다. 낙랑파라는 그가 자본금을 한 2,000원 투자해 2년 전에 문을 열었다. 그때 북촌도 아니고 손님들이 오겠느냐고 말들이 많았는데, 전차의 소음을 피해 자리를 잡은 것이 오히려 크게 인기를 끌었다. 매주 금요일에는 빅타레코드의 신곡을 발표했다. 남촌과 가까워 일본인들도 제법 찾았다. 한 잡지는 낙랑파라의 한 달 매상고가 300원이라고 소개하기도 했다.

소설에서 주인은 언젠가 상허 씨에게 눈물까지 글썽이며 고민을 털어놓았다. 어떤 미인을 사랑한다는 것이었다. 그래서 사랑하라고 했더니 제 아내는 어떻게 하냐고 되물었다. 그래서 그만두라고 했더니, 영원히 순결한 정신적 사랑을 할 수는 없는 것이냐며 징징거렸다. 얼마 후에 보니 얼굴이 몹시 상했고 한쪽 손 무명지를 붕대로 칭칭 감고 있었다. 상허 씨가 왜 그러

본정에 있었던 일한서방.

느냐고 묻자, 쉽게 대답했다.

"생인손을 앓아 잘라버렸네."

상허 씨는 감격했다. 감격성 많고 선량한 그가 그 연애 사건으로 단지했음을 짐작했기 때문이다.

마침 그 주인은 없었다. 구보도 이상도 나타나지 않았다. 비는 구질구질 내린다. 상허 씨는 누구든지 기어이 한 사람은 만나보고 싶었다. 본정의 대판옥이나 일한서방쯤 가면 월파 김상용이나 일석 이희승을 어쩌다 만날지도 모른다.

마침내 밖으로 나와 비 내리는 포도를 걷는다. 일한서방으로 가니 누군가가 알은체를 하고 다가선다. 상허 씨는 중학교 때 친구로 그의 성이 강이라는 것을 겨우 기억해낸다. 그가 상허 씨를 본정 그릴로 데리고 가는데, 레인코트를 벗고 보니 양복 저고리 깃에는 일장기 배지를 척 꽂았다.

상허 씨는 그날 오후 황해도 어디에서 간사지 사업을 한다는 그 '옛 친구'로부터 아주 많은 것을 듣고 배웠다. 못 먹는 맥주를 두어 컵이나 먹은 상허 씨는 등허리가 후끈거렸다. 강은 사업을 위해 '본부'를 들락거린다고 했다. 본부가 어디냐고 하니까 "허, 이 사람! 서울 헛 있네그려. 본불 몰라? 총독부를?" 한다. 이야기 끝에 다시 정색을 하고선 상허 씨가 여학교에 관계한다는 소문을 들었다며 갑자기 중신을 서달라고 부탁한다. 이것저것 두루 다 가당치도 않았다.

아내 생각이 났다. 상허 씨는 나오는 길로 중국집 천증원에 들러서 돼지 족을 제일 큰 것으로 하나 샀다. 그리고 종로 견지동에 있는 한성도서로 가 제 책『달밤』을 한 권 사서 고향 친구 학순이에게 부쳤다.

쳐다보니, 성북동 쪽 산들은 그저 뽀얀 이슬비 속에 잠겨 있었다.

집에 온 상허 씨는 곧 「바다」를 썼을 것이다.[5] 거기서 정지용이 언젠가 한 말을 인용했다. 바다는 '바다'라야 진짜 바다답다는 말이었다. '우미ᵘᵐⁱ'니 '씨ˢᵉᵃ'니 해서는 넓디넓은 바다 전체보다 기껏 그 위에 든 섬 하나 배 하나쯤을 가리키는 느낌이 든다나? 전적으로 동감이었다. 원고지 첫 줄에 '바다' 이렇게 써놓으니, 지용의 말마따나 넓은 바다뿐만 아니라 바다를 덮은 하늘까지도 풍성하게 펼쳐지는 것 같아 절로 기분이 좋았다. 그 기분을 끝까지 살려 마무리할 때는 멋도 좀 부렸다.

바다는 영원히 희랍希臘으로 즐겁다.

소설가 상허 씨는 이렇게 써놓고 스스로 멋쩍은 웃음을 지었다. 밖에서는 아내가 돼지 족을 삶는 냄새가 구수하게 풍겨왔다.

2. 김남천의 가정 봉사

날이 따스해 봄이 완연한 날, 김남천은 처와 제가 굳이 따로 엽서를 보내 부른 여성 H씨와 함께 셋이서 모처럼 시내 나들이에 나섰다.[6] 처는 까만 두루마기에 초록 치마를 밑으로 내놓고 흰 고무신을 신었다. H씨는 까만색 셔츠에 회색 간복 외투를 걸쳐서 보기에 몸에 가볍고 봄다웠다. 그런데다 앞이 활짝 들린 화색 모자에 자줏빛 리본이 눈부시게 찬란했다. 김남천은

까만 두루마기에 병정 구두를 신고 뚜벅뚜벅 그들 뒤를 따라
간다. 처가 아이를 난 뒤에 처음 같이 걷는다. 이렇게 젊은 여
자 틈에 끼여 걷는 것이 어쩐지 부끄럽다. 좀해서는 여자와 걷
는 법이 없는 그였지만 이날만큼은 어쩔 수 없었다. 딸아이가
보통학교에 들어가니 학부형이 되는 아내에게 새 옷을 맞춰주
기로 약속했던 탓이다. 재동에서 버스를 타고 안국동에서 내려
전차로 바꾸어 탔다. 종로에 와서 다시 노량진 가는 전차를 기
다리는데, 어디선지 그를 부르는 소리가 들린다.

"어이, 김남천 군!"

머리를 휘휘 둘러본다. 보신각 쪽, 한청 쪽, 동대문 쪽, 또 화
신 쪽을 찾아보아도 도무지 소리 난 곳을 알 수 없다. 김남천이
내가 잘못 들은 게지 하는데, 처가 옆구리를 쿡 찌르며 말한다.

"여보, 저기 아니우? 오 씨랑 저기!"

얼떨떨해서 처가 표정으로 가리킨 쪽을 쳐다보니 한청빌딩 3
층 조선영화사 사무소 유리창으로 분간하기 어려운 젊은 남자
의 얼굴이 대여섯 내려다보고 있었다. 김남천이 그제야 본 시
늉을 했더니, 아는 이 모르는 이 전부 파안하고 크게 웃었다.
김남천은 아내하고 진고개 가는 길이라고 말하려다가 그래 봐
야 들리지도 않고, 또 괜히 멋쩍은 일이기도 해서 그저 모자를
벗어 반가운 시늉만 보여주고 말았다.

일행은 버스에서 다시 지인인 고 군을 만났다. 그는 김남천

종로의 화신백화점(왼쪽)과 맞은쪽의 한청빌딩(동그라미 표시).

에게는 알은체도 하지 않고 그 좁은 틈에서 처와 인사를 하며 묻지도 않았는데 바빠서 통 못 가뵈었습니다 어쩌구저쩌구 시시덕거렸다. 본정 미나카이 백화점에서 그는 또 다시 아는 이를 만났다. 이번에는 하나도 아니고 둘이고, 남자도 아니고 여자다. 안면이 있는 카페의 여급들이었다. 김남천의 처가 H씨와 더불어 옷을 고르고 있는 틈에, 화사한 봄옷에 새로 파마머리를 한 두 여급은 살짝 눈으로만 인사를 하고 지나갔다. 아마 김남천의 가정에 분란이라도 생길까 신경을 써준 모양이었다.

화신백화점 맞은편, 종각 옆의 한청빌딩은 을사늑약을 반대했던 한규설의 손자 한학수가 지은 것으로 식민지 말기에는 이태준이 운영한 문장사가 그곳에 깃들게 된다.

3. 최정희의 혼부라[*]

최정희는 1931년부터 파인 김동환이 경영하는 『삼천리』 잡지사의 직원으로 근무했다. 회사는 종로 2정목에 있었다. 그녀는 퇴근 후에 종종 걷기를 좋아했다. 특히 본정을 자주 들렀다.[7] 건물은 크지 않고 길도 자동차나 인력거도 다니기 힘들 만큼 좁지만, 본래 웅장한 것보다는 아담한 쪽을 좋아했다. 무엇보다 남산 때문에 하늘이 왠지 더 높아보여서 그것도 좋았다. 하늘이 높아서인지 걷다 보면 저도 몰래 다리가 건득건득 들리는데, 그러다 보면 또 구두 소리가 또각또각 요란해지게 마련이다. 그럴 때, 그녀는 온 세상에 저 혼자인 듯한 정적을 맛보기도 하는데, 그렇게 되면 또 무한히 슬퍼지면서 외려 다른 때에 하지 못하던 아주 멋진 생각도 하게 된다.

---

* 혼부라: 도쿄의 긴자 거리를 하릴없이 어슬렁어슬렁(ぶらぶら) 걷는 현상을 긴부라(銀ぶら)라 한 것처럼, 본정 거리를 한가로이 구경 다니는 것을 혼부라(本ぶら)라고 했다.

종합 대중 잡지 『삼천리』
창간호(1929년 6월).

　그날은 마침 빨강 치마를 입고 출근했다. 그래서일까, 그날따라 책상 위에 할 일이 수북했지만 해가 아직 공중에 떠 있어도 마음은 벌써 본정을 향해 줄달음을 친다.

　삼중정 차상점에서는 차 볶는 냄새만 맡으리라. 거기서 이제 차 살 일은 없다. 오스시집도 그냥 지나치리라. 지난번엔 너무 많이 고생하지 않았는가. 명치정을 지나 본정 4정목 쪽으로 걷자. 화장품집도, 가네보(종방)도, 꽃집도, 지하실 찻집도 들르지 않겠다.

오늘은 그저 온 세상에 나 혼자인 듯이 자꾸 걸으며 아주 멋진 생각을 하리라.

연이는, 별이 불꽃 같은 밤에, 두 번째 시집을 갔다.[8]

소설을 쓴다면 첫머리를 이렇게 시작하리라.

4. 노천명의 봄날과 겨울날

노천명의 고향은 황해도 장연이다. 어려서 서울에 처음 왔을 때에는 서울 애들처럼 옥색 두루마기에 당홍 제비부리 댕기도 아니고 검은 토막 댕기를 드려 시골뜨기라는 놀림을 받았다.

"시골뜨기 서울뜨기 말라빠진 꼴뜨기"

아이들이 놀리고 달아나면, 어린 노천명은 그 말이 무슨 뜻인지도 모르고 그저 재미있어서 아이들 있는 데로 쫓아갔다. 그러면 아이들은 와 하고 줄달음질을 쳐서 골목으로 달아났다.[9]

그 아이가 자라 성숙한 서울 여자가 되었다. 노천명은 경기고녀 가까이에 산 모양이다. 집에서도 학생들이 부르는 창가

소리를 들을 수 있었다(「봄과 졸업과」). 경기고녀는 경성여자고등보통학교가 1938년에 이름을 바꾼 학교로, 그때는 재동에 교사가 있었다. 고종이 지어 왕실 결혼식을 두 차례나 치른 안동 별궁(예전 풍문여고 자리, 안국동 172번지)이 머지않은 데 있었다고 쓴 수필도 있다(「포도춘훈」). 거기서는 봄날의 따사로운 볕이 툇마루에 누워 있던 노천명을 기어이 유혹한다. 마침 숨소리처럼 소리도 없이 나타나서 등을 탁 치는 동무 '윤'과 함께 얼른 거리로 나선다. 별궁 모퉁이를 돌아 큰길로 나서자, 곧 '훈'을 만난다. 하얀 옥양목 소복에 까만 갖신을 신은 차림새가 진실로 아담스럽게 보였다. 약병을 보이며 병원에서 오는 길이라고 하는데, 안동 네거리를 건너 전동으로 빋는 길에 훈의 그 파리한 얼굴과 청초한 모양이 도무지 사라지지 않았다. 화신으로 갔다. 그곳은 비빔밥이 먹음직스럽다. 마침 청명이니 비빔이 맛날 때도 되었거니와, 나박김치에 미나리 풋냄새도 사근사근 봄철이 분명했다. 잘 먹고 나서 둘은 다방 프린스로 향했다. 이번에는 '정'을 만났다. 피곤한지 우는 것처럼 웃으면서 온다.

"전화를 걸었더니 나갔다고 그러더구만. 어디서 오는 길이야?"

"난 외근을 갔다가 오는 길이야. 어디 가?"

"찻집에 가서 레코드나 들읍시다."

이제 셋이 된 일행은 다방 프린스에 들어가 차를 마시며 〈그루미 선데이〉를 들려달라고 청했다. 만나고 보면 참새처럼 지껄일 것 같더니만 기껏 얼굴들을 마주하면 말이 없다. 제가끔 남모를 것들을 생각할 터였다. 다방을 나서니 저녁 바람이 뺨에 싫었다.

노천명은 '훈'을 위해 카네이션 한 묶음을 샀다. 문득 어디론가 멀리 떠나고 싶단 생각이 들었다.[10]

그 노천명이 겨울에도 서울을 떠나지 못했다. 눈이 퍼뜩퍼뜩 날리자 유혹을 이기지 못한다.[11] 목도리를 머리까지 푹 올려 쓰고 기어이 길을 나선다. 뉘 집을 찾거나 뉘 동무를 찾고 싶지도 않았다. 그저 홀로 한없이 걷고만 싶었다. 눈은 펑펑 함박눈으로 바뀌고, 황해도 여자는 눈 퍼붓는 서울의 밤을 걷는다. 어디선가 기적 소리가 들린다. 그 차 안에 있을 사람들의 눈빛을 생각한다. 어디로들 가는 것일까. 이따금 눈송이가 뺨을 때린다. 아무도 이렇게 조용히 걷는 제가 가슴속에 쉽게 사라지지 않는 슬픔과 무서운 고독을 함께 채우고 있음을 모르리라. 이리하여 사람은 영원히 외로운 존재인 것을. 다행히 딱딱이를 치며 순경을 도는 이가 있다. 담장 너머로는 다닥다닥 다듬이질을 하는 여인이 있다. 노천명은 조금은 마음이 풀어져서 이윽고 집 대문을 다시 들어선다. 머리에는 하얗게 눈을 뒤집어썼다. 꽃 한 송이 없는 방에 들어서자 그림자처럼 들어온 제가 상장喪章처럼 슬펐다. 조용히 누웠다. 창밖엔 여전히 사르르사르르

노천명.

눈이 내린다. 저 적막한 거리에 제가 버리고 온 발자국도 다시 흰 눈에 덮여 사라졌을 것이다. 눈을 감자, 천장에서 쥐가 달그락거린다. 눈 오는 밤, 눈 오는 서울의 밤, 눈 오는 식민지 서울의 밤, 쥐는 나무를 깎고, 조선의 한 '여류 시인'은 하염없이 가슴을 깎는다.

5. 소설가 구보 씨의 일일[12]

박태원은 『천변풍경』(1936)의 작가답게 서울내기 중에서도 북촌과 남촌의 경계를 이루는 청계천변에 대해 정통하다. 수중 박골(다옥정, 현 다동)에서 태어났고, 아버지와 숙부가 거기서 각기 약방과 의원을 했기 때문이다. 둘 다 공애당이라는 상호를 내걸었다. 연보를 좇으면 박태원이 꼭 청계천변에만 머물러 산 것은 아님을 알 수 있다. 1930년대 중반 결혼 후 분가해서는 이후 몇 해 동안 독립문 근처 관동(현 교북동, 영천동)에 살았는데, 서대문형무소가 가까이 있어서 애들이 순사와 전중이(죄수)로 나뉘어 유다른 술래잡이를 하고 노는 것을 보고 마음이 좋지 않노라 했다. 아름답지 못한 것은 그것 말고도 또 있었다. 골목을 나서 큰길에는 시체를 담은 금빛 자동차가 하루에도 몇 번이나 무악재 고개를 넘었으니, 고개 너머 홍제원에 화장터가 있기 때문이었다. 자동차는 그래도 훌쩍 지나가버리니 큰 문제가 아니라 하겠는데, 행렬은 느리고 격에 맞춰 상두 소리 곡소리를 내며 지나는, 게다가 이따금 악대까지 사서 〈내 고향을 이별하고〉와 같은 통속 명곡을 연주하며 지나가는 상여 행렬을 보는 것은 영 언짢은 일이었다.[13] 그가 쓴 「낙조」(1933)와 「최노인전 초록」(1939)의 주인공 '최 노인'도 약을 팔기 위해 매일이다시피 그 고개를 넘어 다녔다.

어쨌거나 그의 생은 식민지 경성이라는 도회 공간을 떼어놓고는 설명하기 어렵다. 그는 경성을 집요하게 관찰했다. 예컨대『천변풍경』에서 이발소 소년은 하루 종일 유리창 너머로 천변을 관찰한다. 개천에서 올라와 20전이든 30전이든 꼭 동전을 지전으로 바꾸고서야 술집을 찾는다는 땅꾼이며, 늘 느린 걸음으로 점잖게 앞을 지나가다가 남 앞이면 갑자기 금시계를 꺼내 들지만 남이 18금으로 알아봐주기를 바라는 그것이 실은 5금에 지나지 않는 바로 그 중년 신사와, 천변 맞은편의 '평화'라는 옥호를 가진 카페를 나와 목욕을 가는 하나코와, 아까부터 그 카페 밖에 서서 안을 기웃거리는, 이미 50줄에 든 조그맣고 늙은 부인네, 즉 모처럼 딸을 보러온 그 하나코의 어머니와, 이미 30이 넘은 데다 얼굴이나 맵시 또한 어여쁘지 않으면서도 용케 카페의 매상을 올리는 데 능력을 발휘한다는 또 다른 여급 기미코와, 막 건너편 한약국집 문을 나서 벌써 4년째 어깨를 가지런히 해 거리를 산책하는, 즉 도쿄 어느 사립 대학 영문과를 졸업한 한약국집 큰아들과 역시 '이화'를 나온 '신식 여자' 내외와, 시앗을 보고 남편의 학대를 받고 마침내는 단 하나뿐이던 어린 자식마저 없애고 이제는 세상에 믿고 살 모든 것을 잃은 뒤 그 한약국집으로 안잠을 살러 들어온 귀돌 어멈과, 흡사 학생같이 차렸으나 손에 든 도시락 보자기로 미루어 조금 전 다섯 시에 막 전매국 의주통 공장이 파해 돌아오는 여공일

이상(하융)이 그린 「소설가 구보씨의 일일」 삽화.

게 분명한 색시들을 두루 다 살피는 게, 이발소에서 먹여주는 대가로 돈 한 푼 안 받고 손님들 머리를 감겨주는 소년의 또 다른 일이었다.

그렇지만 하루 종일 이발소에 갇혀 지내야 하는 신세의 소년이 행하는 관찰과 스스로 고현학자임을 자처하는 소설가가 시도하는 관찰은 종류 자체가 엄연히 달랐다. 방법과 목적도 달랐다. 소설가가 말하는 관찰에 가장 유효한 수단은 산보였다. 그리고 그 산보란 특히 근대적 시가지의 산보를 뜻했다. 그리고 근대적 시가지의 이상적 산보법은… 가장 교묘하게 '거짓말'을 하는 데 있었다.[14]

소설가 구보 씨의 근대적 산보는 잘 알려져 있다.

그는 정오 무렵 집을 나서서 천변 길을 따라 광교를 향해 걷다가, 이윽고 격렬한 두통을 느껴 다리에서 멈춰 서는데, 그러다가 갑자기 우두커니 다리 곁에 서 있는 것의 무의미함을 새삼스러이 깨닫고는 걷기로 하고, 이제 종로 네거리를 향해 걷는데 역시 별 뜻은 없고, 굳이 이유를 찾자면, 처음에 아무렇게나 내어놓았던 발이 공교롭게도 왼편으로 쏠렸기 때문이다.

이런 식으로 시작된 그의 하루 동선은 꽤나 번잡하다. 화신상회 앞에서 청량리행 전차를 타고 가다가 조선은행 앞에서 하차해서 장곡천정에서 다방을 두 개나 들르고, 경성역에 갔다가 다시 종로로 나와 다방과 다료, 설렁탕집 대창옥을 거쳐 마지

263

전차영업노선도

1930년대 전차 노선.

막으로 종각 뒤 카페에 들른다. 그리하여 집으로 다시 돌아온
시각은 새벽 두 시였다.

그런데, 그가 걸었던 게 진짜 '경성'이기는 했던 것일까.

소설가 구보 씨는 어쩌면 석천탁목*과 길옥신자**와 개천용지

---

* 석천탁목(石川啄木, 이시카와 다쿠보쿠): 1886~1912. 일본 시인.

** 길옥신자(吉屋信子, 요시야 노부코): 1896~1973. 일본 소설가.

개[*]의 도쿄를 걸었던 것은 아닐까. 그리운 도쿄의 가을, 짐보 오쪼오의 끽다점, 그곳 광선이 잘 안 들어오는 마룻바닥에 구보 씨의 발길에 차인 윤리학 대학 노트의 주인 여자. 그 여자는 우입구 시래정 신조사 근처에 살았다. 참, 이번 주일에 무장야 관 구경하셨습니까? 그는 이렇게 말했고, 여자는 곧 따라나섰 다. 그리고 다시 이슬비 내리던 어느 날 저녁 히비야 공원 앞에 서의 여자…. 소설가 구보 씨는 자기에게 여행 경비가 있으면, 적어도 지금 자기는 거의 완전히 행복할 수 있으리라 생각했 다. 그는 자기가 떠나온 뒤의 변한 도쿄가 무척이나 보고 싶었 던 것이다.

그러나 무슨 일을 하더라도 구보 씨는 어느 틈엔가 다시 '가 난한 소설가와 가난한 시인'과 '그렇게도 구차한 내 나라'를 생 각하고 마음이 어두워지게 마련이었다. 그는 이 사실만큼은 골 수에 박히도록 너무나 잘 알고 있었다.

이러매, 식민지의 작가로서 구보 씨는 정확히 식민지를 산책 했을 뿐이었다.

---

*   개천용지개(芥川龍之介, 아쿠타가와 류노스케): 1892~1927. 일본 소설가.

19

미쓰코시 백화점,
날개 그리고 이상

식민지 경성은 이제 이상을 맞이한다. 전혀 준비가 되지 않은 상태로.

1934년 여름,『조선중앙일보』학예부장 상허 이태준은 박태원과 상의한 끝에 이상의 시「오감도」를 발표하기로 결정한다.[1] 박태원의 강력한 추천이 있었다. 난해하기는 하지만, 우리도 진작 그런 시를 받아들였어야 했다는 거였다.

박태원은 이상이 운영하는 다방 제비에서 그를 처음 알았다. 다방 안에 10호 초상화 한 폭이 걸려 있었는데 주인이 직접 그린 자화상이라고 했다. 누런색을 지나치게 사용해, 보는 것만으로도 몹시 우울해지는 그림이었다. 박태원은 그를 얼치기 화가로 단정했다. 그 후 누군가로부터 그 경성고공 건축과 출신의 주인이라는 자가 시인인데 도무지 알 수 없는 시를 쓴다는 말을 들었다. 호기심이 인 박태원이 몇 편을 봤는데, 그중 한 편이 마음에 들었다.「운동」이라는 시였다.

일층우에있는이층우에있는삼층우에있는옥상정원에올라서남쪽을보아도아무것도없고북쪽을보아도아무것도없고해서옥상정원밑에있는삼층밑에있는이층밑에있는

일층으로내려간즉동쪽으로솟아오른태양이서쪽에떨어
지고동쪽으로솟아올라서쪽에떨어지고동쪽으로솟아올
라서쪽에떨어지고동쪽으로솟아올라하늘한복판에와있
기때문에시계를꺼내본즉서기를했으나시간은맞는것이
지만시계는나보담도젊지않으냐하는것보담은나는시계
보다는늙지아니하였다고아무리해도믿어지는것은필시
그럴것임에틀림없는고로나는시계를내동댕이쳐버리고말
았다.(「조선과 건축」, 1935)

이상은 말하자면 백화점의 옥상 정원에서 현대성의 극치를
본 것이다. 그것은 오르락내리락 무한히 반복되는 기계적인 운
동이다. 거기서는 시계의 바늘이 행하는 일상적인 운동도 의미
가 없다. 시계는 멈춰버림으로써 오히려 젊음의 시간을 되찾고,
나는 오르락내리락 운동을 멈추지 않기 때문에 늙어버렸다. 그
러니, '나'로선 차라리 시계를 버릴 수밖에!
박태원은 이상이라는 자의 이런 따위 '말장난'이 식민지의
고루한 일상을 어떻게 뒤흔들어놓을지, 다시 말해 (혁명 혹은
해방이 불가능한) 식민지의 시간을 어떻게 뒤죽박죽 만들어버
릴지 꽤 궁금했을 것이다. 그가 만일 서울이 아니라 모스크바
에 있었더라면 미래파의 선두 마야콥스키처럼 "대중의 취향에
따귀를 때렸을지도" 모를 일이었다. 그러나 서울은 어떤 형태

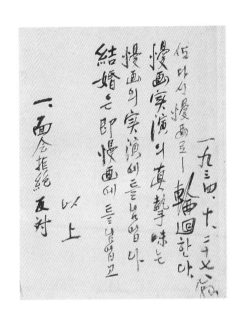

박태원 결혼식 방명록에 이상이 쓴 글.
'면회 사절 반대'에 이어 '결혼은 즉 만화에 틀림없다'는
지극히 이상다운 문구가 인상적인데,
제 이름을 이상(以上)이라고 재미있게 쓰고 있다.

의 미래파든 도무지 용납할 처지가 아니었다. 그래도 박태원이
있어 이상의 미래를 이해했고, 그때부터 그의 문학적 재능에
관한 한 절대적인 후원자가 되었다. 그 재능이란 물론 그것으
로써 '외부'를 부수지 못하면 오히려 제 '내부'가 망가질 위험

이 큰 불안한 재능이었다. 그렇지만 현 단계 조선의 문학은 이쯤에서 한번 그런 위험을 감수할 충분한 이유가 있다고 생각했을지도 모른다.

「오감도」는 박태원의 「소설가 구보 씨의 일일」과 거의 동시에 발표되었다. 소설의 삽화를 이상이 하융河戎이라는 필명으로 그렸다. 당장 독자들의 반응이 뜨거웠다. 소설도 대체 무슨 소린지 알 수 없게 시시껄렁하지만, 대체 「오감도」인지 「조감도」인지 하는 건 무슨 정신 이상자의 잠꼬대냐 하는 분노가 주를 이루었다. 신문사에는 매일같이 투서가 들어왔다. 상허의 처지가 꽤 곤란하게 되었다. 그는 언제든 책임지고 퇴사할 각오를 하고 있었다. 그래도 조선의 현실이 「오감도」와 같은 초현실주의 시를 30회나 연재하도록 내버려둘 리 없었다. 결국 박태원이 이상과 협상을 벌여 15회로 연재를 끝냈다.

이상이 작가로서 제대로 대접을 받게 된 것은 소설 「날개」(1936)를 발표하고서부터였다.

"박제가 되어버린 천재를 아시오?"

이렇게 묻는 것으로 시작하는 소설은 내용과 형식이 다 기존의 소설 문법을 훌쩍 뛰어넘는다. 경성의 문단이 아연 긴장할 수밖에 없었다.

「날개」의 주인공이자 화자인 '나'는 흡사 유곽과 같은 33번지에 사는데, 열여덟 개의 방 중에서 일곱 번째 방이다. 집이 아니라 방이다. 그 방을 둘로 갈라 아내와 함께 산다. 햇볕이 그래도 드는 방이 아내 방이고, 햇볕이 영영 들지 않는 방이 내 방이다. 나는 불만이 없다. 아내가 외출하면 아내 방에서 화장품 병을 가지고 놀거나, 거울을 가지고 놀거나, 아니면 돋보기로 아내만 쓰는 지리가미(휴지)를 태우는 불장난도 하며 재미있게 놀 수 있기 때문이다.

소설에서 나는 아내가 어떻게 돈을 버는지 잘 모른다. 그러다가 어느 날 자기 눈으로 절대 보아서는 안 될 것을 그만 딱 보아버리고 말았다. 그 뒤 나는 밖으로 나와 어디를 어떻게 쏘다녔는지 모른다. 몇 시간 후 나는 서울역을 거쳐 미쓰코시 백화점(현 신세계 백화점) 옥상에 와 있는 것을 깨닫는다. 그때는 거의 대낮이었다. 거기서 나는 오탁의 거리를 내려다본다. 그 '나'는 솔직해져야 한다고 생각했다. 우리 부부는 숙명적으로 발이 맞지 않는 절름발이다. 아내나 나나 변명할 필요도 없다. 사실은 사실대로 오해는 오해대로 그저 끝없이 발을 절뚝거리면서 세상을 걸어가면 되는 것이다. 그렇지 않을까? 그러나 나는 이 발길이 아내에게로 돌아가야 옳은가, 이것만은 분간하기가 좀 어려웠다. 가야 하나? 그럼 어디로 가나?

이때 뚜우 하고 정오 사이렌이 울었다. 사람들은 모두 네 활개를 펴고 닭처럼 푸드덕거리는 것 같고 온갖 유리와 강

271

철과 대리석과 지폐와 잉크가 부글부글 끓고 수선을 떨고 하는 것 같은 찰나, 그야말로 현란을 극한 정오다.

나는 불현듯 겨드랑이가 가렵다. 아하, 그것은 내 인공의 날개가 돋았던 자국이다. 오늘은 없는 이 날개, 머릿속에서는 희망과 야심이 말소된 페이지가 딕셔너리 넘어가듯 번뜩였다.

나는 걷던 걸음을 멈추고 그리고 어디 한 번 이렇게 외쳐 보고 싶었다.

날개야, 다시 돋아라.

날자. 날자. 날자. 한 번만 더 날자꾸나.

한 번만 더 날아 보자꾸나.

「날개」를 통해 본정의 미쓰코시 백화점은 한국 문학사에서 가장 기념비적 장소의 하나로 등록되었다. 그 옥상에서 나는 비로소 거리의 '오탁'을 한눈에 담을 수 있게 된다. 행인들은 피곤에 절어 똑 금붕어 지느러미처럼 흐늑흐늑 허우적거렸다. 눈에 보이지 않는 끈적끈적한 줄에 엉켜서 모두들 헤어나지들을 못한다. 그렇다고 내게 달리 무슨 뾰족한 수가 있는 건 아니다. 오탁의 거리도, 그것을 한눈에 보여주는 백화점도 아내만큼 힘이 세기 때문이다.

당시 백화점은 제국의 풍요로움과 선진 문명의 힘을 상징했

「날개」의 무대인 미쓰코시 백화점.

다.[2] 인구 40만에 불과한 경성에 백화점이 무려 다섯 개 있었다. 그 다섯 개 중에서 1937년에 신축하는 화신백화점 하나만이 조선계였다. 조선인 소비자들 혹은 산책자들은 백화점을 통해서 현실에서는 억제된 욕망을 과감히 발산했다. 보들레르의 파리와 베냐민의 베를린에서 백화점은 정처 없이 어슬렁거리는 산책자들의 발걸음조차 상품 판매에 이용했다. 서울이라고 다르지 않았다. 아니, 식민지의 산책자들은 그걸 더 잘 알기 때문에 더더욱 백화점을 찾았을지 모른다. 그들은 그만큼 식민지에 없는 '현대'를 소유하고 싶어 했다. '외부'를 갖고 싶었던 것이다. 그러나 외부란 그들의 노력으로 갖고 말고 할 성질의 것이 아니었다. 조선은 철저히 식민지였고, 식민지에서는 오직 '내지'만이 유일한 외부였기 때문이다. 그리하여 머릿속에서 희망과 야심이 말소된 페이지가 딕셔너리 넘어가듯 번뜩일 때, 이상은 걷던 걸음을 멈추고 "날개야 돋아라!" 이렇게 외쳤던 것이다.

이상은 「날개」를 발표한 직후 도쿄로 건너간다. 파리와 베를린에 가지 못하는 한 그곳이 가장 먼, 그러면서도 유일한 외부였던 것이다. 당연히 내지(외부)에도 미쓰코시 백화점이 있었다. 거기는 규모가 좀 더 커서 7층짜리였다. 그러나 이상은 정작 그 앞에 가서 다짐한다. 우리는 그 속에 들어가면 안 된다고. 왜? 속은 7층이 아니라 한 층씩인 데다가, 산적한 상품과 무성한 '숍 걸'들 때문에 길을 잃어버리기 십상이기 때문이다.[3] 이로써 그는 나름대로 현대성의 신화를 간파한 셈이다. 그 미로에서는 새로운 것도 실상은 낡은 것이었다. 새로움의 거죽만 동어반복적으로 자꾸 핥는 거였다. 신화는 해 아래 새로운 것은 없다고 가르쳐주지 않던가. 다만 이제 과거의 신이 있던 자리에 상품이 있을 뿐이다. 상품의 그 물신物神은 현대의 대도시를, 따라서 그들의 백성을 반쯤 잠든 지루한 노예로 만들기 위해 끊임없이 마법을 건다.

김기림도 이를 진작 알아차리고 백화점 옥상 정원에서 이렇게 말했다.

> 거리에서는 티끌이 소리친다. "도시계획국장 각하 무슨 까닭에 당신은 우리들을 '콩크리-트'와 포석鋪石의 네모진 옥사獄舍 속에서 질식시키고 푸른 '네온싸인'으로 표박漂泊하려 합니까? 이렇게 호기적인 세탁의 실험에는 아주 진저리가 났습니다. 당신은 무슨 까닭에 우리들의 비약과 성장과 연애를 질투하십니까?" 그러나 부府의 살수차는 때없이 태양에게 선동되어 '아스팔트' 우에서 반란하는 티끌의 밀물을 잠재우기 위하야 오늘도 쉬일 새 없이 네거리를 기여댕긴다. 사람들은 이윽고 익사한 그들의 혼을 분수지 속에서 건져가지고 분주히 승강기를 타고 제비와 같이 떨어질 게다. 여안내인은 그의 팡을 낳은 시를 암탉처럼 수없이 낳겠지.
> "여기는 지하실이올시다."
> "여기는 지하실이올시다."
> (「옥상 정원」, 1931)

조선의 문인들은 백화점의 옥상 정원이 실은 지하실에 다름없다는 사실을 깨달았다. 거기서 내려다보는 도시 역시 승강기

속 승객들처럼 갇혀 있는 것이다. 심지어 아스팔트 위 티끌조차 반란을 시도하지 못한다. 살수차가 분주히 돌아다니며 진압하기 때문이다.

서울에는 이제 남은 것이 거의 없었다. 희망과 야심은 말소되었고, 비약과 성장과 연애는 질시의 대상이 되었다. 그래도 아직 '말'은 남아 있다고 해야 할까?

20

서울말과 표준말

도쿄에서 태어나 도쿄에서 자란 도쿄 토박이 다니자키 준이치로는 1923년 관동 대지진이 일어나자 관서 지방으로 달아나 거기에 정착했다. 그 참에 '타거라, 활활 타올라 모조리 태워버려라!' 하고 속으로 빌기도 했다. 그가 태우고 싶었던 건 번잡한 도쿄, 질척거리는 길과 울퉁불퉁한 도로와 무질서와 험악한 인심밖에는 아무것도 없는 도쿄였다.[1] 소설가 나가이 가후는 하오리 게다를 신고 박쥐 우산을 들고 다니면서 도쿄 구석구석을 누볐다. 그러나 그가 누빈 곳은 주로 '시타마치*'였고, 그가 거기서 부지런히 눈에 담고 가슴에 품은 것은 점점 사라지는 에도 문화였다. 평론가 고바야시 히데오는 도쿄의 근대화에 절망해서 가마쿠라 방면에서 아예 '제2의 에도'를 구한다고 나섰다. 시타마치에서 자란 요시모토 다카아키는 신주쿠에 모여든 문화 좌익에 대해 격렬한 증오를 보였다. 한마디로, 도쿄 출신의 문인들 중 상당수가 도쿄에, 더 정확히는 도쿄의 근대화에 절망했다. 그들은 무엇보다 자기가 살던 '지방으로서 도쿄(혹은 에도)'가 메이지로부터 다이쇼

---

* 시타마치(下町): 에도 시절 주로 서민이 모여 살던 저지대. 니혼바시, 교바시, 간다, 시타야, 아사쿠사, 혼조, 후카가와 등을 포함한다.

278

를 거쳐 쇼와에 접어들면서 비대한 '대도쿄'로 대체되는 것을 선뜻 받아들이지 못했다. 반면 지방 사람들에게 도쿄는 처음부터 '중앙'이었다. 따라서 도쿄로 가는 것을 넘어서서 도쿄처럼 되는 것이 그들의 목표일 수 있었다. 도쿄를 둘러싸고 벌어진 이 두 가지 노선, 즉 '도쿄의 지방화'와 '지방의 도쿄화'의 충돌은 어찌 보면 불가피한 것이었다.

이것을 언어라는 측면에서 바라보면, 도쿄 말과 표준어가 반드시 일치하는 것은 아니라는 사실도 이해할 수 있게 된다. 도쿄 방언이 표준어의 기반이 되었다고 하더라도, 표준어 대신 악착같이 도쿄 방언을 고집하는 사람들도 있다는 뜻이다. 예컨대 나가이 가후나 다니자키 준이치로는 에도 문화권에서 나온 방언의 지킴이였고, 그들의 고립은 표준어 문학에 대한 반발 때문이었다.[2]

간단히 도식으로 정리하면, "에도=전근대=방언", "도쿄=근대=표준어"라는 대비가 되는데, 이에 반대하는 문학자들이 꽤 있었다는 말이다.

서울은 어떤가.

1910년 10월 1일 한성부가 경성부로 바뀌며 경기도에 편입될 때부터 경성은 서울 혹은 한양, 한성 같은 중앙 혹은 중심이 아니었다. 임금도 없고 대궐도 사라졌다. 조선 총독부가 1926년에 경복궁 홍례문 구역을 철거하고 청사를 신축하기 이전에도 말하자면 조선인들은 나라뿐만 아니라 '서울' 자체도 빼앗겨버린 셈이다. 이런 점에서 서울 토박이들의 상실감을 이해해야 한다. 도쿄 출신 문인들이 악착같이 제 고향에 대한, 즉 에도에 대한 향수를 지켜내려 한 반면, 이제 경성에 살게 된 서울 출신 문인들은 "어서어서 가고 스러질 것은 한시바삐 스러져야 할 것"(염상섭, 「만세전」)을 주장했다. 한양이든 한성이든 향수의 본향이 아니었다. 북촌 출신 유진오가 창경원을 지나며 새삼 "전에는 당초에 생각해본 일도 없는 조선적인 아름다움을 하나씩 둘씩 느끼기 시작"하지만, 그때는 이미 때가 너무 늦었다. 창경원 정문 지붕의 추녀는 "보통 때는 때 묻어 보이고 무겁고 둔해" 보였지만, "맑은 가을 하늘 밑 황금색 저녁 햇빛에 비춰 보는 감각은 무슨 아름다운 꿈을 품고 금시로 푸른 하늘로 내닫을 듯이나 가볍고 산뜻해" 보이는 것이었다.[3] 그러나 그 안에는 임금도 대신도 하다못해 병졸도 상궁도 침모도 무수리도 없었다. 궁이 아니기 때문이다. 일개 원苑이었다. 합병도 되기 이전인 1909년 11월 1일부터 그곳에는 제실 박물관과 동양 최대의 식물원이 들어섰지만, 무엇보다 동물원이 함께 들어서면서 과거의 기억을 송두리째 지워버리는 식민의 공간으로 재탄생한 것이다. 실제로 수중박골 출신 구보(박태원)는 사직동 출신의 또 다른 서울내기인 벗 하융(이상)에게 쓸데없이 안 되는 사랑의 뒤꽁무니만 쫓지 말고 자기와 함께 당장 동물원에 가서

BEAUTIFUL CHERRY-BLOSSOMS OF SHOKEI-EN, KEIJO.
京城　昌慶苑の花

창경원.

'좀처럼 구경 못 할 거'를 구경하자고 조른다. 그건 바로 '사자 점심 먹는 구경'이었다.

"여보, 동물원엘 갑시다. 참, 좀처럼 구경 못 할 거 구경시켜 줄게."

"뭐게?"

"사자, 호랑이, 표범, 곰, 그런 것들 쇠고기 뜯어먹는 거 언제 봤 겠소? 참 볼 만하지. 으르렁그르렁거리구, 이른바 맹수의 야성."

"딴은 참 볼 만하겠군."

물론 하융은 차일피일 그 좋다는 구경을 미룬다(「애욕」). 창 경원은 1924년에 벚꽃 수백 그루를 심어 유람객들의 발길을 더욱 쉽게 끌어들였다.

박태원이 처음 문단에 등장했을 때, 월탄 박종화는 선배 작 가로서 혀를 끌끌 차지 않을 수 없었다.[4] "기괴한, 실로 기괴한 갑바갓파, 河童* 머리에 너부죽한 이마를 애써 곱히고 시커먼 각테 안경에 탈모주의로 해괴하게도 거리를 횡보"하는 이른바 최첨 단 모더니스트 문학청년이 나타났기 때문이다. 그는 그 차림으 로는 물 건너에서 괜히 불건전한 냄새나 본떠서 풍겨왔지 어떻 게 조선 문학을 살지게 해줄 거라고는 눈곱만치도 생각하지 않 았다. 하지만 신문에 연재 중이던 장편 『천변풍경』을 읽을 때부

---

* 갑바(河童, 갓파): 일본 전설에 등장하는 물의 요정. 아쿠타가와 류노스케가 이 제목으로 소설을 썼다.

터 월탄은 경이의 눈으로 작가를 다시 보게 된다. 소설을 풀어 나가는 역량도 역량이지만, 정작 책으로 묶여 나온 490여 쪽의 방대한 소설을 읽고 나자, 눈곱만치도 '뻐터' 냄새나 '사시미' 냄새가 나지 않는 데 놀랐다. 그러면서 "아하! 태원은 순수한 조선학파다!" 이렇게 외치게 된다.

그를 감탄하게 만든 것은 박태원의 '말'이었다.

> 더 한 걸음 나아가 순수한 경알이(서울)파 문인이다. 마치 저 서학西鶴이 에도 문학을 수립해놓듯이 태원은 『천변풍경』 하나로 순수한 경알이 문학을 세워놓았다 해도 과언이 아닐 것이다.
>
> 『천변풍경』 편편·장장·구구에 흘러 감도는 중류 이하 순 경알이적 풍속 행동 언어는 여태껏 다른 작가가 감히 건드려보지 못하던 난숙한 솜씨요 묘사다. 더욱이 그 순경알이적 어휘에 있어서는 조선말을 수집하는 어학자로 앉아서도 경알이말의 노다지를 발견했다고 찬탄하여 당목瞠目치 않고는 못 배길 것이다. 이 점에 있어서는 태원은 확실히 대춘원을 능가하고 서울 중류 가정 시어머니 며느리 시뉘 올케의 풍파를 잘 쓴다는 거벽 상섭을 물리칠 수 있다. 청출어람이청어람인가!

실제로『천변풍경』은 20세기 초반 중류 이하 경알이말로 일컫는 서울말의 보고라 아니할 수 없다. 그대로 서울말 사전을 꾸며도 될 정도로. 거기에는 서울말의 풍부한 어휘와 발음이 고스란히 녹아 있기 때문이다. 한 연구자는, 흔히 서울 방언이 잘 나타난 문학 작품으로『삼대』를 드는 경우가 많지만 자신의 조사에 의하면『천변풍경』이 1930년대 당시 서울 방언을 더 폭넓게 반영하고 있는 것으로 생각된다고 말하기도 했다.[5]

물론『천변풍경』에 나오는 서울말 어휘는 특별히 가려내기가 쉽지는 않다. 왜냐하면 그 대부분이 표준어로 정착되었기 때문이다. 반면, 발음으로 구별할 수 있는 서울말은 훨씬 쉽게 찾아낼 수 있다. 특히 'ㅗ' 모음이 'ㅜ' 모음으로, 'ㅏ' 모음이 'ㅓ'나 'ㅜ' 모음으로 소리 나거나, 경어체 어미에서 '-어요'가 '-에요'로 소리 나는 것 따위가 대표적이다.

첫 장면의 빨래터에서 아낙네들이 나누는 대화부터가 그렇다.

"글쎄, 요만밖엔 안 되는 걸, 십삼 전을 줬구료. 것두 첨엔 어마허게 십오 전을 달라지? 아, 일 전만 더 깎재두 막무가 내로군."
"그, 웬걸 그렇게 비싸게 주구 사셨에요? 어제 우리 안댁에

서두 사셨는데 아마 한 마리에 팔 전꼴두 채 못 된다나보
던데…."

"어유, 딱두 허우. 낱개루 사 먹는 것허구, 한꺼번에 몇 두
름씩 사 먹는 것허구, 그래 같담? 한 마리 팔 전씩만 헌담야
우리 같은 사람두, 밤낮, 그 묵어빠진 배추김치 좀 안 먹구
두 살게?"

염상섭도 제가 쓰는 서울말에 대해서 대단한 자부심을 지니
고 있었다. 그래서 김동인이 자기가 주요한과 함께 발간한 최
초의 동인지『창조』를 통해 우리말이 비로소 문학 언어로 자
리 잡게 되었다고 말할 때, 가령 순 구어체를 본격적으로 도입
하고, 과거사(-했다)로 문장을 종결하고, 우리말에는 없는 바의
He며 She를 몰아(성별 구별은 없애고) '그'라는 어휘로 대용한
것 따위를 자랑스럽게 말할 때,[6] 딴사람은 몰라도 염상섭은 이
렇게 툭 한마디를 할 자격이 있었던 것이다.

"최후로 작자에게 사사로이 청할 것은 경어京語와 서도西道 방
언을 혼용치 마시라 함이다."[7]

사실 김동인도 우리말을 문학 언어로 만든 데에 나름대로 자
부심이 상당했지만, 딱 하나 서울말에 관해서만큼은 절대적으
로 저의 완패를 인정하지 않을 수 없었다.

285

더욱이 그(염상섭—인용자)의 능란하고 풍부한 어휘는 문단의 경이였다. 뒷날 내가 아내를 잃고 독신으로 지낼 때에 상섭은 누차 나더러 경기 여인을 아내로 맞으라고 권고하였다. 춘원의 소설 문장이 그처럼 화려한 것은 춘원 부인 허 씨의 어학 코치의 덕이라 하며, 경기 여인의 호변好辯이 소설 제작에 큰 도움이 되리라는 뜻으로 나더러 경기 여인을 아내로 맞으라는 것이었다. 나는 이 상섭의 호의적 충고를 좇지 않고 평안도에서도 용강이란 시골, 용강서도 농촌 처녀를 아내로 맞아서 가정을 이루고 현재에 미쳤었지만, 나더러 그런 권고를 하느니만치 상섭은 자기의 경기인인 풍부한 어휘를 아낌없이 소설 상에 썼다.[8]

강점기 내내 서울은 경기도의 일개 부(府)였다. 따라서 김동인이 여기서 말하는 '경기'라는 말은 '서울'과 같은 의미로 쓰인 것이다.

염상섭은 한 좌담에서 "작품에 경어를 씁니까? 지방어를 씁니까? 어떤 작품에는 지방어가 많아서 이해하기가 어려워요. 글쎄, 반드시 표준어를 써야겠지요? 내가 그것을 묻는 것은 어떻게 먼저 언어의 통일부터 힘쓰는 것이 좋을 듯해요"[9] 하고 말하는데, 이때 표준어는 당연히 자신이 잠꼬대할 때도 쓰는 경어, 즉 서울말이었다.

이런 것이 시골 출신 작가들에게는 곤혹이자 부러움이었다. 함흥 출신 한설야가 소설을 쓸 때 표준어를 고집한 데에는 경성제일고보 시절 방언 때문에 겪은 고생담이 작용을 한다. 그런데 한설야가 가만히 들으니까 서울말이 세련되고 아름다우며 표현이 묘하고 정확한 말인 것임에는 틀림없었다. 그 뒤 그는 몰래 그 말들을 귀담아 들으면서 은근히 입속으로 서울말 공부를 했다. 남이 알아듣지 못하는 사투리보다 많은 사람이 알아들을 수 있고 또 여운과 억양이 아름다운 말이 좋은 것은 더 말할 나위가 없다고 생각했던 것이다.

한번은 이런 일이 있었다. 서울에서 남의 집에 더부살이할 때였는데, 집주인에게 말을 전할 일이 있었다. 그래서 가서 이렇게 말했다.

"우리 아버지가 이 집 아방이를 넬 아츰에 밥 먹지 말고 오라구 합데다."

그러자 주인 노인이 껄껄 웃으며 소년 한설야를 마루로 올라오게 하더니 머리를 쓰다듬어 주면서 아주 다정스러운 목소리로 이렇게 말하는 것이었다.

"이 시골 놈아, 그게 무슨 말버릇이냐. 어른에겐 그렇게 말하는 법이 아니야. 내가 네 말을 한번 다시 고쳐서 해줄 테니 배워야 한다. 알았느냐? '우리 아버님이 이 댁 주인 영감께 내일 아침에 진지 잡숫지 말고 좀 오십사구 말씀하십니다.' 어떠냐,

그래 네 듣기에 어느 것이 좋으냐? 내 한 말을 그대로 옮겨 할 수 있느냐?"

한설야는 마음이 어쩐지 수삽했지만, 속으로도 그 노인이 하는 말이 제가 한 말보다 아름답고 점잖고 세련된 말이라고 생각했다.[10]

일제 강점기 최고의 문장가로 손꼽히던 이태준은 염상섭보다도 더 완강한 표준어주의자였다. 그는 표준어를 '품品' 있는 말, 즉 품위 있는 말이라고 아예 명토를 박았다.

> 문장에서 방언을 쓸 것인가 표준어를 쓸 것인가는, 길게 생각할 것도 없이 첫째, 널리 읽히자니 어느 도 사람에게나 쉬운 말인 표준어로 써야겠고, 둘째, 같은 값이면 품 있는 문장을 써야겠으니 품 있는 말인 표준어로 써야겠고, 셋째, 언문의 통일이란 큰 문화적 의의에서 표준어로 써야 할 의무가 문필인에게 있다 생각한다.[11]

표준어에 대한 이태준의 주장이 방언의 풍성함을 인정하지 않는 것은 꽤 섭섭한 일이겠으나, 우선은 당대 조선의 경우 특히 표준어가 '언문의 통일이란 큰 문화적 의의'를 감당해야 했다는 의미 정도로 받아들일 수 있을 것이다. 이 점에서 벽초 홍명희가 신문에 오래 연재한 소설 『임꺽정』은 하나의 시사점을 던져준다. 그는 대하 같은 『임꺽정』에서 비단 사라진 조선의 풍습을 새기는 일만이 아니라, 특히 조선말을 생생하게 되살려내는 일에도 힘과 정성을 쏟았다. 그래서 임꺽정과 그의 형제들이 출신 지방의 방언도 쓰지 않고 또 제 계급의 말도 많이 쓰지 않는다는 일부 비판에도 불구하고, 『임꺽정』은 "조선어 광구의 노다지"(이극로), "조선 어휘의 일대 어해語海"(이효석), "조선어와 생명을 같이하여 영구히 전할 문자"(이광수) 등으로 극찬을 받았다. 특히 민중들의 언어뿐만 아니라 자신이 물려받은 "양반 언어 가운데 좋은 말들을 끌어내어 민중 언어들과 통합시켜냄으로써 민족 언어의 전형을 보여주고 있다"(최원식)는 후세의 평가도 존재한다.

채만식의 중편 「냉동어」(1940)에는 종로의 춘추사라는 출판사에서 두 사원이 한글 맞춤법을 놓고 티격태격 다투는 장면이 유머러스하게 그려지고 있다.

발단은 이렇다.

사원 김이 "뚫, 뚫… 에잇 그놈의…!"하면서 짜증스럽게 "이게 글자람! …쌍디귿에 리을을 하구, 또 그 옆댕이다가 히읗을 붙이구, 이게 무슨 놈의 천하 괴벽들이람!"하고 투덜대는 것인데, 그러다가 편집장인 대영더러, "우리두 우리 춘추사식 한글을 좀 만들어가지구 이 흉악한 '뚫' 자 따위, '끊' 자 따위 이런 괴물일라컨 보이코틀 합시다?"하고 말한다. 그 말에 정작 대영은 덤덤한데, 다른 사원 박이 나서서 단번에 안 될 말이라고 반대한다. 자신들이 지금 교정의 원칙으로 기대고 있는 '한글통일안'만 하더라도 "우리 선배네들이 오래오래 두고 애로 써가문서 정성으로 디리서 다아 그만침이나 통일 정리"한 것이고, 질서를 위해서는 조금 불편하더라도 참아야 한다고 주장하는 것이다. 김은 김대로 "제엔장, 천하 없는 거래두 불합리한 걸 어쨌다구 그대루 좋나? …그러나마 불합린 해두 편리하기나 하다면 또 몰라! 그렇지만 불합리해서 불편한데야 안 고칠 택이 뭐람!" 하고 말을 받으며, 나중에는 "미완성에 만족하는 건 천민 근성이야!" 하고 못을 박는다.

그 말에 박은 이렇게 대꾸한다.

"이 세상에 완성은 어데 있노? 역사는 앞으로 나가고 제도는 임시임시 만등 긴데…"

아웅다웅은 거기서 끝난다. 김은 박을 일러 "데데한 현상유지파"라고 비꼬고, 박은 그런 김을 "히틀러의 어데서 나쁜 본만 뜨고 …흉악한 파괴주의자!"라고 쏘아댄다. 말들은 그렇게 해놓고 두 사람은 마주보며 호탕하게 웃음을 터뜨린다.

조선어학회에서는 1930년 12월 13일 총회의 결의에 따라 '한글 맞춤법 통일안'을 제정하기 위해 위원 열두 명을 뽑아 2년 동안 69회 211시간 심의를 거듭하고, 1932년 12월 22일 임시총회에서 위원 여섯 명을 더 뽑아 도합 열아홉 명의 위원이 개

조선어학회 건물 터와 표지석(종로구 화동).

성에서 제1독회, 서울 화계사에서 제2독회를 마쳤다. 그 후 정리 위원 아홉 명으로 하여금 최종 정리를 하게 한 후, 그해 10월 19일 임시 총회를 거쳐 마침내 10월 29일 한글 반포 487돌 기념일에 이를 발표했다. 1921년 휘문의숙에서 처음 일곱 사람이 발기해 조선어연구회를 만든 지 꼭 10년 세월이지만, 주시경의 선구적인 국문 연구로부터 따지면 훨씬 긴 세월이 걸린 큰 역사였다.[12]

조선어학회는 조선교육협회 회관에 사무실을 두고 있다가 1935년 7월 조선의 건축왕으로 불리던 정세권이 제공한 화동 129번지 이층집으로 이주해 새로 터를 잡았다. 1942년 벌어진 조선어학회 사건을 목격한 것도 이 화동 회관이었다.

일제는 1938년 이른바 국어 상용화 정책을 펴서 조선어 교육을 폐지하는 것을 시작으로 우리말에 대한 탄압을 노골적으로 개시한다.

21

채만식의 종로 산책

「냉동어」에서 주인공 대영은 김과 박, 두 사원이 그렇게 아옹다옹 다투는 것 자체가 신념과 생활을 병행하는 행위요, 그것이 가난하지만 젊음의 패기이자 산 정열임을 인정한다. 반면 자기는? 대영은 중견 소설가이자 종로에 사무실을 둔 출판사의 간부급 사원이다. 그렇지만 그는 김과 박이 "근검하고 착실한 소상인"이라면, 자기는 "삐뚤어진 빈 집에서 홀로 거주하는 몰락된 귀족의 신세"에 지나지 않는다고 생각한다. 스스로 '낡은 책력'이라고도 자조한다.

그 출판사에 갑자기 스미코라는 젊은 일본 여자가 나타난다. 알고 보니 그녀는 일본에 있을 때 조선인 사회주의자를 사귀었다가 버림을 받고 한동안 죽느니 마니 심각한 방황을 겪었다. 그러다가 마음을 치유하기 위해서 조선으로 건너온 것인데, 마침 소설가로서 대영의 작품도 읽고 좋아해 지인의 소개로 출판사를 방문했던 것이다. 서울에 있는 동안 스미코는 대영에게 많은 것을 기댄다. 대영도 대영대로 그녀를 피하지 않는다.

스미코가 사무실을 두 번째 방문한 날, 대영은 그녀를 데리고 나가 서울 구경을 시켜준다. 막 나가려는데 집에서 전화가 걸려왔다. 장모는 아내가 방금 딸을 낳았다는 소식을 전한다. 그러면서 어서 들어오라고 재촉하는데, 대영은 듣느니 마느니 하고 스미코와 함께 퇴근한다. 좀 길지만, 둘의 첫 데이트 장면을 따라가보자.

네거리를 남쪽으로 꺾어 마침 종각 앞을 지나고 있었다.

"자아, 저건 어떻죠?…"

대영은 고개를 돌려, 짯짯이 종각을 가리킨다. 여자는 그러나 땅만 그대로 내려다보면서 걸을 뿐, 거기엔 주의를 하려고 않는다. 안 보아도 벌써 다 안다는, 그런 낯꽃이었고.

대영은 그다음을 혼자말로 두런거리듯…

"…낡은 시대가 새로운 현대와 동거를 하는, 저 궁상스럽구 초라한 꼬락서니! …흥! 나두 진작엔 지금과는 다른 감정으루다가 저걸 지지루두 비웃었더라니!…"

그러자 여자는 (종각 앞을 거진 다 지나쳐서야) 갑작스레 얼굴을 쳐들고는, 거듭 뒤를 돌려다보아 쌓더니 필경 발길을 주춤 멈추고 서면서 고갯짓으로 대영을 청한다.

대영은 두어 걸음 건성으로 되돌아오면서, 여전히 방금 방백傍白을 하던 무연한 그 기분인 채….

"…오직, 오직 그저, 신념만은 버리질 않구서 있으니 유일한 위안이랄는지! …공기만 먹구 생명을 지탱하면서 봄을

295

기대리는 양서류의 동면처럼…"

하는 소리를 듣는지 마는지, 여자는 대영이 옆으로 와서

나란히 서기를 기다려

"저어, 제가 말씀예요?"

하고 저는 저대로 딴청을 한다.

"…제가 만일 경성 시장이란다믄 말씀이죠…."

"경성은 시장 아니라 부윤이랍니다!"

대영이 이렇게 정정하는 것을, 여자는 고개를 끄덕거리지

않고 그 뒤를 잇대어….

"그렇던가요. 참… 아무튼 그렇다믄 말씀에요…. 그렇다믄

전, 절대루 이걸 예다가 이렇게 둬두질 않구서 담박 헐어

버리겠어요!"

불쾌함을 어찌하지 못하겠다는 듯, 다뿍 찡그리고 돌아서

는 얼굴이, 고적의 관광자다운 호기好奇의 눈과는 전혀 다

른 것이었음은 물론, 그걸로서 대영은 여자의 그 비밀한

반감의 실체를 수월히 기수챌 수가 있었다.

대영은 그러나 천연덕스럽게

"머어, 보장을 해두 좋은데…"

하면서 천천히 다시 가던 길을 걷는다.

"…절대루 무슨 폴리티칼한 위험성은 없구… 일찍이 그러한

혐의가 다소간 있을 시절에두 매우 도량 넓은 처분을 받았

거든. 하물며 지금이야! …다아 선량한 관리 경성 시장, 시장
이 더 좋군요…. 그 경성 시장으루 앉아서, 고적 보존의 본의
를 어겨서까지, 그런 거조를 하려들 이치는 없을 겝니다…."
여자는 제 생각에만 잠겨, 들은 둥 만 둥 반응이 없다.

　대영은 마음이 급해졌다. 자격지심 때문이었다. 그쯤에서
그는 여지없이 식민지인이었다. 결국 이렇게 징징거리고야
만다.
　"…그, 다뿍 주접이 든 낡은 종각을 가령 거울이라구 하구
말이죠…. 그 거울에 가서… 거울에 가서 스미꼬 상의 얼굴이
… 일테면 뭣이냐, 눈곱이 다닥다닥 끼구… 분 자죽이야 무엇
이야 얼룩얼룩 얼룩이 지구… 이렇게 생긴 스미꼬 상 자신의
얼굴이… 고대루 그 거울에 가서 빠안히 비쳐져 보이는 게, 더
럭 고만 마음이 불쾌합디까? 마구 무너트려버리구 싶두룩?"
　여자는 어떻게 대꾸했을까.
　채만식이 「냉동어」를 발표한 게 1940년이었다. 이해 일찌감
치 조선 총독부가 창씨개명을 실시했고, 나치 독일이 아우슈비
츠에 수용소를 만들었고, 유서 깊은 프랑스의 수도 파리마저
함락했고, 그러자 조선에서는 다시 국민정신총동원조선연맹을
통해 전시 생활 체제를 강요하고 나아가 황국 신민화 운동을
강제했고, 임시정부는 충칭으로 몸을 피했고, 독일·이탈리아·

일본의 세 추축국이 베를린에서 만나 삼국 동맹 조약을 체결했고, 12월 25일 조선에서는 경성 부민관에서 내선일체의 완성을 목표로 내건 황도학회를 결성하는 것으로 다사다난했던 한 해가 마무리된다.

소설에서 대영의 자격지심은 당대 조선의 지식인들이 마주친, 앞이 보이지 않는 현실을 솔직하게 반영한다. 우선, 매일같이 그 곁을 지나가야 하는 종각(보신각). 그것은 먼지를 수북하게 뒤집어쓴 채 '만국박람회의 아프리카 토인관'처럼 저 멀리 사멸된 시대를 상징하면서, 생동하는 시대를 가장 첨예하게 반영하는 근처 종로의 번화가와 뚜렷한 대조를 보이고 있었다. 물론 그래봐야 그건 한껏 주접이 든 낡은 유물일 뿐이다. 그걸 거울이라 치고 들여다보면, 눈곱이 다닥다닥 끼고 분 자국마저 얼룩진 얼굴이 비쳐 보인다. 스스로 불쾌하리라. 그래도 어찌할 것인가. 그게 제 얼굴인 것을!

명색이 조선의 작가이되 도무지 작가로서 자부심을 챙길 만한 물적·정신적·시대적 토대를 갖추지 못한, 게다가 유부남인 대영은 식민지 본국에서 온, 게다가 젊고 예쁘기까지 한 스미코에게 이렇게 헐렁한 제 속을 털어놓은 것이다. 그러면서 당신은 내 말에 동의하지 않겠느냐고, 당신이라면 불쌍한 내 처지를 이해해주지 않겠느냐고 슬쩍 떠보는 것인데, 전혀 아니었다. 스미코는 진작 이런 투의 말로써 제 속을 정확히 드러냈

근대 초기의 보신각.

다. "제가 만일 경성 시장이라문… 전 절대로 이걸 예다가 둬두
질 않구서 담박 헐어버리겠어요." 이에 대해 조선의 중견 작가
는 고작 뭐, 그냥 두어도 전혀 '폴리티칼'한 문제가 생길 까닭
이 없는 유물이고, 다소 그런 혐의가 있던 시절에도 이미 아무
문제가 없다는 게 충분히 입증된 바 있어 매우 도량 넓은 처분

을 받았다는 사실을 주절거렸던 것이다. 사실 보신각은 그 자리에서 3·1 만세 운동과 6·10 만세 운동, 그리고 1929년 광주 학생운동에 동조해 전개된 서울 학생들의 대규모 동맹 시위를 고스란히 목격했다. 그럼에도 전임 총독들은 그 역사의 증언자를 부러 치워버리는 반달리즘을 시도하지 않았다. 그러니 꼴은 좀 추레해도 그냥 이대로 두어도 좋지 않겠느냐, 대영은 마치 이렇듯 비굴하게 '선처'를 호소하는 셈이었다. 이는 예컨대 일본이 조선에 합병돼 에도 성이 헐린다면 일본인들은 그 무모한 일에 대해 분노를 느낄 것이라며 광화문 철거를 앞장서 반대한 일본의 민예가 야나기 무네요시의 그것보다도 훨씬 급 낮은 호소라 하겠다.

대영은 나중에 스미코와 함께 사랑의 도피 행각을 하려다가 바람을 맞는다. 대영은 홀로 쓸쓸히 정거장을 빠져나와 집으로 돌아왔는데, 남편의 눈치를 살피면서 갓난아이의 이름을 부탁하는 아내에게 선심이라도 쓰듯 '징상'이라는 이름을 지어준다. '징상'의 그 맑을 징澄 자는 홀연히 만주로 떠나버린 스미코澄子의 이름자였다.

한 가지 의문이 든다. 대영과 스미코의 만남은 얼마나 자연스러운 일이었을까. 대영이 유부남이 아니라고 하더라도 의문은 여전하다.

역사학자이자 언론인인 호암 문일평의 일기가 전한다. 1934

년 한 해 동안 거의 매일같이 쓴 일기인데, 신기한 것은 거기에 일본인이 전혀 등장하지 않는다는 사실이다.[1] 그가 출근한 신문사에서나 아니면 다른 기회에 어쨌든 일본인을 만나거나 마주쳤을 텐데, 그는 단 한 명의 일본인에 대해서도 언급을 하지 않았다. 이것은 병합이 된 지 근 사반세기나 세월이 흘렀지만 이국의 식민 지배자와 조선의 식민지인 사이에 생각보다 훨씬 깊은 거리 혹은 골이 상존했다는 걸 의미한다.

> 식민지의 통치자들은 이국의 거리를 배회하는 유령 같은 존재였다. 때로 유령들의 사령탑인 총독부는 그의 기사를 삭제했지만 그저 묵묵하게 따를 수밖에 없었다. 문일평은 거세된 지식인이었다.[2]

이런 현상은 우리 소설에도 고스란히 재현된다. 사실 일제강점기 내내 우리 소설에는 이상하리만큼 일본인이 거의 등장하지 않았다. 어쩌다 나타나더라도 병풍처럼 혹은 풍경처럼 새겨질 뿐이었다. 「만세전」에서 현해탄을 건너는 배를 탔을 때 목욕탕에서 이인화가 만난 일본인들이 대화를 나누지만, 작가는 제 주인공으로 하여금 그들의 이야기를 엿듣고는 슬쩍 자리를 뜨게 만들었다. 스미코처럼 조선인을 붙잡고 제 주관을 적극적으로 말하는 일본인은 거의 찾아볼 수 없었다. 이런 현상은 일제 강점기 내내 지속되는데, 사실 조선인과 일본인의 생활 공간 자체가 엄격하리만큼 나뉘어 있었던 것도 한 이유로 짚을 수 있겠다. 우리 소설가들은 곁에도 잘 보이지도 않고 그래서 잘 알지도 못하는 이른바 '재조在朝 일본인'들을 굳이 끌어들일 필요를 찾지 못했을 것이다. 또 괜히 그들을 내세워 동티를 일으키느니 차라리 그들 없이 이야기를 끌고 가는 길을 택했을지도 모른다. 염상섭만큼은 달랐다. 그는 이미 단편 「남충서」(1927)를 통해 친일파이자 장안의 대부호인 남상철과 결혼한 일본인 기생 미좌서의 존재를 뚜렷이 각인시킨 바 있다. 장편에서도 마찬가지인데, 『무화과』(1931)의 안달외사(인사동 카페 보도나무의 후원자)라든지 『이심』(1928)의 좌야(패밀리 호텔 사장)는 각기 무시 못 할 비중으로 주어진 역할을 소화한다. 『사랑과 죄』(1927)에 등장하는 일본인 노인 심초매부의 존재는 특히 돌올하다. 화가인 그는 일찍이 금강산 구경으로 조선과 인연을 맺은 이후 조선 팔도의 명산대천 치고 발길이 닿지 않은 곳이 없을 정도였다. 조선에 아직 서양화의 그림자조차 보기 힘들던 시절부터 궁중과 고관들에게 그림을 그려 바치다가 귀족의 자제 이해춘을 만나서는 그의 도화 스승이 되기도 했다. 그러는 가운데 자연스레 조선의 고전문학과 속요에 대해 조예가 깊어진 것은 조선 사람으로 오히려 부끄러워할 일이었다. 『용비어천가』를 일본어로 번역한 것만으로도 그가 얼마나 조선어와 조선 사정에 정통한지 짐작할 수 있었다. 여름이나 겨울에는 으레 조선옷이 그의 입성이었다.

그 심초매부가 점점 조선 색을 잃어가는 청년들에게 마뜩지 않은 눈길을 보내는 것은 어쩌면 당연한 일이라 하겠다.

"당신네들은 '정말 조선'이 어떠한 것을 아시오? 지금 조선은 '퇴기'입네다. 진짜 조선은 거의 다 헐려나가고 지금 남은 것은 조선인지 일본인지 서양인지 까닭을 몰를 반신불수가 되었소. 인제는 조선에 더 살 흥미조차 잃었소."[3]

염상섭의 또 다른 장편 『모란꽃 필 때』(1934)에는 유난히 일본인이 많이 등장하는데, 삼포(귀족 가문의 회사원. 신성이의 가정교사 집주인)며 추수 화백(신성이의 그림을 그려준 화가이자 진호의 스승) 같은 이들은 일본에 건너와 고난에 처한 주인공 신성이를 어떻게든 도와주려는 긍정적인 역할을 한다. 일본인이라면 기껏해야 경찰이나 관리 따위로만, 그래서 대개 부정적인 역할만 하던 것하고는 크게 차이가 난다. 「냉동어」를 쓸 무렵이면 상황은 또 달라진다. 채만식은 그걸 알았다. 더 이상 뒤로 빼고 말고 할 힘도 이유도 없었다. 채만식은 우수한 민족이 열등한 민족을 영도하는 것은 마치 성인이 소아에 비해 식량을 많이 요구하는 것과 마찬가지로 자연스러운 현상이라는 내용을 쓴 수필 「대륙 경륜의 장도, 그 세계사적 의의」(1940)를 발표한다. 이로써 『태평천하』와 『탁류』의 작가는 본격적인 훼절의 길로 접어들게 된다.

같은 해, 이효석은 이효석대로 일본인이 큰 비중을 차지하는 소설『녹색의 탑』을 일어로 써서 발표한다. 작가는 소설의 첫 부분에 주인공인 경성제대 영문과생 안영민이 일본인 친구 마키와 함께 한강에서 모터보트 타는 장면을 버젓이 배치한다. 모터보트도 일본인도, 크게 놀랄 일은 아닌지 모른다. 이제 30년이 아닌가. 강산이 세 번이나 변한다는 시간이 흘렀다. 한강에서 뱃놀이를 끝낸 후 영민이 남산 중턱에 있는 마키네 가서 뜨거운 물로 목욕을 하는 일쯤이야 오히려 자연스러운 일일지 모른다.

다만 1940년엔 저녁이 어울렸다.

영민이 마키와 함께 뜨거운 물에 목욕을 하고 나오자 젖은 셔츠는 말끔하게 다려져 있었다. 의도치 않게 저녁 식사까지 함께했다.

식사를 마친 뒤 마키의 방에서 차를 마셨다. 열린 창가로 의자를 가져다 앉자 언덕 아래 불 켜진 거리 일대가 한눈에 내려다보였다. 불빛은 점차 드문드문 사라져가서 그 끝에는 한강이 띠를 두른 듯 가로놓여 흘렀고, 낮은 산들의 어슴푸레한 윤곽이 강물 위에 어른거렸다. 모든 것이 차분하고 고요에 잠겨 한낮의 떠들썩했던 기억도 먼 옛날 일

같았다. 지금은 바라다보이는 강물의 풍경마저 영민에게는 아득하게 오래되고 멀어 보였다. 아침에 예상하는 하루와 저녁에 회상하는 하루는 크게 차이가 나고 거리가 먼법이다. 지금 영민이 회상하는 하루는 전혀 예상하지 못한일들로 가득한 이상한 하루였다. 그만큼 감정의 기복도 컸고 가슴에 스며들어 새겨져 있는 게 사실이다.[4]

소설의 결말: 영민은 마키의 동생 요코와 결혼한다.
요코는 한복을 입고 비원을 산책한다.[5]
영민이 말한다.
"나 아까부터 묘한 착각이 들어요. 여동생하고 산책하는 느낌이 들어서 휙 돌아보면 당신이지 뭐요."
"옷 때문인지도 몰라요."
"그런가. 옷만 바뀌었을 뿐인데 사람까지 달라 보이다니. 묘한 일이야."
영민은 마치 처음 보는 사람처럼 요코를 빤히 바라본다. 신기한 발견이라도 한 듯이.
"그러니까 우리는 서로 아무것도 다르지 않단 말이요. 혈액형도 같고 지금은 겉모습도 같지. 다른 점이라고는 단 하나 국체國體, 전통뿐이라고."
소위 '내선일체'는 이런 식으로도 가능했다. 다만 아무리 실력이 뛰어난 학생이라도 그가 조선인이라면 시간 강사가 최대치였다. 조선인이 (전문학교가 아니라) 대학의 교수가 되는 것은 해방 이후에나 가능했다.

22

김남천과
야마토 아파트

1935년 카프는 해산을 결의한다. 김남천이 임화, 김기진과 협의해 경기도 경찰국에 해산계를 제출한다. 이미 1931년과 1934년(전주 사건 혹은 신건설사 사건) 두 차례에 걸쳐 대대적인 검거 사태를 피할 수 없었던 카프는 그것으로 10년에 걸친 활동에 스스로 종지부를 찍었다. 한때 카프의 맹장이었던 회월 박영희는 "얻은 것은 이데올로기요, 잃은 것은 예술"(1934)이라고 선언해 충격을 던졌다.

김남천이 서대문형무소에서 있을 때였다.[1] 한겨울, 영하 15~16도를 오르내리는 추위가 맹위를 떨칠 때 한 사내가 전방을 해왔다. 함경북도 명천 출생으로 대개 국경에 살았고, 바로 직전까지는 원산 부두에서 노동을 했다는 사내였다. 오랫동안 해에 그을리고 노동에 단련된 몸은 철색으로 우락부락해 보였고 몸을 닦을 때 보면 가슴과 엉덩이에 구릉 같은 살이 펄떡펄떡 뛰고 있었다. 김남천은 그 사내로부터 새로운 지식, 주로 투쟁의 역사에 대한 생생한 체험담을 들었다. 이윽고 봄이 왔다. 해는 유난히 길어지고 밤마다 누운 몸이 노곤해질 때, 그리고 인왕산에 오르는 사람들의 그림자가 나날이 불어갈 때, 기척 없이 찾아오는 고양이같이 봄은 그렇게 소리 없이 찾아오는

308

것이었다. 어느 날, 며칠 이어지던 비가 개어 모처럼 운동을 하러 나갔다. 김남천의 가슴에는 오직 한 생각밖에 없었다. 그새 벚꽃의 멍울이 얼마나 커졌을까. 하지만 정작 강렬한 태양에 눈이 부시어서 용수를 뒤집어쓴 머리조차 겨우 가누고 쳐다보는 수밖에 없었다. 나무에는 과연 분홍색을 흠뻑 머금은 벚꽃이 활짝 피어 있었다. 애써 감탄의 말을 목구멍 아래로 집어삼켰지만, 두근두근 고동치는 심장만큼은 저도 어쩔 수가 없었다. 그 짧은 2~3분이 모든 이에게 비슷한 무게의 충격을 던져준 모양이었다. 운동을 끝내고 돌아와서도 누구라 말을 꺼내지 않았다. 김남천 역시 그저 책을 끌어다가 무릎 위에 펼쳤다. 순간, 옆의 그 명천 사내의 손에 들린 게 언뜻 곁눈에 보였다. 꽃이었다. 감시의 눈이 형형한데도 그는 용케 그 꽃을 따서 가슴팍에 넣어왔던 것이다. 그는 멍하니 그 꽃을 바라보고 있었다. 김남천 또한 아무 말 없이 그 사내와 그 꽃을 번갈아 지켜볼 뿐이었다. 이튿날 새벽 사내는 변기통 위에 타구를 올려놓고 붉은 피를 무럭무럭 쏟아냈다. 일주일 만에 그는 병감으로 옮겨갔지만 더 이상 소식을 듣지 못했다. 김남천이 그의 소식을 다시 들은 것은 보석으로 풀려난 뒤였다. 신문에서 명천 사내의 예심 종결 기사를 보았고, 그 이름 밑에서 '사망'이란 두 자를 발견하고 말았던 것이다.

세월은 점점 어떤 혼돈의 극점을 향해 치달았다. 한쪽에서는 대경성의 파라다이스를 구가하고, 다른 한쪽에서는 모멸과 훼절의 시간을 어떻게 맞이할지 마음의 준비를 하고 있었다.

수박 냄새 흩날리는 노들강
꽃잎 실은 비단 물결 우으로
님 찾는 고운 눈동자 고운 눈동자
마셔라 마셔 사랑의 칵텔
오색 꽃 불야성 춤추는 꽃서울
꿈속의 파라다이스여 청춘의 불야성

〈꽃서울〉(1936)이라는 제목의 이 노래는 일본의 〈도쿄 랩소디〉란 노래를 번안한 것으로, 이른바 '대경성'이 절정을 향해 치닫는 시간에 더없이 잘 어울렸다. 거기에 식민지 따위는 없었다. 있다면 오직 청춘의 불야성, 그리고 파라다이스 같은 '꽃서울'이 있을 뿐이었다. 평양 숭실전문학교를 졸업하고 1935년 스물넷의 나이에 가수로 데뷔한 김해송은 이듬해 곧바로 〈목포의 눈물〉을 불러 당대 최고의 가수로 등극한 이난영과 결혼함으로써 현실에서도 그 꿈을 실현하는 듯싶었다. 그렇지만 오래지 않아 그가 가난한 식민지의 백성들과 함께 꾼 '꽃서울'의 꿈이 얼마나 허황한지 드러나게 된다.

꿈을 깨뜨리는 최초의 일격은 우선 외부로부터 왔다.

1937년 7월 7일 이른바 루거우차오 사건을 빌미로 중일전쟁이 발발한다. 잘 준비된 일본군은 파죽지세로 화북을 향해 진공했다. 중국은 속수무책으로 밀리다 9월 22일 제2차 국공 합작을 성사시킨다. 그해 12월 일본군은 국민당 정부의 수도 난징을 점령하고 참혹한 대학살을 자행했다. 이어 한커우와 광저우까지 점령했으나 이후 중국 국민들의 완강한 저항으로 전선은 교착 상태에 빠진다.

중일전쟁은 일본 본토는 물론 그 식민지들에도 엄청난 영향을 미쳤다. 전쟁은 이제 모든 국력을 쏟아 붓는 총력전 체제로 전환되었다. 조선은 대륙 침략을 위한 병참 기지로 전락했다. 1936년 6월에 새로 취임한 미나미 총독은 조선군 사령관과 관동군 사령관을 지낸 예비역 육군 대장이었다. 그는 내선일체를 부르짖는 한편으로 그동안 민족개량주의를 주장하던 이들과 소위 민족 부르주아로 알려진 이들을 우선 겁박했다. 옥중의 사상범을 포함해 요시찰 인물들에게 씌운 전향의 올가미도 더 꽉 조이기 시작했다. 조선공산당 일본 총국 책임자 김한경, 그 후임자 인정식, 광주 지구 책임자 강영석, 모스크바 동방노력자대학 출신의 여성 공산주의자 고명자 같은 거물들이 속속 전향을 선언했다. 조선공산당 재건투쟁위원회는 1933년 관련자 45명이 검거되면서 괴멸하고 책임자 김두정은 투옥된다. 그 김두정도 옥중에서 『방공전선 승리의 필연성』이라는 방대

311

한 저서를 집필함으로써 전향 대열에 합류한다.[2]

이런 상황에서 한때 카프를 이끌었던 김남천은 단편 「처를 때리고」(1937)를 발표한다. 소설은 다소 자극적인 제목처럼 한 사회주의 운동가가 자신의 변모된 모습을 스스로 고발하는 내용을 담고 있다. 작가는 외부의 충격이 어떻게 내부의 파탄으로 이어지는지, 생생히 그려낸다.

차남수는 모종의 사상 사건으로 6년간 복역 후 출옥해서도 3년이 지났지만 여전히 변변히 하는 일이 없다. 변호사 허창훈이 그를 경제적으로 도와 생계에 큰 지장은 없다. 차남수는 최근 허창훈의 재력을 바탕으로 신문 기자 출신의 후배 김준호와 더불어 출판 사업을 도모한다. 그러던 어느 날 차남수가 아내 최정숙을 의심하는 일이 발생한다. 차남수가 출장을 간 사이 김준호가 최정숙을 불러내 함께 점심을 먹은 일이 있었다. 그리고 식사 후 산보까지 갔다 왔는데, 최정숙이 나중에 그 사실을 숨기고 친정에 다녀왔다고 거짓말한 게 화근이었다. 차남수의 입에서 "이년!" 소리가 나오면서 본격적인 부부 싸움이 벌어진다. 최정숙의 입에서는 급기야 남편 차남수의 추악한 위선이 고스란히 까발려진다. 최정숙은 차남수가 전처와 이혼했다고 말은 했지만, 실제로는 여전히 시골집에 있는 아들과 딸에게 몰래 학비도 대주고 있었다고 폭로한다. 차남수가 감옥에 있을 때에는 외롭게 살림을 꾸려가면서 남편의 뒷바라지를 했다. 그 후에도 사정은 크게 달라지지 않았다. 차남수는 돈이 급하면 허창훈에게 손을 벌렸는데, 그때마다 그를 대신해 아쉬운 소리를 하러 가는 건 꼭 최정숙이었다. 그 과정에서 추잡한 희롱을 당하고 그 집을 뛰쳐나온 적도 있었다. 그 사실을 처음으로 고백하면서 최정숙의 분노는 극에 다다른다.

흥, 사회주의, 이름은 좋다. 그 철없는 것들이 웅게중게 모여들어 선생, 선생 하니 그게 그리 신이 나던가. 우쭐해서 갈팡질팡. 드럽다, 드러워. 제 여편네 젖통 만지는 건 모르고 눈앞에 내놓는 지폐장만 보이나.

징역이나 치른 게 장한 줄 아는가. 거지에게 돈 한 푼 준 게 십 년 뒤에두 적선인 줄 아는가.

왜 때려. 왜 때려. 이놈이 내게 손을 걸어. 이놈. 이 도적놈. 이놈아. 이놈아 이놈아. 날 죽여라. 이 도적놈. 날 죽여라.

네가 뭘 잘했기에 나에게 손을 거니. 이놈아. 날 죽여라. 죽여라. 자. 이걸로 날 찔러라. 응 이놈아.

야, 사회주의자 참 훌륭허구나. 이십 년간 사회주의나 했기에 그 모양인 줄 안다.

질투심. 시기심. 파벌 심리. 허영심. 굴욕. 허세. 비겁. 인치키(속임수). 브로커. 네 몸을 흐르는 혈관 속에 민중을 위하는 피가 한 방울이래도 남아서 흘러 있다면 내 목을 바치리라.

정치담이나 하구 다니면 사회주원가. 시국담이나 지껄이
고 다니면 사회주원가. 백 년이 하루같이 밥 한술 못 벌고
10여 년 동안 몸을 바친 제 여편네나 때려야 사상간가. 세
월이 좋아서 부는 바람에 우쭐대며 헌수작이나 지껄이다
가 감옥에 다녀온 게 하늘 같아서 백 년 가두 그걸루 행셋
거릴 삼아야 사회주의자든가.

그런 사회주원 나두 했다.

이 소설은 이효석, 유진오, 채만식 등 이른바 동반자 작가들
과 이기영, 한설야 등 카프 계열 작가들이 산발적으로 발표한
이른바 전향 소설과 맥을 같이하면서도, 어떤 면에서는 전향자
의 내면을 가장 솔직하게 드러냈다는 데서 주목을 받았다.

소설에서 한번 처를 때린 김남천의 다음 행보는 좀 더 본격
적으로 전향의 내적 동기를 파헤치는 작업에 맞춰졌다. 이를
위해 그는 서울의 한 아파트를 무대로 설정한다. 훗날 꼼꼼한
연구자들이 있어 그 아파트의 제원을 이렇게 정리했다.[3]

이름은 야마토 아파트로 죽첨정(현 충정로)의 3층짜리 건물
이다. 주인은 거기 살지 않고 가끔 들러서 장부나 검사해보곤
도로 가버린다. 독신자용 방이 서른여섯 개, 두 칸의 가족용 방
이 스물다섯 개 있어서 총 61가구에 전체 약 120~130명 정도

의 입주자가 살고 있다. 방세와 별도로 난방비, 전등료, 급수료 등을 받는다. '특약', 즉 장기 계약해서 쓰는 택시와 용달 서비스가 있다. 1층에는 출입구 옆에 사무실, 구내식당, 공동 목욕탕, 당구장 등이 있다. 원래 목욕탕 옆에 이발소가 있었으나 길 맞은편에 원래 있던 이발소와 경쟁이 되지 않아 문을 닫았다. 사무실에는 금고가 있어서 지폐나 소절수(수표) 등을 보관한다. 반지하 혹은 지하에 보일러실이 있는 것으로 짐작된다. 구내식당에서는 산짱이라는 어린 소년이 주문을 받는다. 메뉴로는 라이스모논 카레, 하야시, 가케우동, 돔부리 등이 있고, 차를 주문할 수 있다.

「경영」(1940)의 최무경은 야마토 아파트의 사무원으로 평소 1층 사무실에서 근무한다. 나이는 스물넷. 소설은 최무경이 약간 들뜬 마음으로 323호에 들러 새삼 무어 부족한 게 없나 살피는 장면으로 시작된다. 그 방은 제 돈으로 임대했지만 자기가 살 방은 아니다. 자기 방은 화동 어머니 집에 따로 있다. 최무경은 그 방을 쓸 임자가 드디어 내일 입주하게 된다는 사실에 가슴이 설레는 것이다. 방에는 새 침대와 새 잠옷과 화병 따위가 정갈한 분위기를 꾸미고 있다. 넉넉하다고는 할 수 없겠지만 지난 2년간 정성을 다해 마련한 것들이다. 거기에 또 신간 몇 권, 경제 월보, 그리고 종합 잡지까지 두루 갖춰놓았다. 사실 그 방의 임자는 인텔리 중의 인텔리였다. 모종의 사상 사건에 얽혀 구속 중에 있었지만, 그동안 그의 약혼녀 최무경이 백방으로 뛰어다니며 석방 운동을 벌인 끝에 내일이면 보석으로 풀려나게 되는 것이다.

이튿날 오전, 최무경은 일찍부터 서대문형무소 앞에 가서 기다린 끝에 담당 형사로부터 약혼자 오시형을 인계받는다. 둘은 미리 대절한 택시를 타고 야마토 아파트 323호에 함께 입실한다. 하지만 독자들은 곧 323호의 새 주인 오시형에게 무언가 '변화'가 생겼다는 사실을 짐작하게 된다. 그는 '세계 일원론'과 그에 반대되는 '다원 사관'을 비교해가며 제 생각을 드러낸다. 그동안 서양은 세계 일원론에 입각해 세계사를 파악했다. 그에 따라 동양은 대체로 세계사의 전사前史처럼 취급받을 수밖에 없었다. 유물 사관 역시 그런 혐의에서 크게 자유롭지 못하다. 반면, 다원 사관에 기대면, 세계는 저마다 고유한 역사를 지닌다. 동양은 동양의 세계사가 따로 있는 것이다. 이를 무시해서는 과거의 잘못을 반복하게 된다. 보라, 지금 히틀러의 독일은 유럽의 여러 나라를 정복하고, 기어이 불란서마저 항복시키지 않았는가. 이것은 세계사 자체가 크게 요동치고 있다는 말이다. 그러니 우리 동양인도 새삼 동양인다운 자각이 있어야 한다…. 이런 주장이었다.

동양을 대체로 세계사의 전사처럼 취급한 것은 독일 관념론 철학의 대표자 헤겔이었다. 그의 『역사철학강의』는 동양(중국

316

과 인도)에서 그리스·로마를 거쳐 게르만에서 완성되는 세계사의 직선적인 일원론을 주장한다. 이에 기대면 동양은 서양에 비해 뒤떨어질 수밖에 없으며, 마땅히 서양의 가르침 혹은 지배를 받아야 한다는 논리도 자연스럽다. 그러나 오시형은 절대정신이 그런 식으로 자기를 전개한다는 관념론적 일원론을 비판하며, 동양에도 세계사를 운용할 기회가 주어져야 한다고 주장하는 셈이다. 일견 옳은 주장이지만, 여기서 그의 다원 사관은 아무런 매개 없이, 그리고 아무런 망설임 없이, 곧바로 독일의 유럽 침공을 정당화하기에 이른다. 말하자면 동양도 이 기회에 동양 스스로 구원해야 하는데, 이때 당연히 일본은 그 동양 구원의 주체가 되어야 한다!

그런 사상보다 더 중요한 것은 오시형에게 아직 해결해야 할 문제가 남아 있다는 사실이었다. 그건 평양에서 부회 의원을 지내며 상공회의소에서도 공직을 가지고 있다는 부친을 어떻게 설득해서 결혼 승낙을 받느냐 하는 것이었다. 소설은 그 마지막 난관을 돌파하려는 어떠한 의지도 내비치지 않는 오시형이 아버지를 따라 훌쩍 평양으로 가버리는 장면으로 끝을 맺는다. 친일파였던 아버지와 좌익 운동가였던 아들이 큰 다툼 없이 화해를 하는 것이다.

떠나기 전, 그는 최무경에게 자신의 속마음을 이렇게 털어놓는다.

"옛날과는 모든 것이 다른 것 같애. 인제 사상범이 드무니까 옛날 영웅 심리를 향락하면서 징역을 살던 기분도 없어진 것 같다구 그 안에서 어떤 친구가 말하더니…. 달이 철창에 새파랗게 걸려 있는 밤, 바람 소리나, 풀벌레 소리나 들으면서 잠을 이루지 못할 때엔 고독과 적막이 뼈에 사무치는 것처럼 쓰리구…."

「경영」에 이어지는 연작 소설 「맥」(1941)의 마지막 장면에 오시형이 다시 등장한다. 그는 재판정에 서서 자신의 철학으로 재판장을 설득하는 데 성공한다. 그는 히틀러를 옹호한 독일의 석학 하이데거의 입장을 지지한다고 선언해서 재판장을 기쁘게 만든다. 그 광경을 몰래 지켜보던 최무경은 방청석 오시형의 부친 옆에 앉은 한 젊은 여인의 모습을 뒤늦게 발견한다. 오시형의 새 약혼녀였다.

23

죽첨정 대화숙의
이광수

김남천 소설에 등장한 야마토 아파트는 한국 근대 문학사에 가장 비중 있게 등장하는 아파트로도 기억할 만하다. 그런데 이 아파트 이름은 야마토주쿠, 즉 대화숙大和塾을 연상시킨다. 경성에 사상범들의 교화를 주목적으로 하는 기왕의 시국대응전선사상보국연맹이 '발전적 해소' 후 대화숙으로 재탄생하는 것은 1940년 12월의 일이었다.[1] 대화숙은 재단 법인 형식으로 1940년 말까지 전국에 일곱 개 지부와 83개 분회를 두었는데 지역의 보호 관찰소 직속이었다. 사상보국연맹이 대화숙으로 전환하는 것은 일제의 국민 총력 운동과 맥락을 같이하는 것으로, 기왕에 법적으로 모호한 부분을 정비해 '완전한' 사상범 사법 보호 단체로서 전향자들에 대한 통제를 일원화하려는 정책적 변화 때문이었다. 예컨대 사상보국연맹에서는 조선인 전향자들이 보호 관찰소와 함께 설립의 주체였지만, 이제 조선인 전향자들은 범죄자 혹은 사회적 낙오자로 오로지 사법 보호의 대상이자 객체로 전락했다. 대화숙의 활동은 강연회와 좌담회, 근로 봉사, 일본군 위문, 시국 공연, 신사 참배 등 사상보국연맹 때와 크게 다르지 않았다. 차이점이라면 대화숙은 조선인을 일본인으로 훈련시키기 위해 외부와 완벽히 격리된 공간을 자체적인 수용 보호 시설로 확보했다는 점이다. 실제로 그 안에서는 군대처럼 혹은 형무소처럼 엄격한 규율과 질서가 강요되었다.

경성대화숙은 죽첨정 3정목 8번지에 있었다.[2] 원래 감리교회의 협성여자신학교가 있던 자리였는데 미국 선교사들이 철수한 후 대화숙이 들어선 것이었다.

한 연구서는 김남천의 「경영」에 등장하는 야마토 아파트의 독신자 유닛을 내자동에 있던 미쿠니 아파트의 그것으로 추정했다.[3] 그러나 김남천 자신이 제1회 황도정신수련회에 참가차 대화숙, 즉 야마토주쿠에 묵은 바 있었고,[4] 소설 속 야마토 아파트의 지리적 묘사가 대화숙의 그것과 거의 유사한 것으로 미루어, 연작 소설 「경영」과 「맥」의 야마토 아파트를 내자동의 미쿠니 아파트로 추정하는 것은 무리가 있어 보인다. 오히려 근처 죽첨정의 식산은행 독신자 아파트나 도요타 아파트를 염두에 두고 쓴 건 아닌가 추정하는 게 훨씬 합리적이다. 현재 경성대화숙 자리에는 신학교의 흔적이 깡그리 사라진 터에 평범한 빌라 단지가 들어서 있다.[5]

참고로 미쿠니 아파트는 1935년 5월에 준공된 아파트로 4층짜리 건물과 별관으로 구성되어 객실 69호를 보유했다.[6] 이 당시의 아파트는 지금의 아파트하고는 성격이 사뭇 달랐다. 가족이 모여 사는 살림집이 없지는 않았지만 거의 대부분은 독신자

경성대화숙 수련생들. 이광수(맨 밑줄 왼쪽에서 네 번째)와
김남천(밑에서 두 번째 줄 왼쪽에서 두 번째)이 보인다.

아파트였고, 예외를 찾아볼 수 없을 정도로 완전한 도시형 임
대 주택이었다.

　1941년 2월 16일, 이광수는 창씨명 향산광랑香山光郞, 즉 가야
마 미쓰로라는 이름으로 대화숙의 한 방에 있었다. 그는 수양
동우회 사건으로 그 전해 8월 21일에 5년 징역형을 언도받았
으나 상고해 불구속 상태에서 최종 판결을 기다리던 참이었다.
그러던 중 숙塾 당국의 호의로 텅 빈 방 하나를 빌려서 집필에

몰두할 수 있었다. 물론 아직 숙생이 한 명도 없기에 가능한 일이었다. 가야마는 대화숙이 기독교 신학교 자리에 들어선 것 자체가 일본 정신에 대한 서양 정신의 패퇴라고 주장했다.[7]

조용한 방이었다. 방은 원래 응접실이었던 모양으로 피아노가 한 대 놓여 있고, 한쪽 벽에는 벽난로까지 있다. 그 안에 책상과 의자가 두 개, 그리고 따로 침대 하나가 자리를 차지했다. 창에서는 남산 중턱의 조선 신궁이 고스란히 마주 보였다. 입구에 도리이가 우뚝했다. 1925년 당시 여의도 면적의 두 배에 가까운 대지 위에 세워 아마테라스와 메이지 천황을 주신으로 삼았다. 원래 거기 있던 조선 태조의 국사당은 어쩔 수 없이 인왕산 쪽으로 터를 옮겨야 했다.

가야마의 방은 지대가 높아서 경성 시가가 제법 눈에 담겼다. 그만큼 조망이 좋고, 구내는 널찍하고, 곳곳에 벚꽃이며 플라타너스, 아카시아, 개나리, 라일락 따위 나무들이 두루 심어져 있었다. 간밤에 내린 눈으로 나뭇가지들이 휘우듬 기울었다.

눈이 자꾸 왔다. 어제도, 그제도 밤이면 눈이 내렸다. *그끄저께*는 하루 종일 내렸다.

어제는 계불* 2일째여서 가야마는 새벽 5시에 일어나 남산을 향했다. 길은 눈으로 하얗게 빛났다. 가로수는 안개 얼음으로

---

* 계불(禊祓): 목욕재계해 부정을 씻는 일본의 풍습.

남산의 조선 신궁.
이광수는 대화숙에 있으면서 새벽같이 이곳에 와 요배를 했다.

마치 구슬 같았다. 하늘에는 그믐달이 커다란 활 모양으로 걸려 있었다. 조선 신궁 앞에서 기원할 때는, "천황 폐하 만세 무궁세", "출정 장병 만세 무궁세"를 크게 외쳤다. 가야마는 절로 눈시울이 뜨거워졌고, 그때 정말 울고 싶어서 어쩔 도리가 없었다.

지금은 창밖에 한 점 구름 없이 잘도 개었으나, 휘휘하며 나뭇가지를 때리는 바람 소리만으로도 춥다. 펜을 쥔 손이 곱아

쉽게 놀리기도 어렵다. 그러나 한때 이광수라 불렸던 향산광랑, 즉 가야마 미쓰로는 애써 편지를 쓰고 있다. 고바야시 히데오에게. 그는 평론가이며 월간『순문예』편집 위원이다. 그가 얼마 전 말했다.

"자서전을 한번 써보시라."

그때 얼마나 황송했던지, 가야마는 "그래볼까요?" 하고 대답했다. 인사치레로 한 말은 아니었다. 그래도 쓰지 않는 편이 예법에 맞다고 여겼다. 그런 글이 무슨 뜻인지, 또 얼마나 어려운지 서로 잘 알고 있다고도 생각했다. 하지만 두 차례나 독촉을 받자 가야마는 아차 했다. 정신이 번쩍 들었다. 일본인은 거짓말을 하지 않는다. 일본인은 설령 술자리 헛소리에도 반드시 책임을 진다…. 그가 한 말이 살처럼 가슴에 와 꽂혔다. 아, 참다운 일본 정신이란 게 무엇인지, 그가 또 이렇게 가르쳐주는구나 싶었다. 사죄해야 한다. 그리고 감사를 표해야 한다.

그렇게 해서 펜을 잡은 거였다. 하지만 자서전을 쓸 도리는 없었다. 차라리 제가 얼마나 일본 정신에 충실한지, 그래서 지난날을 얼마나 반성하고 있는지 그 일단의 심정이라도 보여주고 싶었다.

황도 정신을 탐구해 내선일체의 정신적 결합을 촉진하자는 목적으로 결성한 황도학회가 이 대화숙에서 제1회 일본 정신 수도 강습회를 열었다. 2월 6일부터 16일까지 열하루 동안. 강사들은 조선군 참모 구로메 해군 대좌를 비롯해 총독부 시학관이며 경성제대 교수까지 각계에서 두루 나섰다. 2월 14일에는 마쓰모토 시게히코 교수가 황국신민이 나아가야 할 큰 길에 대해 강의했다. 가야먀 미쓰로는 그의 말 한마디 한마디를 놓치지 않으려 애썼다. 교수는 신라나 고구려에서 귀환한 조선인이 모두 일본인이 된 게 역사적 사실이라고 말했다. 혈통을 따질 일이 아니라고 했다. 조선인도 대만인도 일본인이다. 일본은 일민족 일국가다. 일본 민족 속에는 결코 차별이란 있을 수 없다. 천황 밑에서 모든 일본인은 평등하다…. 그러면서도 일갈을 잊지 않았다.

"일본말 같지 않은 말을 쓰고, 일본의 풍속 습관 같지 않은 풍속 습관으로 사는 것은 비국민이다. 그러나 조선인은 싫어하는 기색 없이 비국민으로 살아가고 있다. 만일 이렇게 알고 비일본적 생활을 계속한다면 아마도 반드시 경멸당할 것이다. 일본 국민 전체로부터 경멸당할 날이 오리라."

등골이 서늘했다. 에도 시대의 국학자 같은 풍모를 지닌 교수로부터 터져나온 서늘한 그 비판이 오히려 고마웠다. 가야먀 미쓰로는 조선인은 허풍쟁이라든가 음험하다는 말을 듣는 건 슬픈 일이지만, 그건 조선인의 몸이라는 쇠붙이에서 나온 녹과 같은 것, 스스로 삼가고 반성하면 될 일이라고 생각했다. 그걸 지적해준 사람들을 원망할 일은 아니었다.

이광수, 창씨개명에 대한
소회를 밝힌 「창씨와 나」
(『매일신보』, 1940년 2월 20일).

다만, 이쪽에서도 노력할 테니 한마디만 해줄 수 없는지, 진
정으로 부탁하고 싶었다.

"어이, 조선의 형제들! 함께하자꾸나."

그렇게 손을 내밀어주면 태평양 현해탄의 높은 파도도 잔잔

해질 터였다. 어려운 이론도, 주판을 튕기는 계산도 필요 없었
다. 다만, 정으로, 눈물로 토닥거려주면 그것으로 족하리라. 가
야마 미쓰로는 이런 내용으로 편지글을 썼다.

사실, 이광수의 속마음이 어떠한지 장담해 말할 사람은 아무
도 없다. 어쩌면 그 자신도 그때 자신의 행동 하나하나가 어떤
맥락인지 설명할 수는 없을 것이다. 그러나 그는 다른 길은 없
다고 믿었으리라. 처음부터 그는 혁명가가 아니었다. 그저 불쌍
한 고아였고, 남보다 조금 앞선 글재주가 있었을 뿐이다. 그런
그에게 세상은 너무나 많은 것을 요구했다. 하물며 그 힘든 짐
을 나눌 사람도 없었다. 정신적으로 유일한 언덕이던 도산마저
이제 없다. 1932년 상하이 하비로에서 체포되어 인천으로 압
송된 도산은 수감과 병보석을 반복하다가 1938년 끝내 유명을
달리했다. 목 놓아 울었다. 저도 수양동우회 사건으로 체포되어
서대문형무소에 구속되었다가 병 때문에 겨우 보석으로 풀려
난 처지였다. 옴짝달싹할 수 없었다. 홍지동에 지은 산장이 그
나마 위안이었다. 거기서 『법화경』을 읽기 시작했다. 행복했다.
그때는 믿음이 있었다.

무엇보다 '사랑'을 믿었다. 일체의 차별을 없애라는 것, 그게
부처님의 정신이었다. 모든 분별이 우스웠다. 검은 흙만인 듯
한 땅도 자세히 찾아보면 금가루가 없는 데가 없었다. 서로 경
쟁만 하는 듯한 중생의 세계도 자세히 살펴보면 따뜻한 사랑의

불똥이 숨어 있는 것이다. 금이나 흙이나 다 같은 피요, 다 같은 살이었다.[8] 너와 내가 무어란 말인가. 모두가 하나였다. 내지와 외지가 따로 없고, 아시아의 오족五族이 하나였다. 그렇게 아시아가 '대동아大東亞'로 하나였고, 장차는 인류가 모두 한 지붕을 이고 살 터였다.

그렇게 읽었고, 그렇게 믿었다.

하지만 오늘 이 순간 제 가슴속에서 여전히 까마귀 소리 시끄러운 건 무슨 까닭이겠는지!

사일난제오斜日亂啼烏, 사일난제오, 사일난제오….*

산장도 더는 마음을 받아주지 않았다. 1939년 5월에는 기어이 그 집마저 팔았다.

대화숙 창밖으로 어느새 어둠이 깔리고 있었다. 날은 여전히 추웠다. 그는 아마 조선 최고의 문사라는 제 글이 그토록 품위 없음에 스스로 불쾌했을지 모른다. 그러나 그냥 그렇게 국어(일어)로 쓴 편지글을 매듭짓고 말았다. 곁에 펼쳐 있는, 조선에 남은 유일한 신문으로서 『매일신보』는 전국 각지에서 다시 육군 특별 지원병이 '요원의 불길'처럼 쇄도하고 있다는 소식을 며칠째 전하고 있었다.

이광수는 그해 11월 수양동우회 사건에 대해 최종적으로 무

---

* 『남화경』에 나오는 구절. 이광수가 소설 「난제오」(1940)에 인용했다. 석양에 까마귀가 시끄럽게 운다는 뜻.

죄 판결을 받는다.

훗날 한 지식인은 대화숙에서 보낸 생활을 이렇게 회상한다.

왜놈들은 우리를 붙잡아다 하루에 대여섯 시간 묶어놓고 세뇌 교육을 시켰다. 꿇어앉혀 놓고 뚱뚱한 일본 중놈이 나와 불경을 읽고 정신을 차리라고 하며 냉수를 머리에 끼얹는 것도 하였다. 일본 군인을 데려다 강연도 시켰다. 그 중에서도 제일 고약한 것은 남산 꼭대기에 있는 조선 신궁 광장으로 끌고 올라가 신사 참배를 시키는 일이다. 지금은 남산 일대가 개조되어 안중근 의사 기념관이라든가 야외 음악당이 생겨 면모가 일신되었지만 당시에는 2백 계단이나 되는 돌계단이 있어서 나 같은 장년 이상의 노인들을 이곳으로 끌고 와 오르락내리락 뜀뛰기를 시키는 것이었다. "일본 정신이 제대로 뿌리박히지 못했다"며 6각으로 된 몽둥이로 등을 사정없이 내려치기도 하고 피로와 허기로 지친 몸을 이리저리 끌고 다녔다. 대화숙에 끌려나온 사람들 중에는 민족주의 진영의 인사들뿐만 아니라 공산주의자들도 상당수 있었는데 일제가 소련을 가상 적국으로 삼은 때문인지 그들에 대한 태도는 더욱 심하였던 것 같다. 일제가 패망할 때까지 나는 언제나 그들의 감시하에 있으면서 집과 대화숙 사이를 왕복하는 나날이 계속되었다.[9]

이럴진대 경성대화숙의 이광수가 느꼈을 물리적 압박과 심리적 고독을 이해할 수는 있다. 그러나 그것들이 그의 향후 행적을 모두 설명해주는 것은 아니다.

24

서울의
별 헤는 밤

1938년 윤동주는 연희전문에 입학한다. 처음에는 기숙사 생활을 했다. 그해 함께 입학한 고종사촌 송몽규와 강처중이 3층의 한 방을 썼다. 일찍이 서산대사가 살았을 법한 우거진 송림 속, 게다가 덩그러니 살림집은 외따로 한 채뿐이었다. 하지만 거기 함께 사는 식구들은 꽤 많아, 한 지붕 밑에서 팔도 사투리를 죄다 들을 만큼 미끈한 장정들이 욱실욱실했다. 어느 날 동기가 그에게 말했다.[1]

"자네 여보게, 이 집 귀신이 되려나?"

"조용한 게 공부하기 작히나 좋잖은가."

"그래 책장이나 뒤적뒤적하면 공분 줄 아나? 전차간에서 내다볼 수 있는 광경, 정거장에서 맛볼 수 있는 광경, 다시 기차 속에서 대할 수 있는 모든 일들이 생활 아닌 것이 없거든, 생활 때문에 싸우는 이 분위기에 잠겨서, 보고 생각하고 분석하고, 이거야말로 진정한 의미의 교육이 아니겠는가, 여보게! 자네 책장만 뒤지고 인생이 어드렇니 사회가 어드렇니 하는 것은 16세기에서나 찾아볼 일일세. 단연 문안으로 나오도록 마음을 돌리게."

동주는 그 말에 귀가 뚫렸다. 인간을 떠나서 도를 닦는다는

인왕산 수성동 계곡.
윤동주는 누상동에 있을 때
정병욱과 함께 종종
이곳에 올라 산책을 했다.

것이 한낱 오락이요, 오락이매 생활이 될 수 없고, 생활이 없으
매 이 또한 죽은 공부가 아니랴. 그리하여 그는 공부도 생활화
해야 한다 생각하고 기숙사를 빠져나온다.

동주는 아현동과 서소문을 비롯해 여러 곳에서 하숙을 전전
한 것으로 보인다. 어떤 때는 도로 기숙사로 돌아가서 살기도
했다. 그러다가 1941년 5월부터는 2년 후배 정병욱과 뜻이 맞
아 누상동 9번지 극작가 김송의 집에 둥지를 튼다. 가까운 곳에
는 수성동 계곡이 있었다. 동주는 정병욱과 함께 매일 아침 뒷

산인 인왕산 중턱까지 산책을 하고 나서 아침밥을 먹었다. 학교 갈 때는 대개 효자동 종점에서 전차를 탔다. 그 안에서 그는 비로소 사람들의 '생활'을 온몸으로 체득한다. 저만 일찌감치 나와 아침 거리의 신선한 감촉을 맛볼 줄만 알았더니, 웬걸 벌써 많은 사람들의 발자국에 포도는 어수선할 대로 어수선했다. 게다가 전차가 정류장에 머물 때마다 대체 그 많은 무리를 죄다 어디 갔다 터뜨릴 심산인지 꾸역꾸역 자꾸 박아 싣는다. 늙은이, 젊은이, 아이 할 것 없이 손에 꾸러미를 안 든 사람은 없다. 동주는 이것이 그들 생활의 꾸러미요, 동시에 권태의 꾸러미인지도 모르겠다고 생각했다.

하지만 생활이고 뭐고 전차 안은 너무 답답했다. 동주는 이제 생활의 관찰을 포기하고 눈을 성벽 위 푸른 하늘로 던진다. 통쾌하다. 그때부터 두 눈은 하늘과 성벽의 경계선을 따라 자꾸 달린다. 이 도성 안에서 대체 무슨 일이 있었는지 알 바 아니다. 어서 저 성벽이 끝나기만을 바랄 뿐이다. 하지만 기대는 다시 어그러진다. 성벽이 끊어지는 곳부터는 총독부, 도청 무슨 참고관, 체신국, 신문사, 소방조, 무슨 주식회사, 부청, 양복점, 고물상 등이 나란히 달려간다. 그새 사람은 크게 줄지 않았다. 전차에서 만난 사람은 원수요, 기차에서 만난 사람은 지기라는 말이 떠오른다. 딴은 그러리라고 얼마큼 수긍했다. 전차에서도 기차에서처럼 함께 몸을 비비적거리면서도 "오늘은 좋은 날씨올시다", "어디서 내리시나요" 쯤의 인사는 주고받을 법한데, 다들 일언반구 없이 뚱한 꼴들이 작히나 큰 원수를 맺고 지내는 사이들 같았다.

그러는 새 전차는 남대문을 지났다.

동주는 곧 내려 다시 차를 갈아탄다. 이번에는 경성역에서 기차를 탄다. 그러면서 제 내린 종점이 다시 차를 타는 시점이라는 생각을 한다. 고향으로 가는 기차도 아닌데 마음이 설렌다. 기차는 느릿느릿 가다가 임시 정거장에도 선다. 그때마다 젊은 여자들이 저마다 꾸러미 하나씩을 안고 올라탄다. 공장으로 가는 직공들은 아닌 것 같다. 이윽고 애오개에서는 터널을 지난다. 아현 터널과 의영 터널로, 1904년에 건설된 이 두 터널은 서울과 신의주를 잇는 경의선 철도 부설에 따라 만들어진 조선 최초의 터널이었다. 시내 한복판의 터널이 신기할 뿐이다. 터널을 막 빠져나오자 복선 공사에 분주한 노동자들이 눈에 들어온다. 이들이야말로 땀과 피를 아끼지 않는 건설의 사도이려니 한다. 그 육중한 도락구(리어카)를 밀면서도 마음만은 까마득히 먼 데 가 있는 모양이다. 도락구 판장에다 서투른 글씨로 신경행이니 북경행이니 남경행이니 써붙였다. 그것이 힘든 노동에 자그마니 위안이 안 된다고 누가 주장하랴.

이제 나는 곧 종시終始를 바꿔야 한다. 하나 내 차에도 신

경행, 북경행, 남경행을 달고 싶다. 세계일주행이라고 달
고 싶다. 아니 그보다 진정한 내 고향이 있다면 고향행을
달겠다. 다음 도착하여야 할 시대의 정거장이 있다면 더
좋다.

　윤동주는 학교에서 외솔 최현배의『우리말본』강의를 들었
다. 외솔은 동주가 신입생이던 1938년 9월 흥업구락부 사건으
로 파면당했다. 동주의 1학년 때 '국어(일본어)' 성적은 80점이
었다. 조선어는 100점을 받았다. 이양하의 영문학 강의도 들었
다. 손진태 교수의 역사 수업은 학생들을 울음바다로 만들기도
했다. 동주의 '국사(일본사)' 성적은 74점이었다. 동양사는 85점,
서양사는 90점(2학년)이었다.
　수업을 마친 동주는 '다음 도착하여야 할 시대의 정거장'을
찾아 이번에는 조선은행 앞에 내린다. 거기서 정병욱과 함께
본정 일대의 서점가를 누빈다. 지성당, 일한서방, 마루젠, 군서
당 등 신구 서점들을 두루 돌아다니고 나서는 후유노야도나 남
풍장이란 음악 다방에도 들렀다. 고전 음악 애호가들과 문학청
년들이 자주 들르는 곳이다. 이따금 명치좌에서 영화를 보기도
했다. 극장에 들르지 않을 때에는 다시 종로 쪽으로 걸음을 옮
겨 관훈동의 헌책방을 순례했고, 거기서 다시 적선동으로 가
유길서점을 마지막으로 들른다. 그때쯤 거리에는 전등불이 빛

누상동 윤동주 하숙집 터.

을 발하기 시작하는데, 둘은 천천히 걸음을 옮겨 이제 다시 아
침에 떠났던 누상동 언덕을 오른다. 시작이 끝이고, 끝이 시작
이다. 대체 그게 무슨 뜻인지, 동주는 속으로 자꾸 물었다.

　이제 누상동 하숙도 옮겨야 할지 몰랐다. 주인 김송이 요시
찰 인물이어서 고등계 형사가 수시로 들락거렸기 때문이다. 어
떤 때는 무례하게도 동주와 정병욱의 방에까지 들어와 보는 책
들의 목록을 적어가고 고리짝을 뒤지고 심지어 편지를 빼앗아
가기도 했다. 세상이 온통 어두컴컴했다. 청춘의 푸른 꿈을 위

해 찾아온 서울이 하루가 다르게 짙은 암흑 속으로 굴러 떨어지고 있었다. 서울 어디서든 바짝 다가온 전쟁과 폭력의 광기를 느낄 수 있었다.

연희전문도 큰 위기를 맞이했다.

1941년 2월 친일파 윤치호가 교장으로 임명되었다. 사람들은 총독부가 눈엣가시였던 서양인 교장을 몰아내기 위해 그를 중간 다리로 이용했다고 믿었다. 나중에 그 말은 사실로 확인된다. 1942년 8월 17일에 일제는 윤치호마저 몰아내고 일본인 교육 관료 다카하시 하마키치를 새 교장으로 앉힌 것이다.

저녁을 먹고 난 동주는 군이 혼자 근처 수성동 언덕을 올랐다. 거기서 어둠이 내리깔린 서울을 내려다보았다. 고향이 그 어둠 속에 잠겨 있었다. 방학이라고 찾아가면 동생들이 얼마나 기다렸는지 모른다며 동구 밖까지 나와 폴짝 매달리곤 했다. 서울 이야기도 해달라는 대로 해주었다. 노래도 가르쳐주었고, 이것저것 책도 듬뿍 사다주었다. 사각모자를 벗어 던지고 교회고 어디고 인사를 가려 하면 아버지가 냅다 소리를 치셨다. "모자 쓰고 가라!" 자랑스러웠던 것이다. 그래도 허름한 무명옷을 입고 가까운 들로 산으로 산책을 나갔다. 할아버지를 도와 꼴을 베기도 했다. 그 모든 시간들이 어느 한 순간 아니 그리울 수 없었다. 그러나 그 고향에도 암흑의 그림자가 짙게 드리우고 있었다. 어른들은 시도 때도 없이 한숨을 내쉬었다. 먹고살

수가 없어 남부여대해 두만강을 건너온 조선인들이 만주 땅 어디고 넘쳐났다.

　고향은 이제 낯선 고향이었다. 제가 가면 백골이 따라와 한 방에 누웠다. 그 방에서 울었다. 자기가 우는 것인지 백골이 우는 것인지 알지 못했다. 들리노니 개 소리만이 지조 높았다. 가야 한다. 쫓기는 사람처럼, 어딘가 아름다운 고향, 또 다른 고향으로…(「또 다른 고향」, 1941).

　밤하늘에 별들이 하얗게 돋아났다. 동주는 그 별 하나하나에 제 마음을 새겼다. 추억과, 사랑과, 쓸쓸함과, 동경과, 시와, 어머니, 어머니…. 그리고 제가 아는 무수한 이들의 이름도.

　　어머님, 나는 별 하나에 아름다운 말 한마디씩 불러봅니다. 소학교 때 책상을 같이 했던 아이들의 이름과, 패, 경, 옥 이런 이국 소녀들의 이름과 벌써 애기 어머니 된 계집애들의 이름과, 가난한 이웃 사람들의 이름과, 비둘기, 강아지, 토끼, 노새, 노루, 프란시스 쟘, 라이너 마리아 릴케, 이런 시인의 이름을 불러봅니다. (「별 헤는 밤」, 1941)

　그러나 그들은 까마득히 멀리 있었다.

　1941년 4월 이태준의 『문장』이 폐간된다. 최재서의 『인문평론』 역시 폐간되지만, 그해 11월 일본어로만 글을 쓰는 『국민문학』으로 다시 태어난다. 나치는 유럽 도처의 강제 수용소에서 가스 학살을 시작하고, 소련의 레닌그라드에 포위 공격을 시작했다. 그로부터 전쟁사에 다시없을 치열한 공방전이 전개된다. 그리고 마침내 12월 7일 일본이 진주만을 기습 공격함으로써 이른바 '대동아전쟁'이 시작된다.

그해 연말, 윤동주는 전시 학제 단축으로 3개월 앞당겨 연희 전문을 졸업한다.

25

조선은행 앞
광장 분수대

일본의 소설가 다나카 히데미쓰는 1913년 생으로 와세다 대학 출신이다. 그가 1948년에 발표한 장편 소설 『취한 배』¹는 이른바 패전 직후 일본 문단을 대표한 무뢰파無賴派 작가답게 목표를 잃고 술 취한 듯 비틀거리는 청춘 군상을 그려내고 있다. 그런데 이 작품은 서사 대부분이 일제 말기 식민지 조선을 무대로 전개된다는 점에서, 또 거기에 거의 실명을 쉽게 유추할 수 있는 조선인 작가들이 대거 등장한다는 점에서 특별히 주목을 끌었다. 문제는 작품의 문학적 완결성을 떠나서 작가의 시선이 우리로서는 몹시 불편하다는 점에 있다.

첫 장면부터가 그렇다.

사카모토 고키치는 일본의 고무 회사 경성 지점에 다니는데 내지에서는 제법 알려진 신예 작가이기도 하다. 그런 경력을 바탕으로 그는 경성에서 조선문인협회를 조직하는 데 한몫을 담당했다. 마침 제1회 대동아문학자대회가 도쿄에서 열렸다. 그리고 이제 조선의 작가들이 귀국하는 편에 중국, 만주, 러시아 등의 참가자들이 함께 부산항에 도착한다. 조선문인협회는 그들에 대한 대접은 물론 경성에서의 환영 행사도 맡는다.

당연히 사카모토의 역할이 클 수밖에 없다. 그는 총독부 경무국 보안과에서 촉탁으로 있는 학교 동창 노리다케와 함께 술을 마신 후 객기를 부린다. 학창 시절—그래봐야 불과 6년 전인데—둘이서 5엔을 걸고 경찰서에 들어가 소변보기 내기를 하며 객기를 부렸던 일을 떠올렸던 것이다.

"이봐, 자네 같은 겁쟁이는 이 광장 한가운데선 똥도 못 눌 걸?"

그러자 노리다케는 지지 않고 허풍을 떨며 으스댄다.

"좋아, 그럼 내가 놈들에게 엉덩이를 핥게 해주겠어."

노리다케는 그 말과 함께 물이 말라버린 분수대 위로 뛰어올라가더니 정말로 바지를 내렸다. 그리고 잠시 후 볼일이 끝난 노리다케는 엉덩이를 뒤로 쑥 빼고 찰싹찰싹 때리면서 외쳤다.

"이봐, 일본이 여기 있어, 일본인이. 내 엉덩이를 먹으란 말이야."

문제는 그 놀라운 기행이 벌어진 데가 경성 한복판 조선은행 앞 광장, 속칭 센킨마에 광장이었고, 마침 그 광경을 한 조선인 '여류 시인'이 고스란히 목격했다는 사실이다. 고키치도 아는 얼굴이었다. 최건영의 첩으로도 알려진 바 있는데, 그녀는 얼굴을 찌푸리면서도 거침없이 노리다케에게 다가가 태연히 그의 뒤까지 처리해준다. 그들은 모두 조선문인보국회 소속이었다.

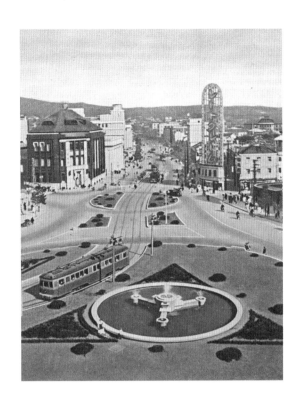

조선은행(현 한국은행) 앞 광장.

그날 밤 고키치는 그 '여류 시인'하고 남산 주변을 돌아다니다 키스도 한다.

소설은 조선 문단의 추악한 이면을 여과 없이 폭로하고 조롱한다.

조선문인협회 사무국장 박인식은 한때 사회주의 운동의 선봉에 선 위인이었고 체포되어 고문으로 왼손을 쓰지 못할 만큼 되어도 완강히 버텼는데, 돌연 전향했다. 그 뒤 그는 피로에 지친 늙은 원숭이 같은 얼굴이 되었다. 또 다른 지식인 안두창은 이렇게 말한다.

"사카모토 씨, 나는 이 이야기를 전에 『온돌야화』라는 것으로 정리하여, 한 권의 책으로 낸 적이 있어요…. 민족성을 연구하는 데에는 음담패설이 제일이죠."

안두창은 아직 춘정을 이해하지 못하는 처녀가 햇볕 좋은 날 달걀을 꺼내들었다가 야릇한 기분에 그것을 자기 그곳에 집어넣었다, 운운하는 음담패설을 들려준다. 그는 이것이 조선의 '월경'에 대한 고찰이라고 주장한다. 옛날 '조선의 구라하라 고레히토[*]'라 불릴 정도로 막강했던 좌익 평론가 최건영은 지금 총독부의 어용 잡지 『조선문학』의 주간이었다. 그는 입을 벌릴 때마다 마늘 냄새가 심했다.

조금 찬찬히 들여다보면 누구누구 하고 실제 이름이 금세 떠오를 만큼 설명이 상세하다. 한마디로 조선 문단은 추잡한 야바위꾼들의 집합처로 묘사된다.

---

[*] 구라하라 고레히토(藏原惟人): 나프, 즉 일본프롤레타리아예술가동맹의 이론적 지도자로 활동하다 1932년 체포, 구속된다. 전향하지 않아 징역 7년형을 살고 만기 출소한다.

소설에서는 이런 웃지 못할 장면도 소개된다. 환영식이 열리는 대연회장에서 영화배우 한은옥은 〈아리랑〉을 불러달라는 청중들의 권유에 이렇게 대답한다.

"저는, 조선 민족의 자포자기적인 〈아리랑〉은 전쟁 중인 형제, 일본군, 조선 지원병에게 조심스럽기 때문에 부를 수 없습니다."

한은옥은 주최 측의 박수갈채 속에 〈애국행진곡〉을 부르기 시작한다.

『취한 배』는 식민지 말기 실제로 조선 문단이 보여준 비루한 일면을 거침없이 들춰내고 조롱했다. 물론 굉장히 과장된 방식이었고, 추론할 수 있는 '사실'에 부합되지 않는 경우도 수두룩하다. 예컨대 "물론, 최후까지 전쟁 협력자의 가면도 쓰지 않고 조용히 민족주의자로서의 절개를 굽히지 않았던 김사량, 이태준, 유진오 같은 작가들도 있었다"와 같은 진술은 사실이 아니다. 김사량은 1945년 중국에 갔다가 탈출해 태항산의 조선의용군에 합류했으니 맞는 말이겠지만, 이태준은 조선 총독의 이름으로 수여하는 조선예술상까지 수상한다. 한때 동반자 작가였던 유진오는 이광수, 이태준, 박영희 등과 함께 일제 식민당국이 주도한 조선문인협회 7인 발기인에 포함되었다. 조선문인보국회 간사도 지냈다. 이 소설의 배경이 되는 1942년 11월의 제1회 대동아문학자대회에도 이광수, 박영희와 함께 조선 대표단

347

으로 참가한다. 당연히 훗날 친일 반민족 행위자로서 『친일인
명사전』에도 이름이 오른다.

『취한 배』는 사실 읽을 만한 가치조차 없는 졸작이다. 더구
나 지독한 편견으로 사실을 과장하고 왜곡한 측면은 몹시 불쾌
할 정도다. 하지만 바로 그렇게 과감히 조선 문단의 참혹한 폐
허를 보여줌으로써 역설적으로 일본 제국주의의 행태가 얼마
나 야비하고 폭력적이었는지를 입증해준다는 점에서만큼은 반
드시 기록에 남겨두어야 할 것이다. 작가인 다나카 히데미쓰는
대학 시절 공산당 활동을 했다가 탈당한 전향 경력이 있다. 패
전 후에는 데카당스적인 기질을 발휘하며 소위 무뢰파 작가로
활동한다. 그러나 스승 다자이 오사무가 자살하자 1949년 저도
그의 묘 앞에서 스스로 목숨을 끊는다.

소설의 주무대인 혼마치, 즉 본정은 추잡한 매춘의 거리요
더럽고 그로테스크한 거리로 묘사된다. 그곳에 조선의 작가 김
사량이 다른 작품 속에서 내쫓은 한 가련한 조선인 소설가 현
룡도 나타난다.[2] 주인공 현룡은 한때 내지에서 나름대로 잘나
가는 문인으로 행세한 적이 있다. 그러나 그곳에서 범죄를 저
지르고 어쩔 수 없이 돌아와, 이제는 기괴하고 음란한 글이나
써대면서도 부끄러운 줄도 모르는 속물로 전락한 지 오래였다.
당연히 조선과 일본 작가들에게 두루 따돌림을 받았다. 비속한
저널리즘조차 그의 문장을 받아주지 않았다.

"난 이제 조선어로 창작하는 것에는 넌더리가 나오. 조선어 따위 똥이나 처먹으라 하오. 왜냐, 그건 멸망으로 향해가는 부적과도 같은 것이니까."

그는 따돌림을 받을수록 스스로 십자가를 멘 순교자인 양 생각하며 자신을 다독였다. 집도 없고, 처도 없고, 아이도 없고, 돈도 없는 그가 마지막으로 기댈 곳은 '애국주의'였다. 하지만 재생의 기회는 다시 돌아오지 않았다. 천마가 되어 하늘로 올라가려던 그의 꿈은 한낱 백일몽이었다.

이튿날, 술이 아직 덜 깬 그는 무언가 환각에 시달리며 토방을 뛰쳐나간다. 그는 자기도 모르는 새 신마치 뒷골목의 거미줄 같은 미로 속으로 들어갔다. 거기서 실수로 하수 도랑에 빠졌다. 그러자 갑자기 발밑에서 개구리들이 "요보*", "요보" 하고 맹렬히 소란을 떨기 시작했다. 그는 귀를 막으며 "난 요보가 아니야!"라고 외쳤다. 그는 조선인이라서 벌어진 오늘의 비극으로부터 도망치고 싶었다. 그러다가 팡 하는 소리와 함께 어느덧 익숙한 신마치의 사창가에 와 있는 자신을 발견한다. 그는 자신이 묵은 적이 있는 집들을 찾기 위해 이 집 저 집 하나하나 닫힌 문을 두드려가면서 소리쳤다.

"이 내지인을 살려줘, 살려달라고. 이제 난 요보가 아니야!

---

* 요보: 조선인을 얕잡아 부르던 말.

겐노가미 류노스케[*]다. 류노스케다! 류노스케를 들여보내줘."

자신을 조선인이 아니라 내지인이라고 철석같이 믿었던 소설가 현룡의 실제 모델은 문학 평론가 김문집이다. 그는 1935년 도쿄제국대학 문과를 중퇴하고 조선에 돌아왔는데, 그 후 문단에서 각종 논란과 물의를 일으키는 것은 물론이고 공갈, 절도, 외설, 강간 미수 등 갖가지 범죄마저 저지르다 결국 1940년에 다시 도일한다.

그가 내선일체의 시대를 맞이해 쓴 「조선 민족의 발전적 해소론」(1939)은 주장하는 바가 아주 명쾌하다. 그는 조선이 미약한 대로 자립을 해본다는 건 한강의 보트를 타고 태평양을 건너는 것과 마찬가지의 공상이라고 주장하면서, 이제 길은 오직 하나 황국 신민이 되는 것밖에 없음을 힘주어 설파한다.

그러면 어떻게 해서 우리는 충실한 황국 신민, 즉 일본인이 될 수 있나? 이것이 방법론이다. 조선 사람이 황국 신민이 된다는 것은 '게다'를 끌고 '다꾸앙'을 먹고들 하는 것이 아니고, 고무신에 깍두기도 매우 좋으니 먼저 정신적인 내장을 소제하는 데 있다. 재래의 조선 사람이었기 때문에 가졌던 일체의 불미불선^{不美不善}——취기^{臭氣} 분분한 그 썩은

내장물을 위로는 토해내고 아래로는 관장·배설하여 속을 깨끗이 해야 한다.

이렇게 하고 보면 우리가 의욕지 않아도 스스로 어떤 다른 새로운 정신이 날아 들어온다. 제아무리 조선민족주의자일지라도 과거의 그 냄새나는 민족주의가 다시 기어들어오지는 못할 것이다. 진실로 우리의 내장은 조선 민족을 참으로 살리는 일본 정신, 이 정신밖에는 다시 들어올 나위가 없는 바탕이 되고 말 것이다. 당연한 사리인 것이다. 일본 정신이란 곧 옛날 내선일체였던 그 시대의 우리 선조의 정신이기도 했기 때문이다.[3]

이러매, 그는 자신의 존재 자체로 오히려 일제가 내건 내선일체 혹은 대동아 공영 따위 국책이 얼마나 허구이며 파탄의 사상인지 보여주는 것이다.

김문집은 같은 대구 출신의 작가로 한때 프로 문학의 맹장으로 이름을 떨쳤던 장혁주와 마찬가지로 일본에 귀화한다. 그게 그들의 조국이었다.

26

서대문형무소에 간
앨리스

1936년 2월 18일, 단재 신채호가 뤼순 감옥에서 옥사했다. 2월 24일, 그의 절친한 벗 벽초 홍명희를 비롯해 가까운 벗들이 서울로 운구되어 오는 그의 유해를 경성역전에서 잠깐 보고 보내주었다. 날은 몹시 추웠다. 대구 출신 시인 이상화는 1937년 독립투사인 형 이상정 장군을 만나러 베이징으로 건너가 3개월간 머물고 돌아왔다. 귀국 직후 체포되어 고초를 겪고 11월에야 풀려났다.

1937년 7월 루거우차오 사건으로 시작된 중일전쟁 이후 일제는 한반도에 드리운 족쇄를 더욱 단단히 옥죄었다.

1941년 2월 21일, 시인이자 중동학교 교사인 김광섭은 아침 일찍 집에서 체포되었다.[1] 그가 누워 있던 머리맡에는 학예사의 문고판 『이태준 단편집』에 대해 신간 평을 쓴 원고지가 흩어져 있었다. 조선인 형사 서너 명이 그를 막무가내로 끌고 갔다. 아이들은 아버지가 끌려가는데 아무 소리도 못한 채 눈물만 글썽였다. 나중에 확인되지만 김광섭은 교실에서 학생들에게 내선일체라든지 조선어 수업 폐지 같은 조치를 비판하고 학생들을 선동했다고 해서 치안유지법 위반 혐의를 받았던 것이다. 종로서에서 본격적인 취조가 시작되었다. 형사들은 난로에

353

뻘겋게 달군 부젓가락으로 지지겠다고 달려들었다. 다른 한쪽에서는 주전자에 물을 넣고 팔목을 동여서 천장에 달아매는 소위 비행기 태우기를 준비했다. 유치장에서 들은 대로였다. 그는 미리부터 겁을 집어먹지 말고 대담하게 버텨보자고 마음먹었다.

물을 먹였다. 입이니 콧구멍이니 가리지 않고 찬물을 마구 부어넣었다. 배가 딩딩 부어올랐고 곧 실신해버렸다. 형사들은 배 위에 올라가 구둣발로 꾹꾹 밟았다. 입에서 코에서 물이 도로 다 올라와 구역질을 했다. 경찰서 뒤쪽 석탄 창고에서 몇 번이고 그런 고문을 당했다. 발길로 차고 몽둥이로 패는 것은 고문도 아니었다.

3개월여 취조를 그렇게 받았다. 김광섭은 스스로 생각에 '얼빠진 쥐새끼'였다. 그 와중에서도 때리는 일본놈보다 회유하고 구슬리는 조선 형사놈들이 더 미웠다.

"창씨개명도 찬성 않겠지요?"

"찬성 안 합니다."

"문학을 한다니까 조선어 폐지, 신문사 폐지…. 이런 건 한 줄을 들면 다 따라가는 거니까 물론 반대하시겠지…."

"…."

"황국신민서사, 궁성 요배에 대해서도 같겠지…. 조선 독립을 희망하시지?"

354

"그렇지만 직접 독립을 쟁취하려고 그러는 건 아닙니다."

"그게 독립을 희망하는 게 아니고 무엇인가?"

결국, 그렇다고 대답했다. 가슴이 찔렸고, 또 희망이라는 것이 무슨 큰 죄가 될 것이냐 하는 순간적인 생각에서 죽일 테면 죽이라는 식으로 그렇게 말한 거였다. 속으로 그는 『반야심경』을 몇십 번 몇백 번이고 외웠다. 무노사역무노사진無老死亦無老死盡의 경지를 구했다. 늙어서 죽는 것도 없고 늙어서 죽는 것으로 끝나는 것도 없다. 이것이 죽음 뒤에 있는 열반의 세계라, 이렇게 되면 교수대에서도 칼이 목에 들어가지 못할 것이요, 수중에서도 물이 입이나 코로 들어가지 못한다. 너희가 칼 찬 간수로 이 두어 평 방은 감시할지언정 열반 가는 길이야 어찌 방해할 수 있겠느냐.

'나는 열반으로 간다. 너희들은 칼을 쥐고 어서 망해라.'

그는 자신만의 정신 승리 요법인 이른바 '화석 작업'을 실시했다. 저들이 고문을 가하기 전 스스로 한 걸음 앞질러 자신의 가죽을 벗기고 살점을 발라냈다. 그러면 저들도 결국 아무리 제국주의라 하더라도 백골에다 대고 죄를 선고하는 일이 무용함을 알게 되리라는 것이었다.

꼬박 100일 만에 그는 경찰서를 떠나 송치되었다. 하필이면 구두도 잃어버려 맨발로 자동차에 실려 서대문형무소 구치감으로 호송되면서, 하필이면 5월의 태양에 나부끼는 서울의 푸

355

른 가로수 그 밑으로 술이 거나해서 헤매던 추억이 떠올랐다. 인제 가면 언제 다시 오려나! 아득한 생각에 그는 호송 순경 눈에 띄지 않게 눈물로 손등을 적셨다.

검사의 심문 때는 말미에 별도로 자청해서 진술을 추가해달라고 했다. 그건 고문 때문에 당당히 말하지 못했던 것, 즉 "독립을 희망한다"는 진술이었다. 얼굴이 벌겋게 달아오른 검사는 펜을 내던지며 욕을 했고, 그에게 4년 구형으로 보복했다. 그때부터 그는 다시 정식 재판에 넘겨질 때까지 그 수속 절차에만 1년 10개월이 걸렸다. 언도는 징역 2년이었다. 참을 수 없었던 것은 미결 기간을 단 하루도 감해주지 않은 일이었다. 그리하여 김광섭은 징역 2년 언도에 미결 구금 기간을 보태 총 3년 8개월의 징역을 살아야 했다. 제국주의 일본처럼 죄수들이 징역 사는 것 자체가 힘든 나라는 또 없을 터였다.

기결로 넘어갔다. 이제 같은 담장 안에서도 입는 옷부터 달랐다. 사복을 벗고 빨간 수의를 입었다. 온갖 고문 도구가 즐비한 도장에서 간수의 훈시를 들었다. 그는 앤드류 랭의 『미지의 나라에 간 앨리스』를 연상했다. 앨리스는 꿈속에서 이상한 나라를 구경했다. 그는 말하자면 일본 식민지의 온갖 기괴한 행태를 구경하러 온 앨리스였다.

어느 정도 시간이 흐르자 공장 잡역을 나가게 되었다. 거기서 그는 장기수 세 사람을 만났다. 셋이 다 만주 출신이었다.

서대문형무소.

무기에서 유기로 형량이 줄었지만 다들 7~8년씩은 징역이 남아 있었다. 그런데도 하나같이 담담하게 징역을 살았다. 너무도 태연하니 인간 같지가 않았다. 독립운동이란 것을 신문에서 많이 봤지만 진짜 독립군을 만난 건 그게 처음이었다. 중학교도 졸업하지 못한 청년들이 만주 벌판에서 제 몸이나 가족을 돌보지 않고 일본군에게 달려들었던 것이다. 순포막에 폭탄을 던져 놈들이 죽으면 그놈들의 총을 빼앗아갔기 때문에 그들의 5척 단신에는 100척의 길고 무시무시한 죄명이 씌워졌다. 그러다 보면 머리가 빠져 대머리가 되고, 눈은 어두워 근시가 되고, 얼굴은 백지장처럼 창백해서 몇십 년 동안 한 번도 웃어본 흔적조차 보이지 않았다. 그들이 진짜 독립군이었다!

김광섭 저로서는 차마 형기가 얼마나 남았냐고 물어볼 엄두도 내지 못했다. 그중에서도 가장 투쟁적인 현산이라는 사람을 만나서는 그동안 그들이 교도소에서 벌인 투쟁, 밖에는 거의 알려지지 않는 목숨을 건 소내 투쟁에 대해서 이야기를 듣고 기록했다. 현산은 그런 끝없는 옥중 투쟁과 그 과정에서 얼마나 많은 이들이 죽임을 당했는지 후세에 꼭 전해달라고 부탁했다.

김광섭은 1943년 11월 10일부터 옥중 일기를 쓰기 시작했다. 죄수 등급이 3급으로 올라 그동안 영치해두었던 펜과 잉크와 공책을 돌려받았기 때문이다. 만주의 독립군 이야기도 그렇게 해서 기록으로 남길 수 있었다.

1944년에는 그의 보직이 바뀌었다. 세탁과 청소 따위를 맡았는데, 시체를 처리하는 일도 포함되었다.

4월 24일 (월)

흐리다가 비가 와서 잠깐 서서 꽃을 보다가 배치부장에게 주의를 들었다. 오늘은 세탁반과 외소반外掃班 두 군데를 다니며 일하라는 것이었다. 활발하게 대답하고 늘씬해지도록 일했다. 끝난 뒤에 목욕했다.

오늘 포로* 한 명이 드디어 사망했다. 그들은 영국에서도 오고 호주에서도 왔다. 멜번 대학 교수도 한 명 있었다. 끝내 고국에 가지 못하고 죽었구나!

시체를 시체실로 옮겨갔다. 명복을 빌며 그의 처자와 부모를 생각했다. 부룩크의 시 「병사」** 가 연상되었다.

다시 연무장에 가서 발진티푸스 소독을 했다.

한참 일기를 쓰지 않아서 손꼽아 헤어보니 그동안 닷새가 갔다 ― 고마워라!

---

* 이 일기에 나오는 포로는 '대영제국' 포로들이었다(1943년 12월 26일자 일기 참고). 당시 조선에는 1942년 말레이반도 및 싱가포르 전투에서 잡힌 영국군이나 영연방 출신 포로가 많았고, 전쟁이 계속되면서 미군 포로도 많이 수용되었다. 서울, 부산, 인천, 흥남의 네 군데 도시에 외국인 포로 수용소가 있었다.

** 「병사(兵士)」: 제1차 세계대전에 참전한 영국 시인 루퍼트 브룩크(Rupert Brooke)의 시 *The Soldier*.

8월 4일 (금)

오늘도 장의사처럼 시체 넷이나 파묻었다. 비온 뒤라 땅이 질벅거려서 조심스럽게 디뎠다. 그들 중에는 히라야마(평산, 2996번 황병율) 군의 시체도 있었다. 어제 아침 잠깐 병석을 들여다볼 때 이 젊은 독립운동자는 정신이 말똥말똥해서 간병부도 괜찮다고 했는데 그때 그것이 그에게 마지막 돌아온 지상의 정신이었는지도 모른다. 만주에서 여러 해 동안 면회 한 번 없이 살아온 그였다. 그러한 사람이 그 한 사람만이 아니지만 실성한 땅에서 태어났기 때문에 성까지 갈고서도 오늘 무덤으로 가는구나! 그에게 아내가 있으면 망부석이 되리라. 우리의 마음속에 서 있는 심상이 모두 그러할 것이니 허무한 곳에 눈이 감기랴.

우두커니 앉았다가 세숫물에 양말을 씻고 변기통에 부어 넣었다.

통감부는 융희 원년(1907) 안산 자락(옛 현저동 101번지)에 새 감옥을 세웠다. 일본인이 설계한 근대적인 감옥으로, 기결수 500여 명을 수용할 수 있는 560여 평의 목조 건물이었다. 당시 전국의 감옥을 다 합한 것보다 두 배가 넘는 면적이었다. 1908년 10월 21일, 조선 왕조 500년간 사용된 종로의 전옥서典獄署에 수감되어 있던 기결수를 옮겨와 경성감옥이라 불렀다. 그날, 정미의병장 왕산 허위가 제1호 사형수로 교수형을 당했다. 그는 1907년 고종이 강제로 퇴위당하고 군대가 해산되어 제2차 의병 운동이 일어났을 때, 경기도 연천에서 의병을 일으켰다. 곧 이인영을 총대장으로 삼아 출범한 13도 창의군에서 진동창의대장을 맡았다. 허위의 부대는 서울 근교까지 진군했지만 패퇴하고 말았다. 그러나 그는 유격전을 벌이면서 계속 저항했고 거듭되는 회유책에도 소신을 굽히지 않았다. 이강년, 유인석, 박정빈 등과 함께 결사 항전을 주창한 강경파였다. 결국 1908년 6월 11일 양평 유동 골짜기에서 일본군에게 체포되어 형장의 이슬로 사라지고 만 것이다. 총탄을 맞고 체포된 이강년도 같은 해 같은 장소에서 처형당했다.

일제는 독립운동가들을 수용할 공간이 부족해지자 1912년에 현재의 공덕동 자리에 다른 감옥을 짓고 경성감옥이라고 이름을 붙였다. 이에 따라 기존의 경성감옥을 서대문감옥으로 개칭했다. 1923년 5월에는 다시 서대문형무소로 이름을 바꾸었다. 1935년부터는 미결수를 구금하는 구치감도 갖추었다. 1919년 3·1 운동 이후 식민지를 대표하는 경성감옥, 서대문감옥, 서대문형무소는 각종 사상 사건 관련자들이 차고 넘쳤다. 거기까지 오는 동안 이미 온몸이 만신창이가 된 수형자들은 비인간적 대우에 다시 한 번 치를 떨어야 했다. 심훈이 3·1 운동 때 이미 그 열악한 환경을 경험한 바 있었다. 김남천의「물」

(1933)에서는 여름이 되자 2평 7합의 조그마한 방에 무려 열세 명을 가두어 숨도 제대로 쉴 수 없는 공포에 끝없이 시달려야 했다고 썼다. 물론 겨울에는 겨울대로 수형자들이 동상을 입거나 심지어 얼어 죽는 경우도 빈번했다.

이광수는 1937년 6월 수양동우회 사건으로 체포되어 서대문형무소에 구속 수감되지만, 병이 심해 그해 12월 병보석으로 풀려난다. 반년이라는 짧은 기간이었지만 춘원으로선 마침내 식민지 감옥을 경험한 셈이었다. 거기서 그는 그 특유의 포용 철학을 발전시킨다. 그것 역시 감방(병감) 안의 열악한 수형 조건 때문이었다.

정과 윤이 코를 고는 데에 희생이 되는 사람은 잠이 잘 들지 못하는 나뿐이었다. 윤은 소프라노로, 정은 바리톤으로 코를 골아대면 언제까지든지 눈을 뜨고 창을 통하여 보이는 하늘의 별을 바라보고 있을 수밖에 없었다. 더구나 정은 윤의 입김이 싫다 하여 꼭 내 편으로 고개를 향하여 자고, 나는 반듯이 밖에는 누울 수 없는 병자이기 때문에 정은 내 왼편 귀에다가 코를 골아넣었다. 위확장병으로 위 속에서 음식이 썩는 정의 입김은 실로 참을 수 없으리만큼 냄새가 고약한데, 이 입김을 후끈후끈 밤새도록 내 왼편 뺨에 불어 붙였다. 나는 속으로 정이 반듯이 누워주었으면

하였으나 차마 그 말을 못 하였다. 나는 이것을 향기로운 냄새로 생각해보리라, 이렇게 힘도 써보았다. 만일 그 입김이 아름다운 젊은 여자의 입김이라면 내가 불쾌하게 여기지 아니할 것이 아닌가. 아름다운 젊은 여자의 뱃속엔들 똥은 없으며 썩은 음식은 없으랴. 모두 평등이 아니냐. 이러한 생각으로 코 고는 소리와 냄새 나는 입김을 잊어버릴 공부를 해보았으나, 공부가 그렇게 일조일석에 될 리가 만무하였다. 정더러 좀 돌아누워달랄까 이런 생각을 하고는 또 하였다. 뒷절에서 울려오는 목탁 소리가 들릴 때까지 잠을 이루지 못하는 날이 많았다. 새벽 목탁 소리가 나면 아침 세 시 반이다. 딱딱딱 하는 새벽 목탁 소리는 퍽으나 사람의 맘을 맑게 하는 힘이 있다.

"원컨대는 이 종소리 법계에 고루 퍼져지이다."

한다든지,

"일체 중생이 바로 깨달음을 얻어지이다."

하는 새벽 종소리 귀절이 언제나 생각키었다.[2]

그러나 불교에 기댄 그의 이런 식의 포용주의, 혹은 무차별주의는 좁은 감방을 벗어나면 또 다른 항복 선언일 수밖에 없었다. 실제로 그는 만물이 모두 "상극이 되지 않고 총친화가 될 날"을 꿈꾸었고, 그런 마음가짐에서 중일전쟁 당시 중국을 침

일제 때 수난을 당한 조선어학회 회원들이 해방 후 한자리에 모였다.
한징과 이윤재는 옥중에서 사망했다.

략한 일본군 병사들까지도 넉넉히 품에 안았던 것이다.[3] 이런
식이라면 '내선일체'도 '일시동인'도 '팔굉일우'도 능히 받아들
일 수 있는 '도덕'이 된다.

1942년에는 조선어학회 사건이 터졌다. 이희승, 최현배, 이
극로, 이윤재, 한징, 김윤경, 정인승, 이중화 등은 1942년 10월
1일에 검거되었다. 이병기는 10월 22일 재동 집에서 형사들에
게 끌려나가 경기도 경찰부 유치장을 거쳐 함경도 홍원서로,
거기서 다시 함흥형무소로 옮겨갔다. 그는 검사의 구류 기한

만기가 되는 이듬해 9월 18일 기소 유예로 석방되어 다시 햇빛을 볼 수 있었다. 그러나 예심으로 넘어간 열두 명 중에서 이윤재가 1943년 12월 8일에, 한징이 1944년 2월 22일에 각각 옥사했다. 이윤재는 물고문을 여섯 차례 받았고 수도 없이 무차별 구타를 당했다. 물고문, 비행기 태우기, 뜨거운 쇠젓가락으로 지지기, 펄펄 끓는 물을 온몸에 붓기, 추운 겨울날 얼음물 끼얹기 등 그들에게 가해진 고문과 악형은 상상을 초월했다. 정작 재판이 열리기도 전이었다.

27

문학,
서울을 떠나다

염상섭은 1936년『매일신보』를 그만두고 만주 신경(창춘)에서 발행되던『만선일보』편집국장으로 옮겨갔다. 그때 그를 추천한 선배가 내세운 조건은 가족을 동반하라는 것과 무엇보다 일체 창작 활동을 중단하라는 것이었다. 일본 관동군 보도부의 통제하에 있던 당시 만주의 상황을 염두에 둔 부탁이었을 텐데, 염상섭은 그 조건을 받아들였다. 그는 이미『삼대』를 쓸 때의 긴장감을 많이 상실하고 있었다. 1936년을 전후해서도『그 여자의 운명』,『청춘항로』,『불연속선』을 잇달아 발표했지만 하나같이 통속의 범주를 벗어나지 못했다. 그런 차에 환경의 변화는 작가에게 새로운 창작의 계기가 될 수도 있는 일이었다. 그러나 그것은 순진한 기대에 불과했다. 뼛속 깊이 서울내기로서 염상섭이 서울을 떠나 어떻게 글을 쓸 수 있을지는 쉽게 장담할 일이 아니었다. 그의 만주행은 호구지책도 중요한 동기였겠지만, 굳이 창작과 연관시킨다면 더 이상 싸구려 펜을 놀리는 데 지쳤다는 뜻으로 해석도 가능할 것이다. 아무튼 그는 "작가로서 고자가 되라는 말"[1]을 기꺼이 받아들이고서야 만주로 떠난 셈이었다. 1939년, 최남선도 만주로 건너가 만주국 건국대학 교수로 취임, 만몽 문화사

를 강의한다. 그 전해에 이미 중추원 참의 직을 수락한 그에게
베푼 조선 총독부의 시혜였다. 한 잡지에서 그의 보수를 따져
봤는데, 학교 월급이 800원에 서울 매일신보사에 원고를 써주
고 매일 8원씩 240원을 받았으니 총 1,040원에 달했다. 거기에
『만선일보』 등에 쓰고 받는 원고료는 포함되지 않았다.[2]

홍명희는 1939년 경기도 양주군 노해면 창동으로 이주한다.
그때부터 병을 핑계로 서울에는 거의 모습을 드러내지 않았다.
홍명희는 거기서 쌍둥이 두 딸 수경과 무경의 이화여전 졸업
논문을 돌봐주었다. 수경이 조선의 의복 제도를, 무경이 혼인
제도를 주제로 삼았다. 그 무렵 『조선일보』가 폐간되자 장남 기
문도 창동 역전 부근으로 이사를 왔다. 그는 본격적으로 조선
어 연구에 착수하게 되는데, 그 성과는 해방 직후 『정음발달사』
와 『조선문법연구』로 나타난다. 1940년에는 절친한 벗 정인보
가 이사를 해왔다. 1942년 3월 홍명희는 차남 기무를 정인보의
차녀 경완과 혼인시켰다. 정인보의 셋째 딸 정양완은 아버지가
발굴한 빙허각 이 씨의 저서 『규합총서』를 연구해 해방 이후
교주본을 펴내기도 한다.

이제 인생의 노년을 맞이한 홍명희는 경술국치의 그날 스스
로 목숨을 버리며 아버지가 남긴 유언을 새삼 가슴에 새겼다.

기울어진 국운을 바로잡기엔 내 힘이 무력하기 그지없고

망국노의 수치와 설움을 감추려니 비분을 금할 수 없어 스
스로 순국의 길을 택하지 않을 수가 없구나. 피치 못해 가
는 길이니 내 아들아, 너희들은 어떻게 하나 조선 사람으
로서의 의무와 도리를 다하여 잃어진 나라를 기어이 찾아
야 한다. 죽을지언정 친일을 하지 말고 먼 훗날에라도 나
를 욕되게 하지 말아라.

김동인은 1939년 북지황군위문작가단에 참가했다가 심한
강박관념에 시달렸고 기어이 정신을 잃고 쓰러진다. 그는 기억
상실증에 걸려 글자를 이해할 수 없는 지경에 이르렀고, 따라
서 글을 한 줄도 쓰지 못했다. 또 지독한 불면증 때문에 수면제
를 과다 복용해서 오히려 고통을 더 받았고 끝내 마약까지 손
에 댔다. 중국에 다녀온 지 10개월 후 그는 글자를 다시 이해할
수 있게 되었고, 그러자 제 발로 걸어서 군을 찾아갔다. 가서는,
이제라도 그때 못 쓴 종군기를 쓰겠으니 다시금 보내달라고 부
탁했다. 그의 이런 따위 '순진한 희극'은 꼴을 달리해 해방이
될 때까지 몇 번이고 이어진다.[3]

김명순은 1939년 일본 도쿄로 건너갔지만 작품 활동을 더
이상 해나갈 기력은 없었다. 주로 도쿄 YMCA 회관 뒤채 셋방
에서 살았다고 전해진다. 이해 3월 같은 고향 출신 김동인은
『문장』에 「김연실전」을 발표하고 이어 5월에는 「선구녀」를 발

표했다. 이 두 작품은 그가 1941년 2월에 발표하는 「집주름」과 더불어 김명순을 천하의 탕녀로 몰아붙인 노골적인 실명 소설이나 다름없었다. 서울은 김명순에게 너무나 잔인한 도시였다.

1940년 8월 일제는 『동아일보』와 『조선일보』 두 신문을 폐간한다. 이제 식민지 조선에는 총독부의 기관지 『매일신보』 하나만 남게 되는 거였다. 이태준이 그런 상황을 시대적 배경으로 삼아 단편 「토끼 이야기」(1941)를 썼다. 소설에서 '현'은 당연히 작가의 분신이다. 그는 신문에 종종 장편 소설을 연재해서 먹고사는데, 연재가 시작되면 현 저보다는 아내가 먼저 즐거워했다. 밀린 외상값을 갚아버릴 생각 때문이다. 현의 생각은 다르다. 그는 자못 비장하다. 내일모레면 불혹이다. 그런데도 노상 이렇게 신문 연재에나 매달리다니…. 그는 승부를 걸어야 한다고 새삼 다짐해보는데, 세상은 그를 돕지 않는다. 갑작스레 두 신문이 폐간되자 그 빈자리가 퍽이나 크게 느껴진다. 그런데도 세상은, 그리고 시대는 매일같이 "명랑하라!", "건설하라!" 확성기로 외친다. 현은 얼떨떨하다. 정신을 수습하기가 쉽지 않다. 사실 시대의 '명랑화'는 1930년대 이후 총독부가 꾸준히 강조한 일종의 정책이었다. 그것이 남루한 식민지 현실에 대한 하나의 가림막이자 기발한 통제 수단임을 모르지 않았다. 그런데 신문이 폐간되어 글 써서 먹고살기가 막막해졌는데도 어떻게 명랑하고 어떻게 건설할 수 있단 말인가. 하지만 현은 기어이 시대에 부응하면서도 제게도 득이 될 절묘한 방도를 찾아내니, 그건 바로 토끼를 기르자는 거였다.

신문소설을 쓰면서는 본격 소설에 손을 댈 새가 없었으나, 토끼를 기르면서는 넉넉히 책도 읽고 십 년에 한 편이 되더라도 저 쓰고 싶은 소설에 착수할 여력도 있을 것 같았다. 이런 것은 시대가 메가폰으로 소리쳐 요구하는 명랑하고 건실한 생활일 수도 있는 점에 현은 더욱 든든한 마음으로 토끼 치기를 결심하였다.

그의 선택은 탁월했다. 과연 토끼는 명랑하고 건실하게 무럭무럭 자라났다. 게다가 새끼를 낳고 낳아 무려 40마리까지 늘어났다. 문제가 생겼다. 사람 먹을 것도 부족한 이 시대에 대체 이 많은 토끼를 어떻게 먹여 살리는가. 결국 현은 토끼를 죽여야 했고, 토끼를 죽이는 법에 관한 책까지 빌려 오지만, 토끼를 죽이는 데에는 실패한다. 무기력한 현을 대신해 나선 것은 만삭의 아내였다. 현은 고작 「토끼 이야기」를 쓸 뿐이었다.

1940년 9월 1일부터 경성 부민에게 새로운 생활 지침이 내려졌다. 모든 사람은 아침 6시에 일어나야 했다. 7시부터는 황거 요배를 해야 하고, 정오에는 용맹했던 전몰 장병을 위해 묵도를 올려야 했다. 팔봉 김기진은 오히려 그 전시 체제하 서울

1942년 싱가포르 공략 기념
강연회 안내 광고.

국민총력조선연맹에서 발행한
징병 권유 포스터.
"훌륭한 군대로 나기 위해
국어(일본어) 사용을
생활화하자"는 내용이다.

을 얼마든지 받아들일 여유가 있었다. 그리하여 가령 1942년 2월 11일에는 일본 천황가가 비롯했다는 기원절에 미리 예고된 라디오 방송을 가슴 졸이며 듣다가, 황군이 마침내 신가파(싱가포르)를 함락했다는 뉴스를 듣고는 너무 기뻐서 아내와 함께 축배를 든다. 석 잔을 마셨다. 내친 김에 그동안 마무리 짓지 못했던 시「신 세계사의 첫 장」을 기분 좋게 마무리 지었다.[4] 그 시는 『대동아』 창간호에 실린다. 파인 김동환이 1942년 3월 삼천리사를 폐지하고 새로 대동아사를 세워 펴낸 월간 종합 잡지였다. 노골적인 친일 잡지로 일제의 전쟁 수행을 옹호하고 지원하는 내용을 빼곡히 담았다. 그러나 종이 수급 문제 따위도 겹쳐 1년 만에 문을 닫고 만다. 최정희는 1942년에 경기도 양주군 덕소로 이주한다. 시국에 협조하는 글은 계속 발표한다. 노천명은 1942년 조선문인보국회에 적극 가담한다.「싱가폴 함락」,「전승의 날」같은 일제의 이른바 대동아전쟁을 옹호하는 시를 잇달아 발표한다.

김기림은 『조선일보』(1940.8) 폐간 이후 1942년 고향인 함경북도 학성군 임명에 내려가 살았다. 가까운 경성鏡城의 경성중학(경성고보)에서 영어와 수학을 가르쳤다.

이육사는 1943년 용수를 쓰고 온몸을 꽁꽁 결박당한 채 청량리역에서 세 살배기 딸 옥비와 헤어졌다. 그는 그저 간단히 "아버지 다녀오마"했을 뿐이다. 그는 그 약속을 지키지 못했다. 베이징으로 끌려간 그는 이듬해 1월 일본 영사관 감옥에서 절명했다. 머리에서 발끝까지 고문의 흔적이 역력했다.

매운 계절의 채찍에 갈겨
마침내 북방으로 휩쓸려오다.

하늘도 그만 지쳐 끝난 고원
서릿발 칼날진 그 위에 서다.

어디다 무릎을 꿇어야 하나
한 발 재겨 디딜 곳조차 없다.

이러매 눈 감아 생각해 볼밖에
겨울은 강철로 된 무지갠가 보다.
　　　　　　　　　　　　　─「절정」(1940)

그에겐 그때까지 시집 하나 없었다.

1943년 상허 이태준은 마침내 서울을 떠나 고향인 철원 안협으로 가 그곳에서 은거를 시작한다. 돌이켜보면 "철 알기 시작하면서부터 굴욕만으로 살아온 인생 사십, 사랑의 열락도 청춘의 영광도 예술의 명예도 없던"(「해방 전후」, 1946) 세대이긴

하지만, 특히 중일전쟁 이후 그의 삶은 도무지 그의 뜻대로 꾸려지지 않았다. 만주 이민 부락을 방문해 시찰기를 썼고, 황군 위문작가단과 조선문인보국회에 이름을 올려야 했다. 사실은 잡지『문장』을 내는 출판사에 몸담은 처지에서 학예사의 임화, 인문사의 최재서 등과 더불어 앞에 나서지 않을 수 없었다. 뿐더러 1941년에는 춘원 이광수에 이어 제2회 조선예술상을 수상했다. 이제 서울에 더 있다가는 무슨 출두 명령에 시달릴지 모르는 형국이었다. 마침내 낙향을 결심했다. 집을 파는 대신 세를 주었다. 일본군이 아직 라바울에 있지만 길어야 2~3년이면 끝장이 나리라 본 것이다. 고향에 가서 그는 눈치껏 낚시로 소일했다. 그래도 한 번은 조선문인보국회에 불려나가지 않을 수 없었다. 그새 서울의 문인들은 죄 국민복 차림에 각반을 차고 있었다. 또 군인이며 관리들이 문화의 대표자 노릇을 했다. 그날 그는 이제 곧 자신을 무대에 불러세울 '가야마 선생(이광수)'의 눈길을 피해 변소로 달아나 오래도록 쭈그려 앉아 있었다. 훗날 소설에 그렇게 썼다.

가람 이병기는 조선어학회 사건에 연루되어 옥고를 치르고 나왔다. 그새 서울은 적막강산이었다. 그저 방 안의 책이며 난초 몇 분이 그를 기쁘게 맞이해줄 뿐이었다. 1944년 3월 말 서울 계동 79-13의 집을 9,100원에 팔아 정리하고 고향인 전북 이리(현 익산) 여산으로 내려갔다. 그동안 모은 고서적 수천 권

심우장.

이며 귀한 난초 분들을 옮기는 게 여간 힘든 일이 아니었다. 다
행히 휘문 졸업생들이 많이 찾아와 짐을 거들었다. 그해 6월
29일에는 만해 한용운이 자택인 성북동의 심우장에서 생을 마
감했다. 홍명희가 달려가 조문했으며, "7천 승려를 다 합해도
만해 한 사람을 당하지 못한다"는 취지의 조사를 남겼다. 미아
리 화장장에서 화장한 뒤 망우리 공동묘지에 묻었다.

서정주는 12월 9일자 『매일신보』에 조선인 출신 특공 돌격

대원(가미카제)으로서 필리핀 레이테만에서 미국 군함에 돌진한 후 전사해 조선인 최초의 전사자가 된 마쓰이 오장을 기리는 송가를 발표했다.

수백 척의 비행기와,
대포와, 폭발탄과,
머리털이 샛노란 벌레 같은 병정을 싣고
우리의 땅과 목숨을 뺏으러 온
원수 영미국의 항공모함을,
그대
몸뚱이로 내려쳐서 깨었는가?
깨뜨리며 깨뜨리며 자네도 깨졌는가!

장하도다
우리의 육군항공 오장, 마쓰이 히데오여
너로 하여 향기로운 삼천리의 산천이여
한결 더 짓푸르른 우리의 하늘이여

김사량은 1945년 5월 국민총력조선연맹 병사후원부의 요청으로 중국에 파견된 조선인 출신 학도병을 위문한다는 명분을 내걸고 베이징으로 갔다가 탈출했고, 곧 태항산의 조선의용군

윤동주와 송몽규가 친구들과 함께 찍은 사진(1942).
윤동주 유고 시집 『하늘과 바람과 별과 시』 초판본(1948, 정음사).

근거지를 찾아가는 데 성공한다. 그는 그때의 일을 장편 기행문 『노마만리』(1945)에 담아낸다.

채만식은 1945년 장남 무열이 병사한 이후에야 광나루 집을 처분하고 고향인 전북 임피로 낙향한다. 후회가 막심했다. 1943년부터 국민총력연맹의 회유와 강압을 못 이겨 이리저리 불려다니며 청년들을 전선으로 내보내는 연설을 했다. 겨우 한 주먹만큼 배급이나마 받으려면 구차한 매문도 마다할 수 없었다. 항공 장교 지인태 대위의 전사에 즈음해서는 그를 '군국의 아버지'로 칭송하는 글을 두 차례나 써서 발표했다. 「홍대하옵신 성은」[5]이라는 글은 일시동인一視同仁의 성은이 어디 비길 데 없이 크다는 내용으로 일관한다. '일시동인'은 누구나 평등하게 똑같이 사랑한다는 뜻이다. 집에 불이 났어도 물 한 동이 퍼 나르지 못한 채 번연히 바라보고만 있던 처지에서 성은의 망극함으로 이제 함께 불을 끄러 나갈 수 있게 되었으니 이 어찌 감사할 일이 아닐손가 하는 내용이었다. 조선인 강제 징병을 옹호하는 글이다.

한편 그해 2월 16일 새벽, 일본 후쿠오카형무소에서 윤동주가 운명했다. 이육사처럼 그 역시 아직 시집 한 권도 없었다. 3월 10일에는 같은 형무소에서 윤동주의 사촌 송몽규가 눈을 뜬 채 운명했다. 그들의 가족은 둘의 시신을 거두어 북간도 고향 땅에 묻었다. 무덤 앞에 각기 시인 윤동주지묘, 청년 문사 송몽규지묘라고 새겼다.

28

1945년 8월 15일, 16일, 17일
그리고…

　　　　　　　　　　　　　　　　　1945년 8월 15일 정오, 일본
천황 히로히토는 이른바 옥음 방송을 통해 종전을 알렸다. 말
이 어렵고 교묘했지만 사실상 항복 선언이었다.

　그날 밤, 유진오는 이렇게 일기를 썼다.

　1945년 8월 15일, 청晴[1]

　일기 쓰기를 그만둔 지 만 열다섯 해다. 사회사정연구회
사건으로 서대문서에 검거되어 일기 때문에 갖은 욕을 당
한 이후로 일기 쓰기를 그만두기로 결심한 것이었다. 그러
나 오! 오늘부터는 일기를 도로 쓸 수 있게 되었다. 이날을
기다림이 대범大凡[1] 얼마나 되었던고!

　소련이 참전한 그 순간 일본의 패전은 완전히 시간문제가
될 것임을 확신하였다. 그러나 그것이 이렇게 빨리 올 줄
은 사실은 몰랐다. 귀가 먹고 눈이 어두운 우리들은 대국
을 판단할 재료가 없는 것이다. 혹시 급전직하하는 수도
있으려니는 했으나 그래도 몇 달은 더 끌 것으로는 생각했
었다. 만주가 함락되고 조선 땅에도 상당히 깊숙이 진출한
후가 아닐까 생각한 것이다. 아! 그러나 왔다! 우리의 해방

의 날은 왔다. 꿈인가 생시인가. 두서를 잡을 수 없다. 머리가 띵할 뿐이다.

8월 15일은 아침부터 몹시 더웠다. 전날도 더웠지만 그날은 그해 여름 들어 제일 더운 날 같았다. 유진오는 아침을 먹고 나서 10시 반에 청량리 집을 나섰다. 배추 종자와 머큐로크롬, 붕산 연고, 소화약 따위를 구하는 한편, 당시 경기중학에 다니던 장남 광이의 결석계에 첨부할 진단서를 떼야 했다. 종로에서 차를 내려 전동으로 올라가다 보니 길가 벽에 '금일 정오에 중대 방송'이라는 신문 특보가 붙어 있었다. 전기를 맞은 것같이 짜릿하게 느껴지는 바가 있기는 했다. 그러나 그때까지도 내각 총사직 정도가 아닐까 짐작할 뿐이었다. 시계를 보니 11시 40분. 김남천을 만나 약도 부탁하고 같이 방송도 듣자 하려고 신흥제약소를 들렀더니 낙원정 분공장에 있다고 했다. 분주히 그곳으로 찾아가니 다시 시골로 출장 갔다는 대답만 돌아왔다. 시간은 부둥부둥 돼오고 급해서 종로 금융조합으로 들어갔다. 이사로 있는 일인이 몹시 긴장한 표정에 좌불안석으로 라디오 앞을 왔다 갔다 했다. 국가 연주가 시작되었다. 이어 천황의 목소리! 그러나 잡음이 너무 심해 통 알아들을 수가 없었다. 근처 예식부로 뛰어가니 라디오가 고장이라고 이것저것 만지작거리느라 야단이었다. 또 뛰어 그 옆 구둣방을 들렀지만 한층 더 불

분명했다. 들르는 데마다 그런 식이었다. 유진오는 끝내 방송 듣는 것을 포기한 채 신문사로 가서 내용이나 알아보려고 전차를 탔다.

『매일신보』 편집국에 들어서니 여러 사람들이 달려들어 "오메데도로(경사스럽습니다)"를 연발했다. 유진오는 아직 얼떨떨했다. 정 편집국장을 만나 수상의 지시가 실린 교정쇄를 보았다. 다시 홍종인을 따라 조사실로 가서 포츠담 공동 선언이 실린 『만주신문』을 보았다. 비로소 모든 것이 환해졌다. 어찌할 것인가. 유진오는 잠깐 생각하다가 좌우간 김성수 씨를 만나 좀 더 이야기도 듣고 하려고 계동으로 갔다. 가는 날이 장날이라고 마침 어제 연천으로 갔다는 전언. 허탕 치고 돌아오는데 계엄 경보가 발령되었다. 전동 쪽은 경계가 너무 삼엄해서 남계양행 골목으로 빠져 탑골공원 앞에서 전차를 탔다.

유진오는 다시 보전(보성전문대학, 현 고려대학교)으로 갔다. 거기서 몇 사람을 만났지만 그들도 더 아는 바가 없었다. 잡담이나 나누고 집으로 돌아왔으나 감정이 흥분되어 저녁밥을 먹을 수가 없었다. 마침 누군가 갖다준 술이 있어서 매부와 함께 둘이 축배를 들었다. 그러나 아무래도 마음이 진정되지 않았다. 지나사변(중일전쟁, 1937) 호외를 받았을 때의 절망적이던 기억이 너무도 생생했다. 사실 그때는 심리적 타격이 심각했다. 소위 좌파 지식인들이 거의 다 비슷한 심정이었을 것이다.

매일신보사(현 프레스센터 자리).
『매일신보』는 조선총독부의 기관지로 해방이 될 때까지 남아 있었다.

동반자 작가로 불리던 유진오의 경우는 사실 「김강사와 T교
수」(1935)[2] 때부터 지식인으로서 심리적 갈등이 두드러지기
시작했다. 소설에서는 경성의 S전문학교에 갓 취임해 부푼 가
슴도 잠시, 곧 자신의 '과거'를 손바닥처럼 들여다보며 압력을
가하는 교장과 교수 일파의 속물성에 절망하는 김 강사가 작
가의 모습을 대변한다. 예컨대 그들은 김 강사가 동경제대 시
절 한때 몸담았던 문화비판회라든지 원고료 때문에 쓴 「독일좌

익작가군상」이라는 논문 따위를 들먹거리면서 기성 질서에 얌
전히 순응하라고 내모는 것이었다. 겨울 방학이 되자 김 강사
는 벌써 "자기의 힘으로는 이길 수 없는 정신의 피로"를 느끼
기 시작한다. 머리를 식히려 찻집에 가도 마찬가지였다. 거기에
는 자기처럼 "웅덩이에 고인 물 같은 시간을 보내고 있는" 젊
은 사내들만 그득하였다.

그의 머릿속에는 언젠가 알퐁스 도데의 소설에서 읽은 한 구
절이 떠오를 뿐이었다.

그에게 피곤이 왔다.
L'ennui lui vint.

작가 유진오는 「김강사와 T교수」 발표 후 2년 넘게 침묵을
지키다가 1938년에 다시 「창랑정기」를 발표한다. 그 사이에 중
일전쟁이라는 역사적 격변이 개재되어 있음은 물론이다. 이런
정황을 감안할 때 이 작품을 지나간 시절에 대한 단순한 회고
취미로만 읽는 것은 조금 섣부르다. 「창랑정기」는 더 이상 가늠
조차 쉽지 않은 현실에서 그가 선택한 일종의 미적 도피일 수
있다. 나아가 소설의 마지막 장면에서 여의도 비행장을 떠 서
울의 하늘 위로 날아오르는 비행기를 화자가 굳이 "국경을 넘
어 단숨에 대륙의 하늘을 무찌르려는 전금속제 최신식 여객기"

라고 분별해서 그려낼 때, 예민한 독자들은 앞으로 다가올 작가의 또 다른 변신마저 예감했을지 모른다.

1939년 유진오는『삼천리』7월호에 '북지황군위문단'을 격려하는「신질서 건설과 문학」이라는 글을 발표하면서 본격적인 전향을 선언한다. 그때부터 그의 친일 동선은 참으로 눈부셨다. 조선문인협회는 물론이고, 조선문인보국회, 조선임전보국단, 국민총력조선연맹 등에 부지런히 가입했다. 그것도 이름만 내거는 것을 넘어 앞장서서 적극적인 활약을 펼쳤다. 가령 1942년 도쿄에서 제1회 대동문학자대회가 열렸을 때 그는 이광수와 함께 조선 대표로 참석해 이렇게 발언해 박수를 받았다.

"영미의 식민지에 대한 우민 정책 따위를 격멸해, 동아 10억 민중에게 문화를 철저히 전파해야 합니다. 더욱 근본적으로는 팔굉일우의 일본 건국 정신을 10억 민중에게 철저하게 가르치는 것이 필요합니다. 이를 위해 우선 일본어를 보급해야 한다고 생각합니다. 적어도 대동아 건설에서 일본어가 국제어로서 발화되고, 각국 민족이 일본 문학을 모범으로 삼아 연구해야만 합니다."[3]

이런 전력이 있는 만큼 유진오의 8·15는 꽤 난감할 수밖에 없었다. 일기에 그는 기어이 "아, 오늘이 있을 줄 그때에 어찌 알았으랴"고 적는다. 눈을 붙였지만 잠이 쉽게 올 리 없었다.

이튿날 새벽같이 임화가 유진오를 찾아왔다. 그는 가까운 이 문동인가에 살아서 평소에도 가끔 들러 이야기를 나누던 사이였다. 그 임화가 구두도 벗기 전에 "자, 인제 우리도 일을 해야지"했다.[4] 유진오는 밤새 뒤척이며 생각한 바가 많았다. 그 속을 드러냈다. 문학을 한답시고 하다가 일본인들에게 끌려다니며 치욕을 당하지 않았나, 이제는 조용히 책이나 보고 학자로서 살아가려 한다고 심정을 피력했다. 그래도 임화는 "그러나 어떻게 하나, 사람이 있어야지. 시작만이라도 보아주어야 하겠어"하며 함께 일을 도모하자고 말했다. 그날 오후 그는 청계천 근처에 있는 계농연구소에서 임화를 다시 만났다. 임화는 자신이 목표로 하는 문화 운동을 '부르주아 민주주의 혁명'이라고 못을 박았다. 유진오는 가슴을 쓸어내렸는데, 곧 거기에 최용달이 오자 무언가 미심쩍게 생각하지 않을 수 없었다. 최용달은 유진오와 경성제대 동창이었다. 1927년 이강국 등과 함께 교내 서클인 경제연구회에서 활동했고, 졸업 후에는 보성전문학교 교수로 다년간 재직했다. 유진오는 며칠 전 그를 만났을 때 옌안으로 가겠다는 뜻을 밝힌 것을 기억했다. 그렇다고 그가 공산주의자로서 장차 월북해 조선민주주의인민공화국 헌법을 기초하게 되리라고까지는 전혀 생각할 여유가 없었다. 유진오는 자신이 그 최용달과 정반대로 신생 대한민국의 제헌 헌법을 기초하는 데 앞장서게 되리라는 사실 또한 전혀 예상할 수 없었다.

8월 17일, 유진오는 종로 원남동에 있는 조선문인보국회 사무실로 갔다. 임화를 비롯해 이원조, 이무영, 엄흥섭, 백철 등 문인 30여 명이 있었다. 그때 이태준과 김남천이 나타나더니 큰소리를 쳤다. 그러면서 Y 씨와 L 씨를 쫓아냈다.

"일본놈 때도 출세를 하고 해방됐어도 또 선두에 나서려 하다니…. 이럴 수야 있느냐?"[5]

Y 씨는 물론 유진오였다.

백철의 이 기억이 맞다면 8월 15일 당일 누구보다 먼저 김남천을 찾아가려 했던 유진오는 단 이틀 만에 바로 그 절친한 동료에게 비수를 맞은 셈이다. 해방은 뜨거운 만큼 거꾸로 또 아주 차디차기도 해서 이런 식으로도 물꼬를 터가는 것이었다. 유진오는 그날의 모멸에 대해서는 따로 언급을 하지 않았다. 다만 "이미 사람이 많이 모여든 문화 운동에 손을 떼기로 한 내가 더 머물러 있을 까닭이 없어서" 돌아왔노라 썼을 뿐이다.

가야마 미쓰로는 1944년 3월부터 경기도 양주군 진건면 사릉리 520번지 이우*에 살고 있었다. 공습을 피해 소개를 한 거였다. 서울을 떠나기 전 그는 아내 허영숙의 병원에서 살고 있었다. 어느 날 유진오가 일본인 작가 다나카 히데미쓰와 함께

---

* 이우(李寓): 이가가 사는 초라한 오두막이라는 뜻.

이광수는 남양주 사릉에서 해방을 맞이한다.
그후 삼종제 이학수가 주지로 있는 봉선사 다경실에 기거하며
『돌베개』, 『나의 고백』 등을 쓴다.

술을 마시고 나서 심야에 무작정 찾아갔다. 그들은 다시 술을
마시며 담소를 나누었는데 갑자기 가야마가 벽장에서 일기를
꺼내 보여주었다. 거기엔 그가 일어로 쓴 단가들이 가득 적혀
있었다. 내용이 이러했다.

한반도의 이천만 백성과 함께 천황, 우리의 천황을 우러러
모시리라
韓土の二千萬の民草と君わが君と仰ぎまつらむ

더 놀라운 것은 스스로 그 단가를 읊을 때 '천황'이라는 말이
나오면 가야마가 갑자기 취태를 버리고 무릎을 바르게 고치는
것이었다. 손님 두 사람도 깜짝 놀라 얼른 자세를 바로 고쳐야
했다.[6]

8월 16일, 그 가야마에게 근처 봉선사의 주지로 있던 삼종제
운허스님이 찾아와 독립이 되었다는 소식을 알려주고는 휑하
니 서울로 떠났다. 그날, 그는 세 아이들에게 애국가를 가르쳐
주었다. 그는 곧 서울의 아내로부터 몸을 피하라는 전갈을 받
는다. 그는 병자호란 때를 생각했다.[7] 당시 서울에서 사대부집
처녀들만 해도 수백 명이 포로로 붙들려 심양으로 갔다. 나중
에 화친이 성립해 그들이 돌아올 때 인조는 영을 내렸다.

"심양에서 오는 여자들은 홍제원에서 모두 목욕을 하고 서울
에 들어오라."

다시 조선인으로 돌아온 춘원 이광수는 '일정'* 치하에서 누

---

* 일정(日政): 해방 후 '일정' 혹은 '왜정'이라는 말을 쓰는 사람들이 있었다. 일본
이 '정치'를 했다는 뜻이니 받아들일 수 없는 말. 일본의 또 다른 식민지 타이
완에서는 그 시절을 '일치(日治) 시대'라고 부르기도 한다.

가 깨끗하다고 자신할 수 있는지 되묻고 싶었다. 일정에 세금을 바치고, 호적을 하고, 법률에 복종하고, 일장기를 달고, 황국신민서사를 부르고, 신사에 참배하고, 국방 헌금을 내고, 관공립학교에 자녀를 보내고 한 것이 모두 일본에의 협력이 아닌가. 만일 일정 40년에 전혀 협력하지 않은 자가 있다면, 오로지 해외에서 생장한 이들이니 그들만 가지고 어찌 나라를 하여 갈 수 있겠는가. 그러므로 우리는 삼천만 민족 전체로 홍제원 목욕을 하고 다시는 죽더라도 이민족의 지배를 받지 말자고 서약함이 옳기도 하고 효과적이기도 할 것이다. 그는 이렇게 생각했고, 이렇게 썼다.

이태준은 이광수보다도 하루 더 늦게 소식을 접했다. 그때의 심정을 소설의 형식을 빌려 이렇게 전한다.

현은 철원에 와서야 꿈 아닌 『경성일보』를 보았고 찾을 만한 사람들을 만나 굳은 악수와 소리 나는 울음을 울었다. 하늘은 맑아 박꽃 같은 구름송이, 땅에는 무럭무럭 자라는 곡식들, 우거진 녹음들, 어느 것이고 우러러 절하고 소리 지르고 날뛰고 싶었다.[8]

그날, 조선어학회 사건으로 들어갔던 최현배, 이희승, 김윤경은 다리를 쩔뚝거리며 부축을 받고 함흥형무소 옥문을 빠져나

조선의용군 김학철.
중국 태항산에서 싸우다가
부상당한 채 체포된 그는
일본 형무소에서
한 다리를 잃는다.

왔다. 징역 6년형을 선고받았던 물불 이극로는 들것 신세를 지
지 않으면 안 되었다.

　조선의용군 포로 김학철이 일본 나가사키 형무소 복역 중 맥
아더 사령부의 석방 명령서를 받아든 것은 10월 9일이었다. 서
울에 나타난 것은 그러고도 한참이나 더 시간이 흘러서였다.
그때 그는 목발을 짚은 외다리였다. 총상 입은 다리를 형무소
에서 제대로 치료받지 못해 결국 잘라야 했던 것이다. 그는 이
제 곧 어지러운 해방 조국에서도 독특한 이력을 지닌 소설가로

첫발을 뗄 터였다. 그의 머릿속엔 벌써 원산의 어린 시절과 서울로 와서 보성학교를 다니던 때, 그리고 중국으로 건너가 보낸 파란만장한 세월이 무논의 개구리 떼처럼 왁자글 소리를 내고 있었다. 어느 것을 먼저 써야 할지 종잡는 것 자체가 힘들 정도였다. 한 가지는 분명했다. 재미있게 써야 한다는 것! 원산에서 발가벗고 물장난을 치던 소년 시절부터 그의 천성은 변함이 없었다. 아무리 험한 투쟁의 길을 쓸 때라도 그의 펜 끝은 우울과 비장함보다는 반드시 손에 쥘 승리에 대한 유쾌한 희망을 훨씬 더 선호했다.

1945년 초 김학철이 아직 일본 나가사키 형무소에 있을 때 송지영은 감옥 병원에 들어갔다가 다리를 잘라낸 꼴로 다시 나타난 벗을 보고선 초상이라도 난 듯 통곡부터 해댔다.[9] 3년 내내 피고름을 흘리며 고통을 받던 다리를 잘라낸 김학철로서야 차라리 오래 앓던 이가 빠진 기분이었기에 외려 제가 송지영을 위로해야 했다.

"이봐요, 송 형, 내가 우산 귀신이 됐으니 이제부터 비 맞을 걱정은 안 해두 돼."

우산 귀신은 외다리로 통통 뛰어다니기 때문이었다.

한국 문학이 그를 끌어안기에는 꽤 오랜 세월이 걸리지만, 그래도 투쟁 이력과 결부된 그의 이런 유머는 『격정시대』라는, 한국 문학사에는 드문 혁명적 낙관주의의 최대 걸작을 탄생시킨다.

역시 태항산에 있었던 김사량은 그때 쓴 희곡「호접」을 이듬해 1월 서울의 한 극장에서 무대에 올린다. 김학철이 참가해 총상을 입은 바로 그 호가장 전투를 다룬 작품이었다.

문학은 다소 어수선하기는 해도 그런 식으로 다시 서울을 찾아왔다.

먼저 한국 문학의 근대를 전문적으로 다룬 수많은 선행 연구자들의 작업에 경의를 표한다. 딱 하나만 예로 들자면, 서울편에서는 유진오의 미발표 장편 『민요』를 발굴한 백지혜 님의 기여가 없었다면 북촌에 대해 들려줄 이야기가 몹시 앙상했을 것이다. 이 자리를 빌려 심심한 감사의 뜻을 표한다. 다른 학자들에게도 일일이 고마움을 전하지 못하는 점, 이해를 구한다.

이 책을 쓰는 동안 동아시아의 근대 문학사를 의미 있게 만든 여러 작가들을 함께 만난 '아시아의 근대를 읽는 시간'의 동료 작가들에게 고마움을 표한다. 엄정한 코로나 시국임에도 그들의 진지한 열정이 나로 하여금 먼 길을 지치지 않고 달려올 수 있게 만들었다. 우리들이 편히 공부할 수 있게 여건을 만들어 준 익천문화재단의 길동무 김판수, 염무웅 두 어른과 송경동 시인에게도 감사의 인사를 전한다. 신의주의 염상섭이라든지 청진의 강신재에 대해서는 염무웅 선생님의 조언이 큰 도움이 되었다. 코로나 때문에 도쿄에서 오도 가도 못한 채 꼬박 2

년을 갇혀 지내면서도 힘든 학위 과정을 마무리한, 그 와중에도 이것저것 번역을 도와준 아들도 고생했다는 말을 받을 자격이 있다. 물론 아내의 격려가 없었다면 이렇게 네 권이나 되는 책을 쓸, 그르느라 집안 살림엔 눈을 감은 채 이런 따위 무식한 욕심을 품을 생각일랑 하지 못했을 것이다. 어서 건강해지기만을 바랄 뿐이다. 학고재 출판사는 지난번『어제 그곳 오늘 여기: 아시아 이웃 도시 근대 문학 기행』(2020)에 이어 이번에도 손해가 불 보듯 뻔한 이 작업에 기꺼이 손을 내밀어주었다. 대표님은 물론이고, 까다롭고 어지러운 편집 작업을 섬세하게 잘 마무리해준 구태은 씨를 비롯한 편집부 식구들에게 다시 한 번 고마움을 전한다. 책마다 추천의 말을 써준 학계의 벗들에게도 이 자리를 빌려 감사드린다.

지금은 곁에 안 계신 부모님이 몹시 그립다.

내가 소설가로나 한 사람의 시민으로나 맥을 추지 못하고 있을 때, 새삼 '읽는 사람'으로서의 의무는 물론 즐거움도 함께 일깨워주신 고 김종철 선생님(1947~2020)이 아니었다면 이런 기회조차 없었을 것이다. 당신의 빈자리, 따끔한 질책조차 그립다.

사진 및 지도 출처

154 미국연합감리교회역사보존위원회

157 『동아일보』/위키피디아

170 국제일본문화연구센터

173 국제일본문화연구센터

174 국제일본문화연구센터

176 국제일본문화연구센터

193 서울역사박물관 서울역사아카이브

202 한국민족문화대백과/국사편찬위원회

238 서울역사박물관 서울역사아카이브

240 『이광수 전집』(삼중당, 1972)

247 인천광역시립박물관/『한국근현대미술사학』(2017)

249 서울역사박물관 서울역사아카이브

253 국제일본문화연구센터

255 한국민족문화대백과

262 『조선중앙일보』

264 서울역사박물관 서울역사아카이브

269 서울역사박물관 서울역사아카이브

273 국제일본문화연구센터

281 국제일본문화연구센터

299 미국연합감리교회역사보존위원회

322 홍종욱, 「戰時期朝鮮における思想犯統制と大和塾」, 『韓国朝鮮文化研究』, v.16: 84-60, 東京大学大学院人文社会系研究科韓国朝鮮文化研究室, 2017

324 국제일본문화연구센터

345 서울역사박물관 서울역사아카이브

364 독립기념관

372 대한민국역사박물관

334, 338, 376, 389는 저자.
이밖에 출처를 밝히지 못한 사진들은 추후 확인 후 증쇄 때 이를 반영하고 통상의 자료비를 지불할 것임.

주

펴내며

1   E. 사이덴스티커, 허호 역, 『도쿄 이야기』, 이산, 1997.
2   이경훈 편역, 「군인이 될 수 있다」, 『진정 마음이 만나서야말로』, 평민사, 1995. 381쪽.
3   「동경대담」. 김윤식 편역, 『이광수의 일어 창작 및 산문선』, 도서출판 역락, 2007.

1   창랑정은 노을에 물들고

1   이사벨라 버드 비숍, 신복룡 역, 『조선과 그 이웃나라들』, 집문당, 2006. 인용자가 원본을 대조해 약간 수정. 이후 동일. 버드 비숍이 처음 조선에 온 게 1893년이라고 한 것은 김수영의 오류.
2   김영하, 「단기 기억상실증」, 『스테이』, 갤리온, 2010. 70쪽.
3   유진오, 「창랑정기」, 『창랑정기』, 정음사, 1963. 이하 인용문에도 별도의 표시를 하지 않음.

2   서울, 신문명에 놀라다

1   이사벨라 버드 비숍, 신복룡 역, 『조선과 그 이웃나라들』, 집문당, 2006. 70쪽.
2   국사편찬위원회, 『국역 윤치호 영문일기』.
3   박천홍, 『매혹의 질주, 근대의 횡단』, 산처럼, 2003. 88쪽.
4   리하르트 분쉬, 김종대 역, 『고종의 독일인 의사 분쉬』, 학고재, 1999. 136쪽.
5   『국역 윤치호 영문 일기』(한국사료총서), 1905년 7월 16일자.
6   홍명희, 「자서전」(1929), 임형택·강영주 편 『벽초 홍명희와 임꺽정의 연구 자료』, 사계절, 1996; 강영주, 『홍명희 평전』, 사계절, 2004.
7   강영주, 『벽초 홍명희 연구』, 사계절, 1999. 145~147쪽.
8   이순우, 「근대시기 사부학당 터의 위치 확인과 공간 변화과정에 대한 고

찰」[『향토서울』(89), 2015. 서울역사편찬원]에 따르면 중학동 83번지에 있
었다.

3 북촌 장마

1 이광수, 「주인조차 그리운 20년 전의 경성」(1929), 『이광수 전집』(8), 삼중
당, 1976.

2 이해조, 「구마검」, 『추월색』, 문학과 지성사, 2010.

3 유진오, 「편편야화」(4), 『동아일보』, 1974.3.5.

4 미발표작으로 인문사에서 펴낼 예정이었는데 광고까지 나왔지만 어떤 사
정인지 출간되지는 않았다. 전체 분량은 326매로, 전체 13장 중 제4장이
백지혜의 논문에 부록으로 실려 있다. 백지혜, 「경성제대 작가의 민족지 구
성방법 연구」, 서울대학교 박사 학위 논문, 2012. 이 자리를 빌려 유족과
논문의 저자에게 깊은 감사 인사를 전한다.

5 김사량, 「낙조」, 『김사량 작품집: 노마만리』, 동광출판, 1989. 170쪽.

4 신문관, 최남선의 근대

1 최남선, 「서재한화」(1954). 문흥술 편, 『최남선 평론선집』(지만지, 2015)에
수록.

2 최남선, 「소년시언: 소년의 기왕과 및 장래」, 『소년』(3-6), 1910.6. 문흥술
편, 『최남선 평론선집』(지만지, 2015)에 수록.

3 이하 최남선과 신문관에 대해서는 박진영의 연구에 크게 기댔다. 박진영,
『책의 탄생과 이야기의 운명』, 소명출판, 2013.

4 염상섭, 「육당과 나」, 『신태양』, 1957.12; 한기형·이혜령 편, 『염상섭 문장
전집』(3), 소명출판, 2014.

5 박진영, 앞 책. 175쪽.

6 최남선, 「반순성기(半巡城記)」, 『소년』, 1909.8~10. 문흥술 편, 『최남선 평
론선집』(지만지, 2015)에 수록.

7 이때 발행 부수는 『조선총독부 통계연보』 1910년판, 657쪽; 박용규, 「최남
선의 현실인식과 소년의 특성 변화」, 『한국언론학보』, 55-1(2011.2)에서
재인용.

5 한국이 사라진 날

1 염상섭, 『문학소년시대의 회상』(1955)과 「별을 그리던 시절」(1958) 등을 참고했다. 모두 한기형·이혜령 편, 『염상섭 문장전집』(전3권, 소명출판, 2014)에 실려 있다. 아울러 졸저, 『염치와 수치』(낮은산, 2019)도 참고.

2 황선익, 「일본군의 한성 점령과 군대 해산」, 『서울과 역사』(104), 서울역사편찬원, 2020.

3 한기형·이혜령 편, 『염상섭 문장전집』(3), 소명출판, 2014.

4 이병기, 『가람 이병기 전집(6): 일기(1)』, 전북대학교 출판문화원, 2019.

5 이희승, 『다시 태어나도 이 길을』, 선영사, 2001. 53~56쪽.

6 Nitobe Inazo, Primitive Life and Presiding Death, Thoughts and Essays, Tokyo: Teibi Pub. Co., 1909. 니토베 이나조(新渡戸稲造)가 영어로 쓴 글로, 일본에서는 『고사국 조선(枯死國朝鮮)』이라는 제목으로 번역되었다.

7 나쓰메 소세키의 조선 체류 일정은 특히 권혁건, 「나쓰메 소세키 눈에 비친 서울 남산의 소나무」, 『일본학보』(51), 한국일본학회, 2002. 참고.

8 유상희, 「근대 일본 문인의 한국 인식」, 『일본학보』(45), 한국일본학회, 2000. 563~564쪽.

9 11월 26일 데리다 도리히코에게 보낸 편지. 미요시 유키오 편, 이종수 역, 『소가 되어 인간을 밀어라: 나쓰메 소세키 서간집』, 미다스북스, 2004. 245쪽.

10 나쓰메 소세키, 「만한의 문명」(1909). 윤상인, 『문학과 근대와 일본』(문학과지성사, 2009) 160쪽에서 재인용.

6 서울로 가는 길

1 이광수, 「나의 고백」, 『이광수 전집』(7), 삼중당, 1976.

2 이태준, 「추억: 중학시대」(1929), 『이태준 전집』(5), 소명출판, 2015.

3 안회남, 「나의 학생시대 행장기」, 『조광』, 1938.11.

4 한설야, 『탑』, 1940; 한설야, 「영화광시대」, 『조광』, 1938.11; 한설야, 「나의 인간수업 작가수업」, 『나의 인간수업 작가수업』, 인동, 1990; 한설야, 「극장지배인」, 『조광』, 1940.4.

5 임학수, 「안국정 금석기」(일어), 『국민신보』(20), 1939.8.13. 기획 기사 '경성산보도' 중 하나.

7 『무정』의 무대 서울

1 한설야, 「나의 인간수업 작가수업」, 『나의 인간수업 작가수업』, 인동, 1990,
  17~20쪽.

2 이광수, 「무정」, 『이광수 전집』(1), 삼중당, 1976.

3 심훈, 『심훈문학전집』(3), 탐구당, 1966.

4 김세민, 「북촌 취운정과 백록동 정자에 대한 재검토」, 『서울과 역사』(92),
  서울역사편찬원, 2016.

5 나도향, 『환희』, 삼성출판사, 1972. 80쪽.

6 김동인, 「문단 30년사」, 『김동인 문학전집』, 대중서관, 1983.

7 임화, 「푸른 골짝의 유혹」, 『조광』, 1936.5. 박정선 편, 『언제나 지상은 아름
  답다』(역락, 2012)에 재수록.

8 1919년 서울의 봄

1 다니자키 준이치로, 「조선잡관」, 이한정·미즈노 다쓰로 편역, 『일본작가들
  이 본 근대 조선』, 소명출판, 2009.

2 다야마 가타이, 「만선의 행락」, 이한정·미즈노 다쓰로 편역, 『일본작가들이
  본 근대 조선』, 소명출판, 2009.

3 『국역 윤치호 영문 일기』, 1919년 3월 6일자 일기.

4 심훈, 『심훈 문학전집』(3), 탐구당, 1966.

5 한기형, 「습작기의 심훈(1919~1920)」, 『민족문학사연구』(2003년 상).

6 유진오, 「편편야화」(7), 『동아일보』, 1974.3.8.

9 문학의 봄

1 염상섭, 「횡보문단회상기」, 한기형·이혜령 편, 『염상섭 문장전집』(3).

2 김병익, 『한국문단사: 1908~1970』, 문학과지성사, 2001. 54~55쪽.

3 염상섭, 「문단 10년」, 『별건곤』, 1930.1; 한기형·이혜령 편, 『염상섭 문장전
  집』(2). 178쪽.

4 염상섭, 「폐허」, 『사상계』, 1960.1; 한기형·이혜령 편, 『염상섭 문장전집』(3).

5 염상섭, 「횡보문단회상기」, 594~595쪽.

6 김윤식, 『김동인 연구』, 민음사, 2000. 200~205쪽.

7 변영로, 『명정 사십 년』, 범우사, 1977.

10 서울은 무덤이다

1 현상윤, 「경성소감」, 『청춘』(11), 1917.11.
2 『개벽』(19), 1922.1. 현대어로 정리한 문학과지성사 판본(『두 파산』, 2006)
   참고.
3 김경일, 「일제하 조혼 문제에 대한 연구」, 『한국학논집』(41), 한양대학교
   한국학연구소, 2007. 366~367쪽.
4 심훈, 『심훈 문학전집』(2), 탐구당, 1966.
5 심훈, 『심훈 문학전집』(3), 탐구당, 1966.
6 「신랑신부의 신혼공동일기」, 『삼천리』(12), 1931.2.
7 유진오, 「편편야화」(15), 『동아일보』, 1974.3.18.
8 염상섭, 『염상섭 중편선 만세전』, 문학과지성사, 2007.
9 아오야기 쓰나타로, 구태훈·박선옥 편역, 『100년 전 일본인의 경성 엿보
   기』, 재팬리서치21, 2011. 199~205쪽.

11 신여성, 서울에 나타나다

1 1980년 작, 『박완서 소설선집』(7), 세계사, 1994.
2 김수진, 「1930년 경성의 여학생과 '직업 부인'을 통해 본 신여성의 가시성
   과 주변성」, 『식민지의 일상: 지배와 균열』, 문화과학사, 2006.
3 심훈, 『심훈문학전집』(3), 탐구당, 1966. 38~39쪽.
4 송명희 편, 『김명순 단편집』, 지만지, 2011. 표기법을 인용자 임의로 수정.
5 김기진, 「신여성 인물평: 김명순 씨에 대한 공개장」, 『신여성』(2-10),
   1924.11.
6 나혜석, 「모된 감상기」, 『동명』, 1923.1.1~21; 이상경 편, 『나혜석 전집』, 태
   학사, 2000. 이하 나혜석의 다른 글도 모두 이 책에 수록되어 있다.

12 경복궁, 폐도(廢都)의 치욕과 분노

1 김기진, 「프로므나드 상티망탈(Promeneade Sentinental)」, 『개벽』(37),
   1923.7.
2 경복궁의 훼절 양상에 대해서는 송인호 외, 「일제강점기 박람회의 개최와
   경복궁의 위상변동: 1915년 조선물산공진회와 1929년 조선박람회를 중심
   으로」, 『서울학연구』(55)(서울시립대학교 서울학연구소, 2014), 사진 자료

는 건국대학교 아시아콘텐츠연구소 역, 『1929년, 조선을 박람하다 1: 조선
박람회기념사진첩』(소명출판, 2018)과 조선총독부, 『조선박람회 기념사
진첩』(1929) 등을 참고할 것.

3 김영근, 「일제하 일상생활의 변화와 그 성격에 관한 연구: 경성의 도시공간
을 중심으로」, 연세대학교 박사 학위 논문, 1999. 53쪽 각주 128번 참고.

4 염복규, 『서울의 기원 경성의 탄생』, 이데아, 2016. 23쪽. 도로 공사에 대해
서는 제1장 참고.

5 김기진, 「마음의 폐허: 겨울에 서서」, 『개벽』, 1923.12.

6 박현, 「1904~1920년대 경성 신정(新町) 유곽의 형성과 공간적 특징」, 서
울시립대학교 석사 학위 논문, 2015.

7 염상섭, 「박람회 보고 보지 못한 기(記)」, 『조선일보』, 1929.9.15.~9.19; 한
기형·이혜령 편, 『염상섭 문장전집(2)』(소명출판, 2012)에서 재인용.

8 『조선일보』, 1929.10.3.~1930.8.2. 염상섭, 『광분』, 프레스21, 1996.

9 『조선일보』, 1929.9.17.

13 굶주린 서울

1 이상의, 『일제하 조선의 노동정책 연구』, 혜안, 2006. 특히 제1장 참고.

2 현덕, 「군맹」, 『현덕 전집』, 도서출판 역락, 2009. 145쪽.

3 『별건곤』(23), 1929.9. 최병택·예지숙, 『경성리포트』(시공사, 2009)에서 재
인용.

4 『동아일보』, 1931.5.10.

5 안회남, 「동쪽 길을 걸으며」, 『조광』, 1936.12.

6 염상섭, 「도회생활과 빈곤과 전당」, 『삼천리』, 1931.3; 한기형·이혜령 편,
『염상섭 전집』(2).

14 종로 네거리의 순이

1 염상섭, 『사랑과 죄』(염상섭 전집2), 민음사, 1987.

2 이상의, 『일제하 조선의 노동정책 연구』, 혜안, 2006. 29쪽.

3 김백영, 『지배와 공간: 식민지 도시 경성과 제국 일본』, 문학과지성사,
2009. 제6장 참고. 490쪽.

4 곽건홍, 「1930~40년대 서울지역 공장 여성노동자의 생활」, 『향토 서울』(70),

서울역사편찬원, 2007. 이 부분의 통계와 인용은 대체로 이 자료에 기댔다.

5 『매일신보』 1939.2.3.

6 『중외일보』, 1930.8.11.

7 김중렬,『항일노동투쟁사』, 집현사, 1978.

15 남촌, 소시지의 거리

1 어효선,『내가 자란 서울』, 대원사, 1990.

2 김영근,「일제하 일상생활의 변화와 그 성격에 관한 연구: 경성의 도시공간을 중심으로」, 연세대학교 박사 학위 논문.

3 이태준,『성모』, 깊은샘, 1988. 206~207쪽.

4 유코 이에나가,「북촌의 지명 유래와 한말일제시기 인식 변화」,『역사민속학』(37), 한국역사민속학회, 2011.

5 김백영,『지배와 공간: 식민지 도시 경성과 제국 일본』, 문학과지성사, 2009. 제6장 참고.

6 김영근, 앞 논문. 132쪽.

7 『국민신보』(18)(주간, 매일신보사), 1939.7.30. 기획 기사 '경성산보도' 중 '산보도 본정'(일어).

8 염상섭,「소시지의 거리」,『동아일보』, 1929.7.13.~15. 한기형·이혜령 편,『염상섭 문장전집』(2), 소명출판, 2013.

9 염상섭, 앞 글.

16 성북동의 한 상고주의자

1 주로 이태준의 수필 참고.『이태준 전집(5): 무서록 외』, 소명출판, 2015. 중간중간에 크게 인용한 수필 제목을 밝혔다.

2 주로 이태준의 수필집『무서록』(1941)을 참고했다. 인용 부분에 대해 일일이 제목이나 출처를 밝히지 않는다.

3 김용준,「노시산방기」(1939),『근원수필』, 범우문고, 1988.

4 이태준,『이태준 문학전집(18): 서간문강화·작품세계』, 서음, 1988. 211쪽.

17 이광수와 홍지동 산장

1 박종화,「잊혀지지 않는 사람들: 빙허 현진건 군」,『신천지』, 1954.10.『현진

건 단편전집』(가람, 2006)에 재수록.

2 이광수, 「봉아의 추억」(1934),『이광수전집』(8), 삼중당, 1971.

3 김경민,『건축왕, 경성을 만들다』, 이마, 2017.

4 이광수, 「성조기(成造記)」,『삼천리』(8-1), 1936.1.

18 '대경성'의 산책자들

1 김백영,『지배와 공간: 식민지 도시 경성과 제국 일본』, 문학과지성사, 2009. 제6, 7장.

2 염복규,『서울의 기원 경성의 탄생』, 이데아, 2016. 제4장.

3 이태준, 「장마」,『조광』, 1936.10;『이태준 단편전집』(2), 가람, 2005.

4 박옥화, 「인테리청년 성공직업 1」,『삼천리』, 1933.10.1. 99쪽; 오윤정, 「1930년대 경성 모더니스트들과 다방 낙랑파라」,『한국근현대미술사학』(33), 2017.7. 한국근현대미술사학회.

5 이 부분은 수필 「바다」 참고. 「바다」는 실제로는 8월에 쓴 것으로 나온다. 수필집『무서록』수록.

6 김남천, 「가정봉사」(1939),『김남천 전집』(2), 박이정, 2000.

7 최정희, 「빨강치마를 입던 날」,『가정지우』, 조선금융연합회, 1940. 12.

8 최정희, 「천맥」(1940).

9 노천명, 「시골뜨기」,『노천명 전집(2): 산문집-나비』, 솔, 1997.

10 노천명, 「포도춘훈(鋪道春暈)」(1936),『노천명 전집(2): 산문집-나비』, 솔, 1997.

11 노천명, 「설야 산책」,『노천명 전집(2): 산문집-나비』, 솔, 1997.

12 박태원, 「소설가 구보 씨의 일일」(1934),『박태원 단편선: 소설가 구보 씨의 일일』, 문학과지성사, 2005

13 박태원, 「모화관잡필」,『조선일보』, 1937.5.28.~6.2.

14 박태원, 「이상적 산보법」,『동아일보』, 1930.4.1.4.15; 류보선 편,『박태원 수필집: 구보가 아즉 박태원일 때』, 깊은샘, 2005.

19 미쓰코시 백화점, 날개 그리고 이상

1 박태원, 「이상의 편모」,『구보가 아즉 박태원일 때』, 깊은샘, 2005.

2 김백영,『지배와 공간: 식민지 도시 경성과 제국 일본』, 문학과지성사,

2009. 제6장 참고. 502쪽.

3   이상, 「동경」(유고), 『문장』, 1939.5.

20   서울말과 표준말

1   다니자키 준이치로, 류순미 역, 『도쿄생각』, 글항아리, 2016. 25쪽.

2   磯田光一, 『思想としての東京 近代文学史論ノート』(講談社文芸文
     庫), 講談社, 1990. 제3장.

3   유진오, 「가을」(1936), 『한국소설문학대계』(16), 두산동아, 1995.

4   박종화, 「『천변풍경』을 읽고」, 『박문』(6), 1936.3; 박태원, 『천변풍경』(슬기,
     1987)에서 재인용.

5   유필재, 「천변풍경과 삼대 속의 서울방언에 대하여」, 『한국문학과 예술』
     (10), 숭실대학교 한국문학과예술연구소, 2012. 102쪽.

6   김동인, 「문단 30년의 자취」, 『신천지』, 1948.3~1949.8; 김동인, 소설 「망국
     인기」(1947).

7   염상섭, 「김동인 씨의 거치른 터」, 『개벽』, 1924.3; 한기형·이혜령 편, 『염
     상섭 문장전집』(1), 319쪽.

8   김동인, 앞 글.

9   「제1회 조선문단 합평회」, 『조선문단』(6), 1925.3; 한기형·이혜령 편, 『염
     상섭 문장전집』(1), 344~345쪽.

10   한설야, 「나의 인간수업 작가수업」, 『나의 인간수업 작가수업』, 인동, 1990.
     23~25쪽.

11   이태준, 『문장강화』(1940), 창작과비평사, 1988. 31~32쪽.

12   한글학회, 『한글학회 50년사』, 1971.

21   채만식의 종로 산책

1   문일평, 이한수 역, 『문일평-1934년: 식민지 시대 한 지식인의 일기』, 살림,
     2008.

2   백승종, 「백승종의 역설: 1934년 문일평의 일기」, 『한겨레』, 2008.10.17.

3   염상섭, 『모란꽃 필 때』(염상섭 전집6), 민음사, 1987. 309쪽.

4   이효석, 한성례 역, 「녹색의 탑」, 『이효석 전집』(6), 서울대학교출판문화원,
     2016. 121~122쪽.

5   앞 책, 290쪽.

22 김남천과 야마토 아파트

1   김남천, 「봄이면 생각나는 이」, 『조광』, 1938.4.
2   임종국, 『일제침략과 친일파』, 청사, 1982. 102~104쪽.
3   「건축가 황두진의 무지개떡 건축을 찾아서(9): 소설 속 배경, 충정로 야마
     토 아파트」, 『경향신문』, 2016.7.12; 김정동, 『문학 속 우리 도시 기행 2』, 푸
     른역사, 2005.

23 죽첨정 대화숙의 이광수

1   최선웅, 「일제시기 사법보호사업의 전개와 식민지적 성격: 사상범 사법보
     호단체를 중심으로」, 『동방학지』(186), 연세대학교 국학연구원, 2016.
2   『매일신보』, 1940.12.15.
3   박철수 외, 『경성의 아파트』, 집, 2021. 132~133쪽.
4   김남천은 대화숙에서 열린 제1회 황도정신수련회에 참가해 이광수, 백남운,
     장덕수 등과 함께 사진을 찍었다. 홍종욱, 「戰時期朝鮮における思想犯統
     制と大和塾」, 『韓国朝鮮文化研究』, v.16: 84-60, 東京大学大学院人文社
     会系研究科韓国朝鮮文化研究室, 2017.
5   '건축가 황두진의 무지개떡 건축을 찾아서(9): 소설 속 배경, 충정로 야마
     토 아파트', 『경향신문』, 2016.7.12; '황두진의 한 컷 공간: 일제 강점기 문
     화 세뇌공작의 본부', 『조선일보』 2018.8.31. 그러나 이들의 추정 역시 정
     확하지 않다. 대화숙이 있던 협성여자신학교 자리에는 현재 동보빌라 단지
     가 들어서 있다.
6   박철수 외, 『경성의 아파트』, 집, 2021.
7   이광수, 「행자」(『문학계』, 1941.3). 김윤식 편역, 『이광수의 일어 창작 및 산
     문선』, 역락, 2007. 날짜는 『매일신보』 기사를 참고해 추산한 것임.
8   이광수, 「육장기」(1939), 『이광수 전집』(8), 삼중당, 1976.
9   윤치영, 『윤치영의 20세기』, 삼성출판사, 1991, 136~137쪽. 최선웅, 앞 논
     문에서 재인용. 300쪽.

24 서울의 별 헤는 밤

1   윤동주, 「종시」(1941)와 그의 친구이며 함께 하숙을 한 정병욱의 「잊지 못할 윤동주 형」; 송우혜, 『윤동주 평전』(열음사, 1994); 방민호, 『서울문학기행』(아르테, 2017); 김응교, 「윤동주 산문 「종시」의 경성과 노동자」(『한국문학이론과 비평』 제75집, 2017) 등을 참고했다.

25 조선은행 앞 광장 분수대

1   다나카 히데미쓰, 유은경 역, 『취한 배』, 소화, 1999.

2   김사량, 「천마」(일어). 『문예춘추』, 1940.6; 김재용 편, 곽형덕 역, 『김사량 선집』, 역락, 2016.

3   김문집, 「조선 민족의 발전적 해소론 서설」, 『조광』, 1939.9; 김병걸·김규동 편, 『친일문학 작품선』(2), 실천문학사, 1986.

26 서대문형무소에 간 앨리스

1   김광섭, 『이산 김광섭 산문집』, 문학과지성사, 2005.

2   이광수, 「무명」(1939), 『이광수 전집』(8), 삼중당, 1976.

3   이광수, 「육장기」(1939), 『이광수 전집』(8), 삼중당, 1976.

27 문학, 서울을 떠나다

1   염상섭, 「횡보문단회상기」, 『사상계』, 1962.11~12; 한기형·이혜령 편, 『염상섭 문장전집』(3).

2   「기밀실, 우리 사회의 제 내막」, 『삼천리』, 1939. 1.

3   김윤식, 『김동인 연구』, 민음사, 2000. 456쪽.

4   김기진, 「전시 작가일기: '신 세계사 첫 장' 쓰던 날」, 『대동아』(14-3), 1942.3.

5   『매일신보』, 1943.8.3.

28 1945년 8월 15일, 16일, 17일 그리고…

1   『동아일보』, 1974년 5월 2일자 「편편야화」. 이하 유진오 부분은 이 연재물에 기댐.

2   유진오, 『유진오 단편집』, 학예사, 1939.

3   곽형덕 역, 『대동아문학자대회 회의록』, 소명출판, 2019. 60쪽.

4   『동아일보』, 1974.5.4.

5   백철, 『속 진리와 현실』, 박영사, 1976. 300쪽. 김윤식, 『일제 말기 한국 작가의 일본어 글쓰기론』(서울대학교출판부, 2003)에서 재인용. 240쪽.

6   다나카 히데미쓰, 「조선의 작가」(1943). 김윤식, 『일제말기 한국작가의 일본어 글쓰기론』, 서울대학교출판부, 2003. 347~348쪽.

7   이광수, 「속 친일파의 변」, 『나의 고백』, 1948.

8   이태준, 「해방 전후」, 『이태준 전집』(3), 소명출판, 2015.

9   김학철, 『누구와 함께 지난날의 꿈을 이야기하랴』, 실천문학사, 1994. 12쪽.

413

416

417

419

420

421

424

427

한국 근대 문학 기행
서울 이야기

1판 1쇄 발행 2023년 4월 18일
1판 2쇄 발행 2023년 8월 18일

지은이 김남일
펴낸이 박해진
펴낸곳 도서출판 학고재
등록 2013년 6월 18일 제2013-000186호
주소 서울시 영등포구 경인로 775 에이스하이테크시티 2-804
전화 02-745-1722(편집) 070-7404-2791(마케팅)
팩스 02-3210-2775
전자우편 hakgojae@gmail.com
페이스북 www.facebook.com/hakgojae

ISBN 978-89-5625-449-4 03810